anna platsch

gott im hotel

SHEEMA

anna platsch

gott im hotel

SHEEMA

Bibliografische Information der Deutschen Bibliothek
Die Deutsche Bibliothek verzeichnet diese Publikation in der Deutschen Nationalbibliothek; detaillierte Daten sind im Internet über http://dnb.de abrufbar.

1. Auflage 2021
Originalausgabe

Inh.: Cornelia Linder, Hirnsbergerstr. 52, D – 83093 Antwort
Tel.: +49 (0)8053 – 7992952, E-Mail: info@sheema.de
https://www.sheema-verlag.de

ISBN 978-3-948177-13-3

Umschlaggestaltung: Schmucker-digital
Umschlagmotiv: © Liga Lauzuma – Fotolia
Autorenfoto: © 2021 Archiv Anna Platsch
Gesamtkonzeption: Sheema Medien Verlag, Cornelia Linder
Druck und Bindung: CPI books GmbH, Leck.
Printed in Germany.

Umwelthinweis: Der Sheema Medien Verlag achtet auf eine nachhaltige Produktion. Wir orientieren uns bezüglich Materialien, Arbeitsbedingungen und Herstellungsorten an den Bedürfnissen von Umwelt und Gesellschaft. Mit Bedacht arbeiten wir daran, unseren ökologischen Fußabdruck so klein wie möglich zu halten.

inhalt

Anmerkung der Autorin:

Alle Namen der beteiligten Personen wurden geändert.

Legenden und Geschichten des jeweiligen Kontextes wurden so übernommen, wie sie erzählt wurden.

Originalzitate aus anderen Quellen sind *kursiv* gesetzt. Die Quellen dazu finden sich im Infoteil (S. 241 ff).

im foyer

Dies Menschsein ist ein Gästehaus ...

RUMI

VOR VIELEN JAHREN WAR ICH EINMAL mit meinem Mann auf dem Heimweg von einer längeren Reise. Beide waren wir müde und so entschieden wir uns, in der kleinen Stadt, in der wir gerade angekommen waren, noch einmal eine Nacht Station zu machen. Ich spürte etwas Widerstand in mir wegen der braunen Vergangenheit des Ortes, die für mich auch noch wahrnehmbar war, trotz des wunderbaren Sees und der Schönheit der Landschaft. Wir machten uns auf die Suche nach einem Quartier – und fanden keines. Nur in einem edlen Grandhotel gab es noch einige Zimmer. Erschöpft, wie wir waren, ließen wir uns darauf ein und landeten in einem wunderbaren Raum mit einer Fensterfront an zwei Seiten zum See hin, weiter Blick, friedliche Atmosphäre. Vordergründig nahm ich die Situation erst mal, wie sie war, und wir spielten dann am Abend noch echt Grandhotel mit feinem Essen, Cocktail und Tanzen in der Bar.

Nur irgendwo weit hinten in mir hatte ich ein leises Grummeln, nicht nur des Geldes wegen, eher gab es so etwas Verborgenes, das mir die Freude nahm – war dieses Hotel nicht ein ganz ‚unspiritueller' Ort? ‚Darf' sich eine spirituell Suchende in solchem Luxus bewegen? Auch noch Spaß haben?

Es war eine Zeit, in der ich noch jede Menge Bilder in mir hatte, was spirituell sei, dass etwas irgendwie sein müsste, um ein angemessener Platz für meinen tapferen Sehnsuchtsweg zu sein, dass etwas heilig oder unheilig sein könnte, richtig oder falsch – die Spuren tausendjähriger christlicher oder sonstiger Askese, seiner Abwendung von der Welt und patriarchaler Lehre klebten noch in meinen Zellen. Ich war nicht frei von Vorstellungen und nicht frei in meinem Handeln, einem Handeln aus dem tiefsten inneren Bezugspunkt heraus.

In jener Nacht, in jenem Zimmer eines Grandhotels, in jenem Ort mit Nazivergangenheit, hatte ich dann einen Traum mit hoher spiritueller Energie. *Ein weiser, altehrwürdiger Meister, ganz in Weiß gekleidet, steigt würdevoll von seinem Pferd, kniet sich auf den Boden, legt in größter Zärtlichkeit sein Haupt auf die Erde und lauscht.*

Unendlicher Friede, unendliche Stille. Himmel und Erde ungetrennt, das männlich geprägte spirituelle Wissen lauscht in Demut dem weiblichen und alles ist mit allem verbunden. Der Raum floss in eine Schönheit, Liebe und Zerbrechlichkeit des Lebens, die Weite hatte sich geöffnet. Alles war mit allem verbunden, nichts war getrennt – ein Raum wahrer Unterscheidungsfähigkeit, ganz auf der Erde, weit im EINEN.

Dies Menschsein ist ein Gästehaus – ein Ort für alle Bewegungen unseres Seins. *Heiß alle willkommen, nimm alle auf* ...

Und Jahre später machte ich mich auf die Reise und nahm dieses Bild des Hotels als unser Menschsein, wir kommen, verweilen eine Spanne Zeit, machen unsere Erfahrungen in all ihrer Fülle und reisen wieder ab. Alles ist willkommen. Die Erde trägt dieses Haus, das uns flüchtig birgt und alles ist durchdrungen von einem einzigen großen Geheimnis, das Menschsein, das Haus, die Erfahrungen, die Erde, die Zeit.

Ein Hotel erinnert mich in besonderer Weise an unser flüchtiges Dasein auf der Erde, an unser stetes In-Bewegung-Sein, unser Kommen und Gehen. Ich bin zu einigen ‚besonderen'

Orten gereist, war Mystikerinnen und Weisen auf der Spur, suchte nach Wegen des Friedens, auch politischen, nicht nur inneren, verband mich mit der Botschaft der Orte, kam auf eine Weise, wo immer ich war, mit Aspekten und Stationen des inneren Weges in Berührung, lernte, wohnte in einfachen Gästehäusern und großen Hotels.

Manchmal bewegte ich mich ganz vertrauensvoll im lebendigen, inneren Fluss, und manchmal konnte ich lachen über meine Fehler. Ich bin einfach meinem inneren Faden gefolgt, ganz unsystematisch, in Neugier, Nichtwissen und dem großen Staunen.

Die Mystikerinnen und Weisen, Meister und spirituelle Lehrerinnen der Länder und Zeiten waren mir ein besonderes Anliegen. Es sind Frauen und Männer, die ganz bewusst in diesem einen unbegrenzten Sein, jenem Geheimnis, leben. Die aus dieser EINEN Quelle schöpfen und daraus wirken. Die Mystikerinnen waren in vielen Epochen die ersten Frauen, die ihren eigenen Weg gegangen sind, weil sie aus ihrem inneren Verbundensein heraus unerschrocken waren. Wie kann das Weibliche aus dieser EINEN, innersten Quelle wirken und gestalten? Ich glaube, dass es dieser zeitlose, stille Raum der Liebe ist, aus dem heraus unsere Visionen, Kraft und Kreativität fließen, die jetzt unser Leben auf der im Moment so unklaren Welt braucht.

Natürlich ist gott im hotel ein Spiel – Gott fand mich überall – und nirgendwo fand ich ES nicht.

DIE EWIGE WAHRHEIT

BUDDHANATUR

GOTT

DAS ABSOLUTE

DAS

DER-DIE GELIEBTE

MEER DES UNGETEILTEN SEINS

NAMENLOSER GRUND

DIE EWIGE WAHRHEIT

URGRUND DER WIRKLICHKEIT

LEEREFÜLLE

DAS LEBEN SELBST

DAS ALLUMFASSENDE

URWAHRHEIT

GRUNDLOSER GRUND

ALLAH

PANUNIVERSELLER LOGOS

DIE LIEBE SELBST

Bei welchem Namen auch immer du es rufst –
Gott, das Selbst, das Herz und Sitz des Bewusstseins,
es ist dasselbe.
Der entscheidende Punkt ist, dass das Herz die Essenz
unseres Seins ist, das Zentrum,
ohne das nichts existiert.

RAMANA MAHARSHI

DAS NAMENLOSE

DAS UNNENNBARE

ES

DAS ALLES-WAS-IST

ABSOLUTE WAHRHEIT

URQUELLE

HÖCHSTE INTELLIGENZ

NICHTSALLES

LETZTE WIRKLICHKEIT

DAS HÖCHSTE LICHT

DAS EINE BEWUSSTSEIN

DAS EINE

DAS SEIENDE

NICHTGOTT

DAS GROSSE GEHEIMNIS

DIE QUELLE ALLEN SEINS

DAS EWIGE

BRAHMA

sri lanka

mein heiliger anarchist

DER PAZIFIK IST SEHR BLAU, SCHRIEB Thomas Merton, als im Oktober 1968 sein Flugzeug in San Franzisco Richtung Asien abhob. *Der Pazifik ist sehr blau ...*

Und dass er bei dieser Reise ein tiefes Gefühl von Schicksal hätte, nach den langen Jahren des Wartens und Suchens endlich auf dem richtigen Weg sei und er nicht wiederkommen möge, ohne *das großartige Anliegen* vollbracht zu haben.

Er war einer der großen Mystiker des vorigen Jahrhunderts, und er hat mich hierhergeführt, in der Intensität, in der das Verborgene trägt und das Hotel gleich in seinem Geist atmet ...

Unser Zimmer ist eine ‚einfache' Hütte auf Stelzen, den Cabañas, ins Land des Komfort gefallen. Aus regionalen Hölzern, mit Terrasse und warmem Wasser, sehr ästhetisch. Im reichgestalteten Dschungelgarten, Zuckerpalmen, Kokospalmen, Bananenbäume und Blick auf den Indischen Ozean. Ein Palmen-Paradies-Hotel.

Es war keine langgeplante Reise, Jakob und ich hatten noch zwei Wochen vor Weihnachten Zeit für eine wärmere Region der Welt. Und da wusste ich, wohin ich wollte.

Ich bin Thomas Merton schon vor vielen Jahren in seinen vielen Büchern begegnet und eines davon war sein ‚Asiatisches Tagebuch'.

Nach dem frühen Tod seiner Mutter und seines Vaters, Umzügen von Großvätern zu Paten und Internaten, landete er letztlich in New York, um dort nach seinem Studium als Poet, Schriftsteller, Journalist, Karikaturist ein wildes Bohemien-Leben zu führen. Bis etwas in ihm innerlich anstieß, drängte, rief – und er katholisch wurde. Mit fast dreißig Jahren trat er dann als Novize in das Trappistenkloster Gethsemani in Kentucky ein. In seinem ganzen Entwicklungsweg folgte er seiner inneren Wahrheit, immer mit einem Geschmack von Wildheit, auch in seinem weiteren Leben als Mönch.

Er lebte in diesem kontemplativen Orden nicht nur still und schweigend, sondern arbeitete weiter als Schriftsteller, und nachdem er – auf Geheiß seines damaligen Abts – auch seine Biografie schrieb, wurde er ein berühmter Mann. Das Buch wurde ein Bestseller. Eine weltweite Korrespondenz mit Persönlichkeiten seiner Zeit entstand daraus, er hielt Vorträge, wurde eingeladen, unterrichtete die Novizen, hatte einen Sekretär, und schrieb, las und schrieb ...

Und suchte und suchte bis auf den Grund allen Seins und hatte ein brennendes Bedürfnis nach Einsamkeit – bis ihm nach zwanzig Jahren sein damaliger Abt erlaubte, sich eine Klause außerhalb des Klosters zu bauen. Ich sehe ihn, wie er morgens seine Hütte verlässt und nach draußen geht, im ersten Schimmer des heraufziehenden Tages, sich öffnend, äußeres Licht, inneres Licht sind eins. Er lauscht dem ersten Hirsch des Morgens, wie er sich langsam nähert, ganz scheu lauscht, dem Wald, der weiten Landschaft von Kentucky, so frisch wie eben erschaffen. Dieser eine Moment des Tages – die Morgendämmerung. Wenn die Welt still ist und das neue Licht ganz rein.

Nur – auch in seinem einfachen Häuschen am Waldrand, oberhalb des Konvents, lebte er die Einsamkeit nicht. Er hielt die umfangreiche Korrespondenz aufrecht, Besucher kamen und gingen nicht, der Nachbar schaute vorbei, es ist laut, er gibt Interviews.

Und doch gab es Raum, seine Gottesdienste nun allein zu feiern, er ging so wenig wie möglich nach unten in die Abtei, er hielt seine Gebete und Meditationen des Tages, die der Nacht und die nach seinem inneren Rhythmus und vor allem dem der Natur. Er las und schrieb unaufhörlich weiterhin Bücher – bis zu seinem Lebensende ungefähr siebzig –, schrieb fortlaufend Tagebuch, sowohl als Forscher, Mystiker und Weiser als auch über die Erfahrungen seines inneren Wegs. Und wenn niemand kam, wurde er still in der ersehnten Zeit der Einsamkeit, ging morgens vor Sonnenaufgang nach draußen an den Waldrand und wartete auf den ersten Hirsch ...

Viel seines Lesens und Schreibens entsprang seiner brennenden Suche nach dem mystischen Kern auch in anderen Religionen. Er war durstig nach den uralten Quellen von Visionen und Erfahrungen, die er in seiner Korrespondenz mit den Wissenden und Weisen seiner Zeit teilte. Diese Offenheit allem gegenüber brachte ihn zu einem tiefen Eintauchen in die Essenz anderer Wege zum Göttlichen, dem Sufitum, dem Hinduismus und in den letzten Jahren in den Buddhismus und Zen.

So kam es, dass er – seit langem Bruder Louis – mitten in seine Eremitenklause hinein eine Einladung zu einer Konferenz nach Bangkok bekam – er war da schon dreiundfünfzig und weltbekannt –, um auf einem großen Kongress einen Vortrag zu halten. Sein Abt unterstützte ihn, und so plant er vor und nach der Konferenz in Asien herumzureisen, christliche Gemeinschaften und Klöster zu besuchen, Gelehrte, buddhistische Mönche und den Dalai Lama zu treffen; gerade das mönchischen Leben und den Weg der Verwirklichung in deren Praxis möchte er verstehen. Es ist ein sehr genau geplantes Programm mit vielen Stationen und Begegnungen.

Und bevor er nach Thailand fliegt, für seinen Vortrag, macht er nach einigen anderen asiatischen Stationen eine Rundreise durch Sri Lanka, damals noch Ceylon. Er landet am 29. November in Colombo.

Ich lande ein paar Tage und fast fünfzig Jahre später am selben Flughafen. Nicht, um das zu erleben, was er hier erlebte, darum geht es mir nicht.

Ich vertrage das feuchtwarme Klima nicht. War schon erschöpft, als ich hier ankam, falle in die Dumpfheit hoher Luftfeuchtigkeit und sitze erst einmal auf der Veranda im reichgestalteten Dschungelgarten und Blick auf den Indischen Ozean, dessen Bewegung ich hinter den Palmen im leichten Wind wahrnehme, und falle in das Grün dieses wildgehaltenen Parks. *DAS Licht, das grün wird im Scheinen durch die Kreatur ...*

DAS Grün.

Nach drei Tagen Mango-Lassi, Schwimmen, abendlichen Strandläufen und dem Testen Sri Lankesischen Essens bin ich angekommen und wir beginnen, die Gegend zu erforschen. Erst einmal mit einer Auto-Rikscha in den nächstgelegenen Ort. Es ist Sonntag, Markt und Farbenfülle. Alles intensiv. Vom Zentrum des Ortes aus streifen wir durch die verwinkelten, lauten Gassen zum Meer runter und da sehen wir's – wir sind in einer Region, die heftig vom Tsunami betroffen war. Neben wiederaufgebauten Häusern stehen die eingefallenen, neben den Fischerbooten am Strand liegen die hochgeschleuderten, inzwischen verrotteten zwei Straßen hinter dem Strand. Jetzt weiß ich, was ich die ganze Zeit unterschwellig wahrgenommen habe – auch wenn es schon viele Jahre her ist, liegen der Schrecken noch in der Atmosphäre, Trauer und Trauma in den Augen vieler Menschen. Die Bewohner hier haben die Katastrophe erlebt, Angehörige verloren, ihren Besitz, viele Fischer ihre Arbeit. Zwischen den Stämmen zweier Palmen an der Uferstraße, neben einer kleinen Fischtaverne, hängt ein handgeschriebenes Schild mit allen Zahlen – wie viele Tote, Verletzte, Heimatlose, Vermisste, zerstörte Häuser, betroffene Familien.

Zurück in unserem Paradiesgarten frage ich den Eigentümer, ein Deutscher, ehemaliger Zahnarzt, der sich hier sein Paradies geschaffen hat, ob er auch betroffen war. Wegen der leicht erhöhten Lage des Hotels und dem Einfallwinkel der Welle war er verschont geblieben. Und er erzählt von der Hilfsbereitschaft der Welt und der vor Ort. In seinem Hotel waren alle Hüttchen und Bungalows Stationen der unterschiedlichsten NGOs, er versorgte deren Mitarbeiter in seinem Restaurant, stellte Verbindungen her, wo es notwendig war und gelang. Er erzählt leise, zurückgenommen. Ich spüre, wie froh er ist, dass er – der Nicht-Betroffene – immerhin helfen konnte.

Überall, wo Merton auf seiner Reise hinkam, stand er im Mittelpunkt. Nicht, weil er ein berühmter Mann war, sondern wegen seiner Einfach- und Offenheit allen gegenüber und weil auch er alles geben wollte, was er hatte. Und er hatte viel. Er wollte nachvollziehen können, welche und wie vor allem andere Wege in das tiefste EINE führen. Es war ihm wichtig, die Menschen in ihrer Religion zu verstehen. *Aber viel wichtiger ist das Teilen der Erfahrung des göttlichen Lichts.* Das war die Basis seiner Begegnungen.

Was auch natürlich hieß, dass nicht alle aus seinem katholischen Hintergrund damit einverstanden waren. Aber *ich kann's nicht mit Formalisten, ich bin denen fremd und sie mir.* Für ihn gibt es auf einem mystischen Weg keine Norm, das eine schloss das andere per se aus. Der Weg hatte bei ihm etwas mit radikaler Freiheit zu tun und so lebte er ihn auch. Diesem Aspekt in ihm zu begegnen nährt mich bis in das tiefste Licht meiner Seele, diese Radikalität stößt immer wieder etwas so Tiefes, Süßes, Wahres, Urlebendiges in mir an.

Am nächsten Morgen fahren wir mit einem dieser stinkenden, wackligen Gefährte über abenteuerliche Windungen zu einem der abertausend Tempel Sri Lankas. Wir wurden vor den zweihundert Stufen und den vielen Leuten gewarnt. Die Stufen gehen leicht und die vielen Leute haben sich heute wohl in ihren Häusern versteckt. So haben wir den ganzen Tempel fast für uns alleine. An der Seite des weiten Vorplatzes, am Ende der Treppe, steht einer der riesig-gewachsenen Bodhi-Bäume. Auf Sri Lanka gibt es einen Ableger des Baumes in Bodhgaya, und von diesem wieder einen und vor jedem buddhistischen Tempel wieder einen. Ich kaufe ein paar Frangipaniblüten. Diesem Duft kann keine widerstehen. Beides, den Duft und die Blüten, lege ich dem goldenen Buddha in die offenen Hände. Einige junge Mönche sitzen auf dem Mäuerchen um die Terrasse oder kehren mit einem selbstgebundenen Strohbesen, der mit Leichtigkeit viel Staub aufwirbelt, den Platz vor dem Tempel.

Einer lehnt an einer Säule und lächelt. Vielleicht ist es jenes Lächelns seiner Verwirklichung oder wenigstens seines Versuchs dazu. Das Lächeln des Weitergebens. Oder einfach eines der Freundlichkeit. Nach einem guten Eintrittsgeld verscheucht uns der Aufseher nicht aus unserer stillen Ecke für eine kurze Meditation.

Ich fühle mich in einer leisen Weise von Bruder Louis begleitet, bekomme, ohne dass ich darum bitte, einen Geschmack dieser Kühnheit, diese Erinnerung daran, dass ich, *wenn ich bereit bin, nie zur Mystik von jemand anderem passe.* Bin ich bereit? So abgrundtief der innersten Wahrheit und Freiheit zu folgen?

Es ist still und reich hier oben. Die Betenden vor uns haben ihre unsichtbaren Spuren hinterlassen.

Am Abend begegnen wir auf dem Hotelgelände Raji, dem Fahrer, der uns vom Flughafen abgeholt hat, und ich frage ihn, ob er uns mal einen Tag nach Polonnaruwa bringen könnte. Er schaut mich an, als hätte er mein Englisch nicht verstanden. »Polonnaruwa«, wiederhole ich. »That's not possible.« Und ich Blauäugige ernte gerade die Früchte einer schnellen, schlecht vorbereiteten Reise. Mir war nicht bewusst, wie groß diese Insel ist und wie weit es von einem Ort zum anderen sein kann. Acht Stunden Fahrt, auf diesen Straßen, an einem Tag hin und zurück – das ist es nicht.

Wenn das nicht, was dann. Wir gehen erst einmal zum Abendessen und lassen die Information im etwas schummrigen Licht zwischen uns schweben. Offen für das, was kommt.

Und da kommt es schon. Wir haben noch nicht einmal aufgegessen, da setzt sich Raji zu uns und macht einen Vorschlag. Eine Viertagesreise mit ihm am Ende unseres Hierseins. Jeden Tag eine Annäherung an mein Ziel, er würde uns viel zeigen unterwegs, die Hotels besorgen und am vierten Tag würden wir rechtzeitig in Colombo landen für unseren Heimflug.

Ich freue mich über die neue, überraschende Variante, vor allem, dass es so aussieht, als würde mir das Ziel meiner Reise nicht verborgen bleiben. Zwischen Jakob und mir reicht ein Blick. Drei Dinge müssen wir noch klären – was es kostet, ob wir früher aus unserer Hotelbuchung herauskommen und ob Raji ein zuverlässiger Fahrer ist.

Es ist still auf unserer Veranda. Ich habe ein paar Blüten von der Straße mitgebracht und sie in einem Kreis um die Kerze herum auf den Tisch gelegt. Der Ozean scheint in der Nacht ferner. Ein Käuzchen ruft in den Kokospalmen. EINE Anwesenheit. *Es ist verborgen und auch manifest.*

Auch Bruder Louis ist anwesend. Seine große Kraft im kleinen Garten des großen, terrestrischen Dschungels. Vielleicht lauschst du mit mir dem Meer. Und wenn du sprichst, brichst du nicht die Stille, du lässt die Stille zu Wort kommen. *Gott liebt es, in deiner Seele zu sein,* meint er. Du erzählst vom Tief-Hinhorchen. Auf das zu horchen, was vor sich geht. *Dann wird alles zum Gebet.*

Gott im Hotel und er und ich mit offenem Herzen.

Du hast an so vielen Kirchenmauern gerüttelt, du warst politisch und sozial engagiert, gegen den Vietnamkrieg, für die Gleichberechtigung der Schwarzen und Sorge für die Armen, dass ein paar gute amerikanische Katholiken deine Bücher verbrannten und dich gottlos nannten. McCarthy hat auch schon mit den Füßen gescharrt. Für dich ist der Weg der Mystik überhaupt die Basis, aus der heraus das Handeln in der Welt erwachsen kann.

Du siehst auf deiner Reise all die Schönheit der hiesigen Frauen, die Waschenden am Fluss, die Teepflückerinnen, das Lächeln der Stewardess, wo sich deine theologischen Mitstreiter nur zur Seite drehen würden und kein Wort in ihren Texten erschiene. Du unerbittlich-liebender Visionär.

Die wirklich wichtigen Schritte schließen das Risiko des vollständigen Scheiterns ein.

Ich sehe dein Schmunzeln im Dunklen.

Der Anfang der Liebe ist Wahrheit.

Ich wache früh auf, sehr früh. Ich sehe die Hirsche nicht, aber vielleicht die Elefanten. Können wir sie noch besuchen, bevor wir zu unserer Rundreise aufbrechen? Es gibt so viele Naturreservate auf Sri Lanka, in denen noch der etwas kleinere Asiatische Elefant wohnt. In eines davon, schön und ausführlich im Reiseführer beschrieben, wollte ich fahren. Und – natürlich wieder eines, das viel zu weit entfernt ist. Aber unser Hotelbesitzer ist sehr hilfsbereit. Seine Frau hat im Lauf der vielen Jahre hier wohl diese Seite des Lebens verloren. Aber er scheint es gerne zu übernehmen. Also – alles perfekt.

Es gibt ein Reservat, das viel näher liegt, nicht so groß ist, was aber auch heißt, weniger überlaufen. Man kann da nicht einfach so hinfahren, man muss sich anmelden, vor Ort einen Führer haben, und jemanden – wahrscheinlich Raji –, der uns hinfährt, das geht nicht mit einer Rikscha. Im Handumdrehen hat er schon alles organisiert. Wie einfach.

Zwei Tage später steht Raji morgens um sechs bereit. Wir fahren eine Stunde in den sich nähernden Tag hinein. Man muss morgens bei den Tieren sein, wenn sie an den Wasserlöchern sind und nicht im Schatten versteckt. Und das Glück kommt schon wieder zu uns – wir sind die beiden einzigen im Jeep des Reservats zu dieser frühen Stunde und haben einen wunderbaren Führer, der nicht nur sein Wissen teilt und uns auf die gerade auftauchenden Tiere – da, ein Krokodil, da, ein Waran – hinweist, sondern – und das ist wunderbar –, wenn wir einem Tier nahe sind, dann macht er den Motor aus und bleibt stehen. Still ist es, für eine ganze Weile. Ich kann, trotz dieser absurden Situation, dass ich da mit dem Auto durch den Lebensraum eines Wesens fahre und es anstarre, diesen Raum spüren, seinen Atem. Dort, die Muntjaks, die asiatischen Hirsche. Doch Hirsche am frühen Morgen ... Es ist eine teils trockene Landschaft, teils Dschungel, wieder Raum für die unterschiedlichsten Sträucher und große, alleinstehende Bäume, frisches Gras mit Blumen und Wasser.

Und ich bin in dieser Landschaft, als wäre ich allein mit allem. Allein mit jenen Elefanten. Ich kann ganz genau *mit* ihnen sein. Und dann nehme ich etwas wahr, was ich noch nie gesehen habe – sie haben Samtfüße. Ganz zart, bei jedem Schritt trifft auf den harten Boden ein weicher Fuß. Und er erweicht mein Herz so tief, dass ich eingetaucht bin, verbunden mit feinsten Elefantenwesen.

Wir bleiben bei unserer Runde noch bei einigen anderen Tieren stehen, bei kleinen Füchsen zum Beispiel mit staunenden Augen. Unser Ranger gibt uns sein Fernrohr für den Adler und kleine Pelztiere im Gebüsch, wir treffen die Wasserbüffel, nur ihre halbe Schnauze mit den beiden großen Nasenlöchern schaut raus, dann die großen, runden, dunklen Augen, die in tiefer, schwarzer Schönheit von ihrem Dasein und der grundsätzlichen Liebe des Lebewesens erzählen, und darüber die frei geschwungenen Hörner. Schweigend ziehen sie in einer großen Herde über den See.

Und ich freu mich über die nächste kleine Herde von Elefanten, ein paar Mütter, ein paar Junge unterschiedlichsten Alters. Und – Sensation, weil sehr selten gesehen, der Ton des Rangers wird ganz aufgeregt – ein einsamer Elefantenbulle. Sie sind allein, nachdem sie ihrer Natur gefolgt sind, die Familie geht ohne sie ihren Weg. Wir bleiben bei ihm stehen, hören ihn die Zweige brechen und die Weite, die ihn umgibt, in der er lebt.

Und noch eine kleine Herde, der Ranger kann es kaum fassen. All diese Mütter und Kinder. Wir bleiben eine Weile mit ihnen.

Das Wesen des Elefanten schenkt sich mir in seinen Füßen.

Ich sollte Ranger oder Elefant werden ...

Bevor Merton von Indien hierher nach Sri Lanka kam, traf er in Dharamsala dreimal den Dalai Lama für einen sehr intensiven Austausch. Er wollte so brennend aus den tiefen Quellen anderer monastischer Visionen und Erfahrungen trinken, sie *in* sich erleben. Der Dalai Lama meinte später, er wäre noch nie in einer Begegnung mit einem Christen so tief von einem Gefühl von Spiritualität ergriffen gewesen. Es sei Merton gewesen, der ihn in die wirkliche Bedeutung des Wortes ‚Christ' eingeführt hätte.

Wir haben alles geklärt und verlassen vier Tage vor unserem Abflug das *Palm Paradise*. Gott hat jetzt einiges zu tun – jeden Tag ein neues Hotel. Für ihn ein Leichtes, für mich jetzt nicht so ganz.

Raji fährt uns schon früh morgens mit seinem ehrwürdigen Mercedes in Beigemetallic vorbei an Reisfeldern, gebückten Männern, einem auffliegenden Reiher, die Flügel in einem eleganten Schwung, gebückten Frauen, pickenden, staksenden Reihern und Obstständen am Rand der Landstraße. Obst ist das eine, Stände das andere, es sind ein paar zusammengenagelte Bretter zum Abgrund neben der Straße hin und dem Staub nach vorne zur Straße. Sie sind so gebaut, dass die Händler den ganzen Tag und die halbe Nacht dort wohnen können. An einem gibt es Jackfruits, die größte Frucht der Welt. So unwissend wie ich bin, hätte ich mir jetzt nicht unbedingt selber eine gekauft, also hält Raji vor einem Stand. Wir gehen zwei Stufen nach unten auf die schwebende Holzplattform und werden von einem älteren Paar herzlich, freundlich, liebenswürdig empfangen. Diese riesige Frucht birgt in sich lauter kleine Fruchtsegmente, in der Hand etwas glitschig – so etwa wie Litschis – und köstlich, süß und ganz leicht bitter in einem. Ich esse eines nach dem anderen und beherrsche mich vor noch mehr. Dann reicht mir die lachende Singalesin ein Stück Zeitungspapier. Ich schaue Raji fragend an – man kann dieses verbliebene Klebrige nicht abwaschen. Man muss es erst abreiben – mit Zeitungspapier und Kokosöl zum Beispiel – und danach im allgemeinen Wassereimer schrubben. Ich tu's und halte meine Hände etwas künstlich von mir entfernt bis zum nächsten Waschbecken mit Seife.

Und das liegt hoch in den Bergen über den grandiosen Wasserfällen der natürlichen Schönheit einer gewaltigen Schlucht, an der das Städtchen Ella liegt. Es ist schon dämmrig, als wir dort im Panorama-Hotel ankommen. Gott liebt hier das Einfache und entfaltet sich in seiner ganzen Fülle als Tausende von zarten, länglichen Fliegen mit feinen, durchsichtigen Flügeln. Wir betreten das Zimmer, schalten das Licht an, und sie kommen aus jeder nur möglichen Ritze im Raum hervor. Die Rezeption ist nicht mehr besetzt und es sind zu viele, um sie – bei ausgeschaltetem Licht – durch die Balkontüre zu treiben. Es bleibt nur eins.

Ein mühseliger Weg mit inneren Mordes-Schmerzen.

Wie ist das mit dem Frieden und dem Töten von Tieren.

Die Nacht ist schwül und stickig.

Raji hat uns hierhergebracht wegen des weiten Blicks über die Berge des Hochlands in seiner üppigen Vegetation, in die Schlucht hinunter, auf den Wasserfall und den Himmel über

Sri Lanka. All diese Schönheit verbirgt sich heute. Fein sind nur die Wolken und der Dunst. Eine grandiose Terrasse zum einfachsten Frühstück und feuchte, grüne Bänke. Nur den Blick hält Gott heute in gräulich-zarten Grenzen. So what. Nicht ich bin der Mittelpunkt der Welt, sondern das Licht der Welt ist der Mittelpunkt in mir.

Danach fährt er uns zum blauen Zug, dem Observation Train. Merton saß auch schon auf einer dieser Bänke. Und ein paar Jugendliche trommeln und tanzen ein Abteil weiter. Zweieinhalb Stunden im Bergland reines Grün. Links der Abgrund, rechts die Teefelder, Pflückerinnen, die kleine Blättchen hinter sich werfen, in ihren Korb auf dem Rücken. Alles Grün, von einer Intensität, die jeden Menschen heilen könnte, wenn er wirklich hineinschaut. In dieses Grünsein. Und die Pflückerinnen? Unter der Sonne, mit weiten Wegen zur Arbeit, die sie nur haben, wenn wieder ein Feld reif ist – geheilt? Von der Armut?

Ruhiger die Teefelder, wilder der Dschungel, wieder eine Hochebene mit weitem Blick über die Berge bis zur höchstgelegenen Stadt des Landes – Nureliya, das so charmant sein soll wegen seines britischen Flairs. Ich erliege dem Zauber nicht; gerade vor ein paar Jahren endete auf dieser Insel ein zermürbender Krieg, dessen Schmerzen noch in der Luft liegen, wie ein Atemanhalten. Noch kein Frieden. Warum sich entzücken an den früheren kolonialen Einbrüchen westlicher Kultur? Wieso gehören diese Häuschen hierher? Ich fühle mich sehr unwohl, wir finden keinen Platz zum Essen, ich bin innen unruhig-offen, offen, dem Land zu begegnen und doch ein Ziel, nicht drängend, einfach leise in mir.

Das nächste ist erst einmal Kandy. Merton schaute auf seiner Asien-Rundreise hier auch vorbei. Im Kandy-Express auf dem Weg hierher hat er ein großes Gedicht geschrieben. Ich fand am Morgen neben wachen, leuchtenden Wahrnehmungen von Natur und Menschen fast so etwas wie ein Koan darin:

Was geschieht, wenn die Gedanken sich zuspitzen, und die ‚Spitze' entfernt wird?

Er besuchte einige Eremiten in ihren Höhlen, traf sich mit zwei Bischöfen und hielt einen katholischen Gottesdienst, von dem er meinte, er hätte noch nie eine so überfüllte Kirche erlebt. Und – er besuchte den Zahntempel, auf dessen mahagonirotem Holzboden im Innenraum ich mich jetzt erst einmal setze und still bin. Auf den kraftvollen Boden eines zentralen buddhistischen Heiligtums – ein Zahn Buddhas vor mir, verborgen in einem Gold-Kerzen leuchtenden Schrein im Schrein im Schrein, ein schmaler, langer Tisch davor für die Opfergaben, duftender Jasmin. Die weißgekleideten Menschen werden mehr und mehr und die Mönche öffnen die Tabernakel im Tabernakel. Ich lege meine Lotusblüten ab und lasse mich in Trommeln, Ritualen, Gewändern und Demut verschwinden. Jedes Heiligtum in jedem Menschen. Heute ein grenzenloses Licht als unsichtbarer Zahn in mir.

Nur – sein äußerer Glanz schafft es im Dunklen nicht so ganz den Hügel eines Randgebiets hinter Kandy hinaus. Wir landen in einer Straße, die ich gewiss nicht freiwillig bei Nacht betreten hätte, und Raji hält vor einem am Hang liegenden Betongebäude, das aussieht wie eine zu groß geratene Garage, der *Riverside Villa.* Um die Ecke führt eine Treppe nach unten auf einen in hellem Violett beleuchteten Pool zu, links und rechts die beiden Hotelgebäude mit bunten Lämpchen verziert. Manchmal muss ich wirklich lachen, wie ES sich mir in seinen Hotels zu erkennen gibt. Ich denke, ich werde eine Menge Spaß haben, zum Beispiel an den zirpenden Zikaden – nur zwei! – im Zimmer, ich höre ihr Lied gerne. Oder am Erlauschen des dürren ‚River' im Dunklen auf der Terrasse des Restaurants oder dem gegrillten Hühnchen, dem einzigen vegetarischen Gericht, und einer heißen, schwülen Nacht.

Auf unseren teilweise längeren Strecken Autofahrt erzählt Raji von seinem Familiendrama. Irgendwie scheinen wir sein Vertrauen zu erwecken. Harte Familienstrukturen, die keinen

Raum lassen, einem inneren Gefühl nachzugehen, das würde den Ausschluss aus jeder Art von Gemeinschaft bedeuten. Er weint, während er fährt. Jakob sitzt neben ihm und ist einfach da. Ich bin still im Hintergrund.

Als ich nach Sri Lanka flog, schlecht vorbereitet, wie ich war, wusste ich nur von diesen aus Granit geschlagenen Buddhas und der Erfahrung Mertons mit ihnen. In dieser Begegnung erwachte im Mönch alles. Ungeahnt. Oder auch nicht – er wollte nicht wieder nach Hause kommen, *ohne das großartige Anliegen vollbracht zu haben,* schrieb er ja ins Tagebuch beim Abflug über den blauen Pazifik.

Ich bin nicht hier, um es Merton nachzuleben. Keinen Moment hatte ich diese Erwartung. Es war der Impuls, mich an diesem heiligen Ort in meine eigene, ureigenste Begegnung einzulassen.

Das Heiligtum liegt seit 800 Jahren in der *Alten Stadt,* der heute gesichtslosen Stadt Polonnaruwa. Einst voller Könige, Paläste, Tempel und Pagoden, blühend, zerstört, dann Hunderte von Jahren vom Dschungel überwachsen. Bis wieder Licht auf sie fiel und erstaunlich gut erhaltene Ruinen zum Vorschein kamen, teilweise wie unberührt vom Gram der Zeiten.

Ich wusste nicht, dass man weit laufen muss, um vom Eingang bis zum voll Spannung Erwarteten zu kommen. Raji fährt uns zum Haupteingang, zeigt uns die Stelle, wo er uns wieder erwartet, und leiht uns seinen Regenschirm. Der wird schnell nichts mehr nützen, denn der Weg zu Buddha ist weit. Bald sind die Pfützen so groß, dass ich meine Sandalen ausziehe und barfuß weiterlaufe. Auch wenn ich nicht jeden manchmal moosbewachsenen Tempel aus dunklem Mauerwerk, jede Stupa, jeden Königspalast mit Ornamenten voller Symbolik tiefer betrachte, dringt etwas der Größe dieses alten Geländes zu mir vor.

Eine Weile gehen wir zwischen Wiesen im grünen Licht des Regens, sind von einem Seerosenteich im Hintergrund, vom lichten Banyanbaum, von Oleandern und Rhododendren begleitet. Der sandige Weg neigt sich etwas nach unten und ein weiter, von Bäumen geschützter Platz eröffnet sich, Gal Vihara, der Felsentempel, aus einem einzigen Felsen herausgehauene vier Buddhas, seit ewigen Zeiten im Schutz der wenigen Bäume lebend. Das dazugehörige Kloster ist verschwunden. Die vier sind in hellem, fast ockerfarbenem Gestein aus dem großen Quarz-Felsen gemeißelt, sodass sie wirken, als wären sie nebeneinander in einer Höhle aufgereiht. Auf der gegenüberliegenden Seite des weiten Vorplatzes verläuft der dunkle Quarz wie ein Hügel in runden, abgeflachten Felssteinplatten.

Es hat aufgehört zu regnen, etwas zögernd kommt die Sonne durch, es sind nicht viele Menschen da, ich kann frei meinen Blick öffnen und barfuß den feuchten Sand unter meinen Füßen spüren. So ist es wohl angemessen – barfuß.

Auch Merton war im Dezember hier, auch bei ihm regnete es, auch er barfuß – zum Entsetzen eines ihn begleitenden Priors, der es sowieso als Blasphemie empfand, was Merton da machte, und bockig auf einem fernen Stein sitzen blieb.

Alles ist riesig und sanft hier, links, als erster, ein Sitzender, rechts von ihm ein kleinerer, vor dem ein schmaler Tisch mit Opfergaben steht, die die ihn verehrenden Einheimischen – die Knie beugend – ablegen und der Wärter mir in einem Englisch, das ich nicht verstehe, eine Information über eine Fußhaltung der Statue gibt. Weiter nach rechts der große Liegende, vierzehn Meter liegend und noch klein, direkt über seinem Scheitel ein weiterer. Lange hielt man den für Ananda, Buddhas Lieblingsschüler, aber die wissenden Forscher haben ihn des Namens beraubt und er blieb doch mit seinen verschränkten Armen ein Rätsel. Jung sieht er aus, ganz leicht.

Das Ganze überwältigt. Wie kann etwas so mächtig und so milde sein.

Bevor ich mich dem Liegenden zuwende, versenke ich mich in den Geist des Hüters zu Beginn. Ich tauche mit ihm ein in sein weites Land. Die Maserung, schräg über seinen Körper verlaufend, nur oben, über der Brust aufwärts, ist der Stein ruhig, sie vereint ihn mit dem hinter ihm liegenden Gestein der Höhle, mit den zarten Reliefs von Pagoden und Pflanzen. Es ist Stille selbst, meine nackten Füße verwurzeln sich tief in der Erde und sein Licht mich nach oben, wohin auch immer. Wie gibt es das – einen gemeißelten Bewusstseinszustand? Noch nie erlebt. Wie ist es möglich, dass ein Künstler das innere Wissen des Zeitlosen in die Form holt *und* mich gleich mitnimmt? Künstler auch, wegen der Vollkommenheit der Gestaltung, der Proportionen, der Einfügung in den Felsen, Einbeziehung der Maserung, nichts von der Härte des Gesteins bleibt im anmutigen Fluss der Gewänder. Er sitzt. Ich stehe. Seine Hände ruhen in seinem Schoß. Meine halten einen Regenschirm und ein Paar Schuhe. Unsere Begegnung ist ohne Ort.

Ich bin am Staunen. Nicht dem der äußeren Betrachtung. Dem Sein im blauen Staunen.

Der Boden unter meinen nackten Füßen lebt. Ich setze mich meditierend – wie viele der Einheimischen auch – auf den leicht hügeligen Granitfelsen dem großen, liegenden Buddha gegenüber. Das dunkle Gestein ist inzwischen fast warm und trocken, im Gegensatz zu meinem Kleid.

Er liegt auf seiner rechten Seite, die Maserungen der Gewänder ziehen sich wie ein großer, anmutiger Fluss über seinen Körper. Er lächelt nicht wirklich, es ist eher ein Lächeln, ohne zu lächeln, noch hinter den Lippen, jetzt auf jeden Fall, bei diesem Sonnenstand. Die Augen leicht wie zarte Flügel geschlossen, eine Hand unter dem Kopf, der auf einer Kissenrolle liegt, der andere Arm längs an seine linke Körperhälfte bis zur Hüfte geschmiegt. Die Füße parallel, der obere ein kleines Stückchen zurückversetzt.

Und öffne mein Herz für den großen Liegenden. Den großen Liebenden. Gerade, gerade in diesem einen Moment des Übergangs, bleibt sein kosmisches Lächeln aus übermenschlicher Liebe. Etwas in mir, du Großer, verweilt in dir. So sieht also der geheimnisvolle Bruchteil des Lebens aus, wenn die Seele diesen Körper verlässt. Ich betrachte dich dabei, übe es, eine Stunde, dann werden es zwei. Die Sonne schafft es nicht, mein Baumwollkleid zu trocknen. Aber ein bisschen noch lass mich bei dir sein, in deinem grenzenlosen Mitgefühl für alle Wesen, der unendlichen Weisheit des Siddharta, dem Allwissenden aus einem unendlichen Grund ALL-EINER LIEBE. Ich weine, und du, Erhabener, du lächelst. Alles Befreit-Sein ist offensichtlich, nichts Verborgenes mehr, alles tragender Frieden, in reinster Majestät und Schönheit.

Frierend sitze ich da und weine in diesen Frieden hinein. Oder aus ihm heraus, was weiß ich.

Ich komme langsam zurück in die Welt und denke an den wartenden Raji. Zwischen Jakob und mir genügt ein Blick. Wir sprechen nicht. Auf halber Höhe nach oben auf dem Rückweg drehe ich mich noch einmal um, und da sehe ich ihn, wie er da steht, mein Bruder Louis, so, wie er oft in der ersten Morgendämmerung vor seiner Einsiedelei stand, wie er da steht und dem Geist des Buddha lauscht, barfuß, so wie ich, so still, *in eine innige Klarheit und Helligkeit gerissen. Offensichtlichkeit, Alles-ist-Leere, alles ist Mitleiden.* Hier an diesem heiligen, nichtchristlichen Ort hat er erkannt, wonach er *dunkel gesucht* hat. Hat *unter die Oberfläche geschaut, habe mich hindurchgebohrt, und ich bin durch Dunkelheit und Verborgenheit hindurchgelangt.*

Es ist nichts zu sagen. Doch, ich bin dir zutiefst dankbar, Bruder Louis, für dein wildes, mystisches Leben und den Weg, den du vor mir gegangen bist, hierher und überallhin sonst.

Vor mir liegt eine Sonne, die sich langsam zum Abend hin senkt. Jakob und ich gehen schweigend, immer noch barfuß, mit einem zusammengeklappten Regenschirm in der Hand, den Weg zurück zu Raji, der schon wieder einen Schleichweg weiß, sodass wir nicht mehr die ganze Strecke laufen müssen.

Ich sitze still im Fond des stolzen Mercedes und bekomme Schüttelfrost, so kalt ist mir, meine Kleidung ist immer noch feucht, und vor allem weiß ich – ich will jetzt nichts mehr sehen, keinen einzigen, winzigen Buddha, auch wenn er der schönste der Welt ist. Den habe ich gesehen.

Wir beraten. Jakob möchte noch, bevor geschlossen wird, die tanzenden Mädchen in ihrer Höhle von Sigirya erwischen. Ich will nichts mehr. Raji schlägt vor, dass er Jakob dort am Tempel aussetzt, mich in unser nächstes Hotel bringt und wieder zurückfährt. Entgegen aller Sitten streichle ich ihm von hinten über die Schulter – was für eine großzügige Lösung.

Es ist schon fast dunkel, als ich im Hotel für diese Nacht ankomme und Raji ist zu Recht sehr stolz, was er für uns vorbereitet hat – ein Baumhaus. Das Hochklettern ist auch bei schlechter Beleuchtung ein Kinderspiel – weil es zwar schmale, aber normale Stufen sind. Und es ist alles da – das Bett aus Bambushölzern, rundherum mit einem Moskitonetz aus feiner, rosa Gaze, passende Handtücher, als Schwäne gefaltet, seidene Zierkissen in einem dunklen, schimmernden Rot auf dem dünnen Baumwollüberwurf, Bad, Toilette – wunderschön. Nur – der Blick in die dichten Bäume der Nacht bleibt mir verwehrt. Und schlotternd, wie ich da stehe, bitte ich um eine Decke und schnell bringt mir einer der freundlichen Angestellten ein zweites Laken. Eine der dünnsten Erscheinungsformen einer Decke.

Als alle aus dem Lufthaus verschwunden sind, reiße ich mir die feuchten Kleider vom Leib und werfe mich unter die heiße Dusche. Ja, sie ist heiß. Und ich stehe da und stehe da und denke nicht über die Wasserverschwendung der Welt nach. Ich erwärme mich und es dauert, bis die Wärme bis in die Tiefe meiner Knochen vordringt. Unter der sogenannten Decke versuche ich, sie recht erfolglos zu halten. Bis Jakob kommt und mir liebevoll von seiner immerwährenden Wärme verschwenderisch abgibt ... Er erzählt, wie er die strengen Aufseher bestochen hat und so ein verbotenes Foto von den Tanzenden heimbringt.

Der dunkle Weg zum Abendessen ist links und rechts immer mal wieder mit einem kleinen Lämpchen beleuchtet. Die nassen Blätter der Palmen und Bananenstauden glänzen im wenigen Licht. Mich an der Pracht dieses wilden Dschungelgartens zu erfreuen, muss ich auf morgen verschieben.

Das Restaurant ist ein offener, mit Bananenblättern gedeckter Raum. Außer ein paar scheuen Jugendlichen, die zum Haus gehören, ist niemand da. Wir fragen einen von ihnen, was es zu essen gibt, und einer der Jungen bringt uns die Karte, die wir eingehend studieren und dann unsere Bestellung aufgeben wollen. Wir deuten auf ein paar Gerichte, eins nach dem anderen, das ist aber heute nicht da. Letztlich – keines ist da. Was ist da? Reis.

Also zwei Teller Reis mit jeweils drei Erbsen. Alles ist in Ordnung. Es zieht in diesem offenen Gebäude aus Bambusstreben und Palmendach. Normalerweise ist es ja heiß hier. Ich friere schon wieder.

Und in der Nacht ist es dann tatsächlich heiß und schwül. Ich huste unaufhörlich.

Die Stimmen der Tiere ziehen durch die Nacht. Ein ferner Elefant grüßt mit seinen sanften Füßen.

Am Morgen beim Frühstück storniere ich mit meinem kleinen Gerätchen unser einfaches Hotel in Flughafennähe und miete uns in ein edles Hotel am Strand nördlich von Colombo am Indischen Ozean inklusive Flughafentransfer ein. So kurzfristig gebucht, rattern die Sonderangebote nur so übers Display. Moderne Zeiten.

Bevor Raji uns dorthin bringt, hat er noch einen letzten Programm-Höhepunkt, den Höhlentempel von Dambulla. Ich bin noch gar nicht wieder aufnahmefähig, bin noch so erfüllt und durchsichtig, möchte noch mit den Eindrücken und Erfahrungen von gestern in ihrer Reinheit und ihrem Licht schwingen.

Und – ich halte mich offen, für das, was geschieht. Der Weg ist nicht weit bis zu den dunklen Höhlen mit Blumen der Betenden in den Händen, vor den Füßen der unzähligen stehenden, liegenden, sitzenden Buddhas in Räumen voller Wandmalereien an Decken und Wänden.

In mir bleibt eine gewisse leere Distanz, und das liegt gewiss nicht am Tempel.

Munter werde ich wieder, als mir ein junger, Robe tragender, schelmischer Mönch erzählt, dass Ende der neunziger Jahre ein Mönch hier in eine fünfzehnhundert Jahre währende Geschichte einbrach und zweiundzwanzig Frauen zu Nonnen weihte, obwohl der Buddhismus in Sri Lanka keine Frauenordination vorsieht. Bis ein Mutiger kommt und es sich anders einfallen lässt ...

Auf dem offenen Vorplatz vor den kreuzgangähnlichen Eingängen zu den einzelnen Höhlen sitze ich noch eine Weile auf einem Mäuerchen im Duft von Jasmin, dessen Blüten hier den Göttern gereicht werden, und bin still im weiten, letzten Blick über die Ebene Sri Lankas.

Raji schenkt uns zum Abschied noch eine Tüte mit vier Mangos – im genau richtigen Reifegrad, um sie gleich zu essen, meint er.

Thomas Merton stand in einer heißen Nacht in Colombo am Strand, warme Wellen vor ihm leuchten unter dem Mond, und er erlebt ein *neues, fremdartiges Gefühl hier draußen – nach Westen nichts bis Afrika. Und dort, nach Süden, nichts bis zur Antarktis.* Wenn er hier war, ging er abends manchmal ins *Galle-Face-Hotel* und nahm einen Drink – *ich trank Rum, der hier hergestellt wird, nicht ohne ein tiefes Gefühl von ‚Respekt vor dem Hotel'* zu haben. Ein paar Tage später setzte er seine Asienreise fort und eine Woche später hielt er, schon in Bangkok, auf jenem großen Kongress, seinen Vortrag *Marxismus und Perspektiven des Mönchtums.* Neben dem politischen Aspekt teilt er – mehr oder weniger direkt – auch Aspekte seines Klosterlebens und meint, es ginge nicht um die Regeln, sondern um etwas Tieferes, die völlige innere Umgestaltung, die Offenheit für die schmerzliche Mühsal des inneren Sich-Wandelns. Wie immer spricht er ruhig, im offenen Geist und humorvoll. Er weiß, aus welcher Quelle Freude entspringt.

Es ist das einzige Mal, dass eine Rede von ihm gefilmt wurde. Er beendete sein Sprechen am Pult mit *Ich verschwinde jetzt.*

Geht in sein Zimmer, duscht und stirbt an einem Stromschlag. Eine Woche nach seiner Erfahrung in Polonnaruva.

Großer, tiefer Frieden stand in seinem Gesicht.

Das *Galle-Face-Hotel* muss so etwas wie unseres jetzt gewesen sein, nur viel größer und damals noch mit dem verblichenen Charme der Kolonialzeit. Wir sind in einem moderneren gelandet, das uns zwei Heruntergekommenen mit elegantem Glanz aus Spiegeln und Marmor empfängt.

Mir fällt der Künstler ein, den Merton in Kalkutta getroffen hatte und der meinte, *jeder, der mein Haus betritt, bringt Gott herein.*

So abgerissen, müde und hungrig wie ich bin, so unbewusst und ohne Liebe wie ich oft bin – bringe ich in diesen Luxustempel auch Gott herein? Daran habe ich noch nie gedacht. Ich sitze in vielen Foyers und sehe Gott hereinkommen, in unzählbarer, ungetrennter Vielfalt aus dem Meer unendlicher Möglichkeiten.

Ein Philosophieprofessor in Neu-Delhi hat einmal in einem Gespräch mit Merton einen alten, weisen Sufi zitiert: *Zu sagen, ich sei Gott, ist nicht Stolz, sondern vollendete Bescheidenheit.*

jerusalem

dorf des friedens

UND WIEDER SITZE ICH IN EINER LOBBY, der weiten Lobby eines Jerusalemer Pilgerhauses der französischen Assumptionisten, eines Männerordens, der den Regeln des Augustinus nachfolgt und dessen Anliegen heute ist, Christen der unterschiedlichsten Glaubensrichtungen zusammenzubringen. Sie haben dieses riesige Areal zu einem wunderbaren Hotel direkt vor dem New Gate zur Altstadt Jerusalems ausgebaut. Es ist der *Königin des Friedens* gewidmet. Mein Zimmer ist in einer Mischung aus venezianischen und altarabischen Möbeln eingerichtet, an zwei Seiten des Raums sind Rundbögen wie in der Kathedrale von Cordoba. Oben, auf der Dachterrasse mit Blick über die abendliche Altstadt, wirft sich ein leidenschaftlicher Koch in seinem Front-Cooking ins offene Feuer, und wenn man leichtsinnig ist, schaut man vorher besser nicht auf die Preise.

Es mischen sich die christlichen Pilger aus aller Welt, die natürlich um diese weihnachtliche Zeit fast das ganze Haus füllen, mit interessierten Besuchern Jerusalems und einer freien Pilgerin.

Hier in der Lobby, wie im christlichen Viertel der Stadt, übertreffen sich die Christbäume mit flackernden und blinkenden Lämpchen und Krippen. Hier im Haus legte sich das Kindlein erst während der heiligwerdenden Nacht in sein Stroh. Noch weilt sein Blick in einer anderen Welt. Aber es blinkt, umgeben von kleinen Lämpchen, wie Maria und die Schäfchen auf den Weiden.

Ich habe so eine grundlose Freude, hier zu sitzen mit den Menschen, die zur Tür hereinkommen, zögernd, flotten Schrittes, mit leeren Händen, vollbepackt, sich sammelnd, wieder hinausgehend – und irgendeine rennt immer ...

Jeder, der mein Haus betritt, bringt Gott herein.

Eine eilige Japanerin mit dem unwiderstehlichen, offenen Lächeln dieser Frauen aus dem fernen Land läuft an mir vorbei und ruft »Merry Christmas.« Ich traf sie schon beim Frühstück, als wir mit den Sprachen und Hautfarben der Welt am Büfett standen, mit Nonnen aus China, Priestern aus Spanien, Chören aus den USA und dazwischen all die Einzelreisenden – auch aus aller Welt.

Gestern war Heiligabend.

Ganz früh am Morgen mache ich mich auf den Weg zur Klagemauer, zur Westmauer, wie die Israelis sagen. Das Tor direkt gegenüber meines Hotels führt mich ins Christliche Viertel der Stadt, von dort aus ins Aramäische und als die blinkenden Christbäume abrupt enden, lande ich im arabischen Teil und verlaufe mich heillos. Die Stadt ist noch leer, kaum ein Mensch ist auf der Straße, die Basarbuden sind mit hölzernen Läden verriegelt, in der Via Dolorosa, in der ich schließlich als Orientierungspunkt lande, hängen die großen Holzkreuze einsam an den Mauern. Sie sind zu kaufen. Von arabischen Handwerkern gehobelt.

Der Platz vor der uralten Mauer, ein Mauerteil, das dem Allerheiligsten des Tempels am nächsten liegt, ist weit und offen. Ich setze mich etwas oberhalb auf eine der breiten Steinstufen und schließe meine Augen, um erst einmal diesen Ort zu spüren. Der Wind ist eisig unter einem kristallenen Himmel.

Am Ende der Treppen zum Vorplatz hinunter muss ich wegen der Taschenkontrollen etwas warten, um mich ihr zu nähern. Trotz der Kontrolleure mit ihren scharfen, wachenden

Blicken, die die Mauer umgeben, heißt sie alle willkommen, nicht nur Menschen bestimmten Glaubens. Wahrscheinlich ist sie zu alt dafür, um in so enge Grenzen zu fallen. Ich gehe nach rechts auf die Frauenseite und im Mich-Nähern ergreifen mich die Schwingungen dieses uralten Bodens im ganzen Körper.

Meine Hand trifft die von der ersten Sonne gewärmten Steine, vorsichtig und zärtlich. Es sind die Gebete seit Jahrtausenden, die in sie fallen und sie an ihre Heiligkeit erinnern.

Ich trete noch einen Schritt näher, lehne meinen Kopf an sie. Sie duftet süß, wie ein Neugeborenes. Ihr innerer Geist, gesammelt in all dieser Inbrunst, wie ich sie links und rechts von mir erlebe, fließt in mein offenes Herz und lässt es schwingen in der Erinnerung an das, wie ich gemeint bin.

Ich höre die Äonen der Evolution die Steine durchdringen, in jedem Impuls verborgenes Licht aus Essenz von Leben. Als wäre ich selbst die Mauer.

Ohne mich umzudrehen, wie es Sitte ist, trete ich zurück mit zitternden Knien und stolpere über einen dieser weißen, weltweiten Plastikstühle, falle förmlich in ihn und sehe nur noch die Mauer. Und nehme von außen wahr. Die Farbe und den Glanz der Steine, all die Zettel zwischen den Ritzen, die Suche danach, noch eine Rille für sie zu finden, was nicht immer gelingt, weshalb der Boden vor dem alten Wall aus Steinen davon übersät ist. Und alle treten auf diese geschriebenen Wünsche an Gott. Mögen sie schon erfüllt sein. Zweimal im Jahr werden die Papierchen in mühseliger Arbeit aus den Ritzen gekratzt – mit im Ritualbad gereinigten Stöcken. Ich schiebe achtsam die heruntergefallenen Gebete unter meinen Füßen auf dem uralten Boden zur Seite und sitze in meinem wackligen Plastikstuhl, gelehnt an das Zusammentreffen der größten Träume der Menschen. Mohammed hat auf seinem siebenstufigen Weg auf der Jakobsleiter in die ferne Kultstätte Himmel zusammen mit Moses und Jesus gebetet. Alle, die hier waren und ins Licht traten, hatten diesen einzigartigen

Traum, ihr mystisches Feuer mit uns zu teilen. Irgendwie haben wir bis jetzt nicht so genau hingehört.

Ich sitze in diesem großen Strom und lausche.

Mit weichen Knien steige ich die Stufen wieder nach oben in die nun wuselige Stadt, reif für einen Kaffee in der Sonne, eingewickelt in meinen warmen Mantel, mit jungen, alten Menschen, Juden, Christen, alle Nationen, alle Schönheit, alles hat Platz. Und ich habe das Gefühl, dass durch die ständige Bedrohung in diesem Land die Schwingung des Lebens ständig vibriert.

Heiligabend ist vielleicht nicht ganz der rechte Tag, um die Grabeskirche zu besuchen, doch ich stelle jetzt keine großen Betrachtungen über das Einssein von Leben und Tod, oder dass es gar keinen Tod gibt oder Ähnliches an. Sie liegt einfach in der Nähe, und ich habe auch noch nicht ganz herausgefunden, wie ich nach Bethlehem komme. Ich weiß nur, dass es mit einem Mietwagen mit hiesiger Nummer zu gefährlich wäre.

Also schlängle ich mich von meinem Café aus ein Stück durch die jetzt menschenreichste Straße der Welt, die Via Dolorosa, kleine Läden aneinander, über- und untereinander gereiht, mit Dingen, die man nicht braucht. Ich kaufe ein paar Gebetsketten für meine Freundinnen – kann man immer brauchen – und eine Keramikschüssel – »you can put it in machine« – für mich selbst. Mein Widerstand gegenüber Gebet und Keramik ist sehr gering, muss ich eben meine Tasche achtsam tragen. Hat ja auch was, sowohl für die Wachheit an sich als auch den Taschendieben gegenüber.

Der Vorteil des ‚falschen' Feiertags für die Grabeskirche gegenüber Ostern ist, dass sich heute keine Priester und Mönche in wahrhaft christlichem Frieden um die ihnen gebührende Ecke des Gebäudes prügeln. Ich kann also dieses dunkle, vielgeteilte Schiff ohne Geschubse und Gestoße betreten und mich erst mal gleich einreihen in die Knieenden vor dem ölglänzenden Salbungsstein.

Mit meiner öligen Hand streiche ich mir einmal durchs Haar und suche dann meinen Weg im Durcheinander dieser dunklen Hallen über dem heiligsten Platz der Christenheit, Golgatha, und dem Heiligen Grab, aufgeteilt in dreißig Kapellen von sieben christlichen Religionsgemeinschaften.

Ich besuche nicht alle, blicke auf den Golgatha-Felsen hinter Glas, reihe mich in die jeweils sieben Wartenden vor der Grabeskappelle ein und die drei vor der Grabeskammer. Alles bestens organisiert. Langsam komme ich an diesem alten, gesegneten Ort an, aus dem eine Kraft machtvoll durch die Füße in mein Herz aufsteigt, kurz unter der Oberfläche eine leichte Unruhe bergend. Und doch tut sich unendlicher Friede auf, auch trotz der ganzen Streitereien um des Meisters willen an diesem Ort. Eingefasst in ein Meer von Kerzenampeln in den Verzierungen der sieben Kulturen. So schön, so dunkel.

Ich finde eine Bank in einem weniger verzierten Seitenraum, um mich einmal zu setzen und meine Augen zu schließen. In meinem Rücken hinter einer geschlossenen Tür singen leicht gedämpft Mönche leise gregorianische Chöre. Ich werde still und erfasse erst in der Stille die Größe und – ja – Heiligkeit dieses Ortes. In wessen Armen liege ich?

Am Abend hat Gott echt gute Laune. Im Restaurant meiner edlen Herberge gibt es ein großes Büfett, die Bedienungen sind bunte Engel mit rot-weißen Zipfelmützen, die in guter Laune zwischen diesen Menschen aus der ganzen Welt herumspringen, zwischendrin ein wildgewordener Weihnachtsmann mit scheppernder Glocke, der Süßigkeiten verteilt, die philippinischen Nonnen kichern sich unter den Tisch, die heiteren japanischen Priester singen Weihnachtschoräle und lieben den Wein. Kitsch macht Freude, weit entfernt von den stillen Winternächten aus den Dornenwäldern, durch die Maria in meiner Heimat ging.

Heute zum Frühstück fliegt der Hotelmanager in seiner Mönchskutte durch den Raum, kommt auch an meinen Tisch und fragt: »Sind Sie glücklich?« Wenn das keine Frage ist am ersten Weihnachtsfeiertag! Ich kann einfach nur »Ja« sagen. So kommen wir ins Gespräch, und ich erzähle ihm, dass ich morgen für eine Woche nach Whahat al-Salam – Neve Shalom fahren würde, um mit Freunden gemeinsam für den Frieden zu beten (so kann man es ja ausdrücken). Er kennt das Projekt, findet es großartig, gibt mir seine Karte und meint, vielleicht könne sich ja einmal jemand von ihnen melden.

Ich trinke meine Tasse Tee aus und denke mir, warum setzt er sich nicht einfach ins Auto, fährt hin und bringt sich selbst. Es war schließlich ein Dominikanerpater, der diesen besonderen Ort dort gegründet hatte.

Als ich dann ein paar Tage später einer der zentralen Frauen im Friedens-Dorf das Kärtchen mit ein paar Worten übergebe, zuckte sie nur höflich mit den Schultern.

Ich habe kein Navi in meinem Leihwagen, als ich gleich nach dem Frühstück aufbreche, um meine alte Freundin Hanna aus London zu besuchen. Sie lebt in einem jener neugebauten Dörfer nah an Jerusalem, die alle gleich aussehen und die Häuser innerhalb des Dorfes auch. Das Dorf habe ich schon gefunden, nur die Straße nicht. So irre ich mit meinem Adresszettel durch die Straßen.

Auf den Gehsteigrändern liegt noch Schnee, riesige Haufen von abgebrochenen Ästen türmen sich auf den Plätzen. Es hatte eine Woche, bevor ich kam, ein fünftägiges Unwetter gegeben. Schneestürme, umgestürzte Telefon- und Strommasten, alles brach zusammen. Und wer kennt schon so viel Schnee in Jerusalem?

Ich irre weiter. Jetzt weiß ich nicht einmal mehr, woher ich kam. Also halte ich an und frage einen Mann, der gerade aus seiner Haustüre tritt, nach der Straße. Er versteht mein Englisch, aber nicht den Straßennamen. Also hole ich den Zettel mit allen Infos meiner Freundin aus dem Auto. Er ist fest davon überzeugt, dass es diese Straße in diesem Ort gar nicht gibt. Er nimmt sein Handy aus der Tasche und tippt die Nummer meiner Freundin von meinem Zettel ab. Sie diskutieren eine ganze Weile. An den Gesten seiner Hände kann ich erkennen, um wie viele Ecken und Kurven der Weg verlaufen würde und mir wird schon etwas bang, ob ich mir das alles merken kann. Aber der Gedanke war zu weit. Zwei Minuten aus dem Vertrauen gefallen. Denn der freundliche Herr öffnet seine Garage: »Follow me«. Und lotst mich. Die Engel sind überall. Keine Sorge. Nicht einen Moment.

Und zwei Freundinnen können nach fast zwanzig Jahren ein Herzensfest feiern. Als wäre nicht ein Jahr vergangen.

Sie vermietete damals, als sie noch in London lebte, ein Zimmer ihrer Wohnung, so dass ich, als ich oft nach London fuhr, immer mal wieder eine Woche bei ihr wohnte. Heute frage ich sie, ob sie denn mir als Deutscher nie Ressentiments gegenüber gehabt hätte. »Nein, nie«, meinte sie. David, ihr Sohn, schon. Ich erinnere mich, wie er mit versteinertem Gesicht am Tisch saß oder die Küche verließ, wenn ich mir einen Kaffee aufbrühte. Ich dachte damals, das wäre Ausdruck pubertierender Befindlichkeiten.

Was war ich unbewusst und versunken in meine eigenen heiligen Angelegenheiten, dass ich das Offensichtliche gar nicht sah. Verzeih mir, David, verzeih mir.

Ich erinnere mich an meine Schulzeit, als ich einmal mit einer Mitschülerin aus der Parallelklasse an einem Tisch in der Kantine saß. Während wir unsere Suppe löffelten, bemerkte ich plötzlich, dass sie ein Goldkettchen mit einem Davidstern um den Hals trug. Und verstummte. Alles zog sich in mir zusammen. Ich wusste nicht mehr, was es zu sagen gab und nicht gelogen war. Wusste nicht mehr, meinen Löffel zu halten und wie das Atmen geht. Ich konnte die Geschichte unserer Mütter und Väter nicht vom Tisch nehmen, das Mädchen sehen, wie es war, so wach und sympathisch, ein undurchdringlicher Schleier wehte in mir vor ihr. Die Geschichte lag zu nachtbraun, noch zu nah, schwer auf meinem Herz, so dass weder meine Wissbegier nach ihrem Leben und dem ihrer Familie noch der Mut einen Spalt Licht in unsere Begegnung gebracht hätte. Ich war so feige und setzte mich nie mehr zu ihr. In meiner Generation kam erst der Versuch von Sprache, als wir begannen, unseren Eltern mit dem Hochmut derer, die im Frieden lebten, Vorwürfe zu machen. »Warum habt ihr nichts getan?«

Ich stelle mir seitdem die Frage selbst, immer wieder, ob ich den Mut gehabt hätte, unter Bedrohung meines Lebens zu handeln, zu schützen, meinen Mund aufzumachen. Hätte ich? Was sehe ich nicht heute alles und tue nichts und sage nichts wirklich laut – ohne dass mein Leben bedroht wäre? Könnte ich nicht nach Sachsen in einen der heißen rechten Orte ziehen und mich hinstellen, aufrecht, und mit denen sein, die es sich nicht leisten können, wegzugehen und mit denen, die voll Hass sind? Es versuchen, was geschieht, wenn ich einem, der hasst, mit Interesse und Liebe begegne? Ihn treffe im Herz des Menschen. Mein Leben wäre – gehen wir davon aus – nicht bedroht. Es wäre nur rasant unbequem. Bin ich hier, um es in meinem Leben bequem zu haben? Wer kommt mit?

Seit der Zeit, als die Sprache zurückkam, gibt es so etwas wie einen tiefen Aufschrei in mir: Ich vermisse euch schmerzlich in meinem Land. Und es ist nicht diese Seite des unaussprechlichen Schmerzes, des Mit-ihnen-Seins über das, was sie in meinem Land erlitten haben, das Grauen, das selbst, wenn wir es in den Ozean der Ewigkeit werfen, mit der nächsten Welle zurückkommt. Es ist der Schmerz über ihre Abwesenheit, über den Mangel ihres kreativen Reichtums, ihres Lichts, ihrer Größe in meiner Kultur. Ich höre das Echo in meiner Bildung, in meinem Herzen, in der Seele dieses Europas, in der Poesie, in eurer unverwechselbaren Kraft. Es ist unermessliche Liebe, tiefste Dankbarkeit und Sehnsucht nach dieser jüdischen Schwester, nach dir, jüdischer Bruder.

In Hanna habe ich diese Schwester. Zum Abschied erzählt sie mir von einem wunderbaren Markt in Jerusalem, und ihr Erzählen klingt so lebendig, dass ich gleich Lust bekomme, die nächsten Heiligtümer den Jordan hinunterrauschen zu lassen.

Na ja. Nur noch den Tempelberg.

Vor dessen Eingang ich dann kurz danach lande, beziehungsweise in der mindestens zweihundert Meter langen Warteschlange, es könnte also zwei Stunden dauern. Eine Weile stehe ich ratlos davor, auf einen eindeutigen Impuls wartend. Nein, das war's nicht. Der Ruf des Berges scheint nicht mir zu gelten. Keine alte Geschichte mehr, keine Moschee, die ich als Frau sowieso nicht betreten darf. Also – stattdessen bunter Markt, voll Leben soll er sein, meinte Hanna. So steige ich ins Taxi und komme mit dem Taxifahrer ins Gespräch. Auch über Bethlehem. Ob er mich bringen solle.

Ich hatte gestern Abend nach allem weihnachtlichen Gewimmel und Gemützel noch sehr ausführlich meinen Reiseführer studiert. Es wäre gefährlich mit einem gelben, israelischen Nummernschild, wie ich es an meinem Leihwagen habe, nach Bethlehem zu fahren und trotz allen Vertrauens will ich das Leben ja auch nicht herausfordern.

»Ist das mit dem Taxi möglich?«, frage ich ihn.

»Ja, selbstverständlich.«

»Keine Kontrollen?«

»Kann passieren.«

»Keine Behinderung auf palästinensischer Seite mit gelber Nummer?«

»Sie können Sie als Touristin erkennen, wenn Sie mit dem Taxi kommen, und die wollen sie ja.«

»Und der Preis?«

Dollar habe ich nicht, aber Euro nimmt er auch.

So komme ich doch noch nach Bethlehem, der Fährte folgend, die durch den feinen Sand des Lebens läuft. Der Weg bereitet sich von selbst.

Ibrahim, mein Fahrer, ist israelischer Araber. Seit mehreren Generationen lebt die Familie in Jerusalem. Er erzählt von den Schikanen, die er in ‚seinem' Land erlebt, obwohl er doch formal dessen Bürger sei. Sie bekämen nur niedrige Arbeit, die keiner sonst tun will, sie seien mitunter achtzehn Stunden mit Hin- und Rückweg zum Arbeiten unterwegs, eben einfach Bürger zweiter Klasse.

Ich frage mich in kindlicher Unschuld, warum nicht alle in einem Staat leben, mit einem Recht, das für alle gilt, dann könnte man sich viel Stacheldraht, Gewehre, Hass und Traumata sparen. Der naive Traum einer Liebenden, die als Vertreterin der Mystik durch die Welt reist und sie kostenlos als Allheilmittel anbietet. Ich bekomme also gleich eine schmerzvolle Führung durch einen der schwer verwundeten Landstriche dieser Welt.

Morgen werde ich in ein Dorf fahren, das genau das Gegenteil übt.

Ibrahim zeigt mir die breit angelegten Siedlungen im Westjordanland, wir fahren durch Straßen, die links und rechts mit von mindestens vier Meter hohen, doppelseitig mit Stacheldraht gesäumten Mauern und Türmen eingeschlossen sind. Mir kommt gleich dieses kalte Gefühl aus meiner Zeit in Westberlin hoch, wenn ich nach Ostberlin fuhr oder die Transitstrecke benutzte – und es scheint nicht nur mir so zu gehen. An der Mauer auf der rechten Straßenseite taucht das Graffiti auf: *Ich bin ein Berliner.* Hier waren Familien auseinandergerissen, haben ihre Heimat verloren, wurden Familienmitglieder getötet. Er zeigt mir, wo die frühere jordanische Grenze verlief, welches noch die ganz vereinzelten arabischen Häuser sind.

Es ist klar, was sein Hintergrund ist – ein arabischer Israeli ohne die Rechte eines Israeli. Er erzählt nicht wütend, eher traurig, resigniert. Und natürlich aus dem Blickwinkel der einen Seite. Auch dieser ist eine Realität. Wie alle anderen auch.

Wie immer – es ist ein Unterschied, über all diese Aspekte gelesen zu haben oder mitten darin zu sein.

So lande ich etwas aufgeweicht in Bethlehem. Schon bei der Einfahrt stelle ich klar, dass ich in keinen Souvenirshop möchte und keinen Führer in der Kirche.

Ich wolle beten, sage ich ihm und handle unter einigem Kraftaufwand immerhin eine halbe Stunde Wartezeit für ihn heraus. Eine Viertelstunde wäre ihm lieber gewesen und schon scheucht er mich davon.

Nach diesem Aufflackern tausendjähriger Menschheitsgeschichte, gespiegelt im Schicksal eines einzelnen Menschen im Land von Menschen, über deren Schicksal kaum zu sprechen ist, betrete ich eine der ältesten Kirchen demütig gebückt durch ein niedriges – damit ich nicht zu Pferde einreiten kann – Tor ...

Griechisch-orthodoxe Priester, mit ihren hohen Hüten und schwarzen Sutanen durchflattern die riesige, mit ewigen Lichtern, ziselierten Silberampeln und Kronleuchtern sanft erleuchtete, dunkle und monumentale Basilika. Obwohl dieser hohe Feiertag ist, kann ich ruhig und frei umherstreifen und mich überwältigen lassen, nicht von der äußeren Morbidität, abgefallener Vergoldung, dunkelbraunen Holzkonstruktionen, sondern vom Licht, das aus dem Boden zu steigen scheint. Ich werfe nur einen kurzen Blick auf den silbernen, in den Boden eingelassenen Stern in der unterirdischen Geburtsgrotte, vermeide die Schlange davor, nehme mir einen Stuhl, platziere ihn mitten in diesem riesigen Raum, setze mich und höre das Licht der Welt in seiner Herberge in meinem Herzen. Meine halbe Stunde ist kurz, ein ganzes Leben würde mir nicht reichen.

Da kommt auch schon ein bärtiger, grimmiger Priester und verscheucht mich, nimmt meinen Stuhl und trägt ihn wieder an den Rand. Was nicht das lodernde Feuer in mir nimmt. Das Brennen dieses Lichts hat keinen Ort.

Ich folge dem Mann zu einem kleinen Devotionalien-Pult, schaue ihm in die Augen, lächle ihn an und kaufe ein kleines Tütchen mit Erde aus dem Boden von Bethlehem (wenn's stimmt, aber darum geht es ja nicht) und einen kleinen Maria-Anhänger für eine Freundin, die sich etwas von meiner Reise gewünscht hat.

Und jetzt raus ins bunte Leben. Gott ist überall, innen, außen, in jedem Blättchen und jeder Tiefseeschnecke, in Stacheldraht und in jedem Ort einer Geburt, auch der dieses einen Moments. Wo nicht? Ich bitte Ibrahim, mich jetzt zum Markt zu fahren, lehne mich etwas erschöpft zurück, noch leicht in Trance und hungrig.

Ein westlich-modern-orientalischer Markt – über so viel Fülle und Farbe und Gerüche freuen sich die Gernelebenden. Viele sind für ihren Shabat-Einkauf in den hellen, weiten Basar-Straßen unterwegs.

Ich habe keine schweren Einkaufstaschen zu tragen, schaue zu, wie Reiswaffeln produziert werden, schlendere an den reichen Obst-, Fleisch-, Gemüse-, Gewürzständen vorbei und da ich Tahin so gerne esse, habe ich die Ehre, einmal Beobachterin einer Sesammühle in Aktion zu sein. Wie der Samen sein Inneres gibt und sanft sein Öl nach unten in eine Auffangschale fließt und tropft. Mein Hunger drängt.

Überall links und rechts sind kleine Lokale mit in die Straße hinein vorgebauten Holzterrassen, ich muss nur noch wählen – und falle in orientalische Vorspeisen-Schälchen voll Humus, Tahin, Petersilie, Auberginen, Falafel und viel Gemüse hinein.

Vor fast fünfzig Jahren hauste ein jüdisch-christlicher Priester, weil er lange in Ägypten gelebt hatte, die Araber liebend – in einer windigen Hütte ohne Wasser und Strom, ohne befestigte Zufahrtsstraße, auf einem trockenen, verwüsteten Steinfeld, das auf einem Hügel gleichweit von Jerusalem, Tel Aviv und Ramallah entfernt lag. Er hatte von seinem Provinzial in Paris die Genehmigung bekommen, sich ganz seiner Idee zu widmen – dem Wort des Jesaia folgend: *Mein Volk wird in einer Oase des Friedens leben.*

So soll dieses Dorf, das er errichtete, heißen: *Whahat al-Salam* – arabisch, *Neve Shalom* – hebräisch. Mit zwei Familien beginnt er auf diesem durch zwei Kriege verwüsteten, kahlen Landstrich unter extrem schwierigen Bedingungen sein Projekt zu verwirklichen. Christen, Muslime und Juden sollen einst in diesem Dorf in Frieden leben. Der Samen ist aufgegangen – heute leben sechzig Familien im Dorf. Der Schwerpunkt hat sich etwas verschoben, es geht nicht mehr um die religiöse Zugehörigkeit, sondern um die Ausgewogenheit von jüdischen und palästinensischen Familien. Und die Idee des friedlichen Zusammenlebens sieht die Lösung nicht in Gleichmacherei oder Anpassung, sondern darin, ein Leben der eigenen Identität im Austausch mit den jeweils anderen zu finden, wie ein Modell für das ganze Land.

Die Steine haben sich auf diesem Weg des Wachstums natürlich etwas entmaterialisiert, so bleibt der vielleicht noch härtere Weg und verlangt noch viel innere und äußere Arbeit. Und derer sind und waren sich die Bewohner bewusst.

Heute gibt es in Whahat al-Salam – Neve Shalom eine Kinderkrippe, einen Kindergarten, weiterführende Schulen – alles zweisprachig, alle Gremien und Lehrenden doppelt besetzt von einem jüdischen und einem palästinensischen Mitglied. Über das Dorf hinaus gibt es eine Friedensschule, für die extra Programme entwickelt wurden, die nicht nur von inzwischen Zehntausenden Juden und Arabern besucht werden, sondern von Menschen aus der ganzen Welt, ob aus Konfliktregionen oder einfach, um zu lernen. Vor allem für junge Leute gibt es sehr weit entwickelte Programme,

Und es gibt in diesem Dorf inzwischen Straßen, üppiges, aus der Wüste geschlagenes Grün, die Hortensien am Weg sind schon zu ahnen, in den Knospen der riesige Rhododendren schimmert schon Purpur und Mauve, Palmen, Bananenbäume und kleine Kräuter- und Gemüsegärten, ein Café mit einer von Weinreben beschattende Pergola, ein Restaurant und – ein Gästehaus. Es besteht aus kleinen Bungalows, geschmackvoll eingerichtet, mit einem eigenen Balkon und separatem Eingang. Gott hat es sich einfach eingerichtet hier und empfängt ganz still. Das westliche Licht wärmt den Raum mitten im Winter.

Am Rand des Dorfs, abgeschirmt in einer lieblichen Mulde, steht ein Rundbau, das Haus des Schweigens. Ein gewölbter Raum mit einem über die ganze Stirnseite gehenden Fenster, das den Blick in die grüne, einstige Wüstenlandschaft freigibt. Dort ist es tief-still, ein Ort für Meditation und Gebet. Ein Psalm nennt die Stille ‚Lob Gottes' und im Koran ist es die ‚innere Ruhe', die in die Herzen gelegt wird. Verschieden in Kultur und Religion ist Stille überall ein gemeinsamer Ort.

Ich bin mit Freunden gekommen, um das zu tun – beten und meditieren. Was soll ich in diesem Land auch anderes tun, wenn ich es schon nicht schaffe, alle an die Ufer des Jordans und des Mittelmeers zu setzen, ihnen die Füße zu waschen, wie ein Meister dieses Landes, und dabei heimlich alles aus den Herzen zu reißen, was jetzt nicht mehr notwendig ist. Was würde dann bleiben?

Also, bis dahin, beten und meditieren. Und weil wir viele sind, reicht dieser kleine Rundbau nicht, sondern es steht uns das große, befestigte Veranstaltungszelt – sieht aus wie zwei riesige Tipis – zur Verfügung

Und mir ein kleines Hotelzimmer mitten im Dorf. Gott im Hotel, das Hotel in Gott – ein Übungsfels der Liebe.

Vor einigen Jahren las ich einmal ein Buch über die Geschichte einer Jüdin und eines palästinensischen Israelis. Welche Zerreißprobe ihr Zusammengehen war. Wie die Familien sich sperrten, den zukünftigen Partner demütigten und welch weiter, innerer Weg es ist, die Geschichte von Völkern in die persönliche Geschichte wirklich zu integrieren, um frei zu sein.

Die beiden waren eine der ersten Familien hier im Dorf, das von der Idee her ja nicht auf eine Vermischung angelegt ist. Sie hatten also so etwas wie einen doppelten Weg zu gehen. In der ersten Mittagspause spaziere ich durchs Dorf und suche die beiden, vielleicht sind sie ja auch hier heute ...

Unter den Freundinnen und Freunden, mit denen ich hier bin, sind viele Juden, teils hier aus Israel, teils aus den USA, einige, sehr wenige Palästinenser und viele Deutsche. Und wenn Juden und Deutsche in Stille zusammen sind, dann kommt einiges hoch und zwar heftig. Und wenn dieses Auftauchende in Liebe gehalten ist, wird es noch heftiger.

Ich komme aus der Generation der Scham. Auch wenn ich selbst nicht mehr beteiligt war, fiel ich mit meiner Geburt in einen Boden, der glühte, lag der Geruch des Rauches noch in der Luft, waren meine Eltern, Großeltern, Lehrer, das Dorf meiner Kindheit sprachlos, es lag ein undeutbares Flackern in der Atmosphäre, das sich in meinen Zellen Raum griff, Füße setzten zum Tanz auf schwarzem, morschen Eis, dessen Kälte unsichtbar alles durchdrang. Ich, die ich schon als junges Mädchen unsterblich in die Poesie verliebt war, las Adornos Frage, ob man ‚danach' noch dichten könne und las Celans Antwort darauf – die Todesfuge.

Da tragen die Kinder die Schuld genauso verstummt weiter. Wer weiß, wie viele Generationen noch. Bis ins siebte Glied.

Aber jetzt, nach Jahrzehnten des Lesens, Suchens, Begegnens, Retreats in Ausschwitz, Lieben von Freunden, sitze ich hier mit offenem Herzen. Mit dem Mut, auch in den Schrei der Verantwortung des zweiten Glieds zu sinken. Im Kollektiven bin ich auch Täterin. Und im EINS alles.

Manche können zuerst gar nicht mit Deutschen in einem Raum sein. Manche sind überwältigt und halten Abstand. Sieben lange Tage arbeiten wir uns durch die Schichten einer traumatischen Geschichte. Die jüdischen Frauen sind stark.

Manche, deren Seelen in unserer gemeinsamen Schwingung angestoßen sind und über die Zeiten springen, beginnen, uns in die Augen zu sehen, aus dem tiefen Bedürfnis heraus, sich zu verstehen.

Schmerzlich, wahrhaftig und immer wieder still. Stille schützt und gebiert. Der stille innere Raum kann diesen Schmerz der Grausamkeit in den Zellen der Familiengeschichten über alle Ebenen des Bewusstseins hinaus heilend halten. Weit und raumlos. Und Wahrhaftigkeit, die Oberfläche der Wahrheit, findet in die Lücken des Lebens. Manchmal recht laut und heftig.

Zum Beispiel in der Silvesternacht. Denn auch im Dunklen ist Tanzen möglich, dünnhäutig liebend. Und wenn da jemand ist, der nicht im selben Raum mit mir sein kann, weil ich Deutsche bin, kann er dann letztlich doch mit mir tanzen. Nach Mitternacht beginnt das Neue.

Im frischen Licht des neuen Jahres, nach fünf Tagen, habe ich das Dorf verlassen, bereit, die Heimreise anzutreten, und sitze wieder in der Lobby meines edlen Hotels aus alter Pilgerstätte. Die spanischen Priester singen mit ihren jungen Schülerinnen ein munteres Lied des Marienlobs. Die japanischen Nonnen verlassen die Lobby strahlend im Licht der Stadt. Ihre Freude über das Hiersein macht ihre Augen leuchtend. Ein junger Portugiese bindet sich ein Palästinensertuch um den Kopf. Sprachen, die ich nicht kenne. Pakistani vielleicht, deren Schuhe auf dem Marmorboden klappern. Immer in Gruppen. In dem Kreis von Sesseln neben mir eine Gruppe von jungen Brasilianern, die gerade aufbrechen.

Alle, die nach draußen rennen, zu ihren Bussen und Taxis, alle, die zu Fuß in die Altstadt trippeln, kommen an einer überdimensionierten Marienstatue vorbei, die auf dem weiten Vorplatz aufgerichtet ist. Die *Königin des Friedens*. Sie bewacht seit Jahrzehnten generationsübergreifende Kampfhandlungen. Alle Gemäuer um sie herum waren zerstört. Sie blieb stehen. Heute soll sie der Welt als Ort einer fruchtbaren spirituellen Entwicklung dienen.

Ich bin dabei.

Der Muezzin ruft.

bremen

fließendes licht

JETZT, IM MAI, BLÜHEN DIE RHODODENDREN. In Purpur und Mauve, Weiß, Violett und Gelb. Hier ist der Garten ein Park. Ein Park mit verzweigten Wasserstraßen und Wiesen zum Spielen und Essen, mit Raum für Wildkräuter mitten in der Stadt.

Vor mir ein kleiner See mit sprühender Fontäne in der Mitte, der Rundweg von Rhododendren gesäumt. Und einem Hotel, das sich etwas mühsam denkmalgeschützt über seine Geschichte als Ausflugsziel hinauswagt und Grandhotel geworden ist, wie ein Schloss mit linkem und rechtem Seitenflügel und in der Mitte darüber der Kuppelbau über der Seeterrasse.

Ich bin mit Jakob hier und wir beziehen eines der Zimmer im rechten Seitenflügel, zwei große Türen öffnen den Blick aufs Wasser, die Fontäne, die Farben der teilweise fast baumhohen, schwer an ihren Blüten tragenden Rhododendren.

Es gibt Städte und Regionen auf dieser Welt, mit denen ich mich verbunden fühle, sobald ich aus dem Zug steige. Und welche, die mir fremd bleiben, selbst wenn ich Jahre hier gelebt habe. Zu dieser Stadt hier hatte ich nie eine Verbindung gefunden, was nichts mit der Stadt zu tun hat ... So ist es mir ganz recht, dass mir zwar die Zimmerknappheit an Pfingsten recht heftig meinen Geldbeutel ausräumt, mich aber in diesen Park geworfen hat, mittendrin und doch abseits.

Morgen, am Pfingstsonntag, wird die Hochzeit eines meiner Neffen sein. Der Brudersohn hat uns zur Feier eingeladen, in ein spezielles Hochzeitshaus, in dem auch sonntags Trauungen stattfinden. Die Kirchen ziehen sich geschwächt zurück, die jungen Menschen kreieren sich andere Rituale. Ich war damals noch jünger als die beiden, als ich das Haus der Frommen verließ, ich hatte dort keinen Platz für das Feuer in meinem Herzen gefunden.

Viel später erst, nachdem ich die Mystikerinnen an anderen Orten traf, entdeckte ich die meines eigenen Kulturraums, erkundete sie in ihrer Fülle, hatte begriffen, dass die Mystiker aller Religionen und Wege in der Essenz vom selben sprechen. Merton hat ja so viel davon erzählt.

Also Pfingsten. Inzwischen kann ich auch die Seelenstufen und die damit verbundenen Wandlungsprozesse erleben, die sich im Inneren christlicher Feste bewegen. Die Symbolik des Lichts, das mit einer winterlichen Geburt einhergeht, die besondere Stille der Inwendung eines Karfreitags und von der großen Seelenöffnung des Sonntags danach. Und vom inneren Wissen, vom sich stets Erneuernden der Pfingsterfahrung.

Es ist mir das nächste Fest. Irgendwie geschieht seit vielen Jahren in meinem Leben an oder um Pfingsten herum etwas Besonderes, Neues, Ungeahntes. Etwas, das mich weiterträgt. Der Geist schlüpft dann in eine Begegnung, berührt mich in Gestalt eines Buchs, geschickt aus einer unerwarteten Quelle, in einem Satz aus feinem Licht, der ein Tor in eine Mauer schlägt. Nachdem mir nach einigen Jahren das Zusammentreffen dieser Überraschungen an Pfingsten das erste Mal bewusst wurde, hatte ich natürlich die Befürchtung, es werde nicht mehr geschehen. Und es geschah doch. Selbst als ich es erwartete. Es gibt diesen Moment in einer Erwartung, in dem man sie vergisst und genau in diese Lücke schlüpft der Geist.

So auch an diesem Sonntagmorgen in der fremden Stadt, ich hatte den besonderen Tag ganz vergessen; ich bin hier wegen der Hochzeit und frühstücke prächtig in den Gestaltungsbrüchen dieses Hotels. Ein Grandhotel mit mahagonifarbenen Stühlen und gerafften Stores, eingebettet in eine Architektur Ende des vorigen Jahrhunderts, etwas verbaut, wenn ich nur an die Wege vom Zimmer in den Frühstücksraum denke, aber die Brötchen schmecken, der Tee ist heiß und die Früchte frisch. Mir begegnet sogar eine Maracuja mit ihrem tropischen Aroma, das immer ein richtiges Lustgefühl in mir auslöst.

Pfingsten habe ich vergessen, als ich wieder zurück in unser Zimmer gehe für meine Morgen-Meditation, heute nach dem Frühstück. Etwas dunkel ist es in mir schon seit ein paar Wochen, spröde, trocken. Aber der Stille ist es egal, unter welchem Boden sie sich weitet. Also meditiere ich einfach weiter, eben etwas dunkel und spröde, verknote, so gut es geht, meine Beine auf dem gepolsterten Mahagonistuhl, falle in meine Trockenheit und stolpere durch die unruhige Zeit verborgener Stille.

Und höre plötzlich in mir einen Satz von Mechthild von Magdeburg – *das fließende Licht der Gottheit.* Alles wird still. Ganz fein beginnt es zu fließen – das Licht, die Liebe durchweichen mein enges Herz. Scheu übt es wieder das Atmen, leise das Lieben.

Aus irgendeinem tiefen Grund taucht diese große Mystikerin nach 800 Jahren in meinem Schloss hier auf. Es ist lange her, als ich in das mystische Gedicht ihrer intensiven, brennenden Poesie gezogen wurde.

Ich hatte viel gelesen von und über diese moderne Frau, die vollkommen eigenständig und radikal ihrem Weg folgte – wider den Anfechtungen des Klerus und trotz der damaligen Rolle als minderwertiges Weib. Mit zwölf Jahren hatte sie ihr Erweckungserlebnis – *als ich alleine war, wurde ich in überaus seligem Fließen vom Heiligen Geist gegrüßt* ...

Passt ja. Mechthild die Nahe. Die in ihrer Zeit vom Heiligen Geist spricht, wie wir heute wohl von einem sich weitenden Bewusstsein. Alles, was sie schrieb, strömte aus dieser EINEN Lichtquelle, ist wie eine Zwiesprache zwischen der Seele und Gott in Einheit – *wenn ich scheine, so musst du leuchten, wenn ich fließe, so musst du tosen, wenn du aber liebst, so werden wir zwei eines, und wenn wir zwei eines sind, so kann niemals mehr Trennung geschehen, sondern ein lustvolles Harren wohnt zwischen uns beiden.*

Ich bin hier zur Hochzeit des jungen Liebespaars, und die Sehende fällt in mein Innerstes mit der großen, zeitlosen Hochzeit. Mit Worten höchster Intensität, mit Leuchten und Tosen und dem Vibrieren im *Harren.*

Und dem Lustvollen. Sie singt vom Eros der Mystik. Was dazu führte, dass die Kirchenmänner sie eines irdischen Geliebten verdächtigten und ihre ganze Gotteserfahrung infrage stellten. Sie konnten sie nicht verstehen. Wer weiß, welche Fantasien der eine oder andere hatte – während sie vom Ungetrennten, vom Heimlichsten aller Geliebten sang.

Mechthild verließ mit vierundzwanzig Jahren ihr adliges Elternhaus und schloss sich den Magdeburger Beginen an, um sich ganz ihrem spirituellen Weg zu widmen. Dazu gehörte für sie auch, sich um die Armen zu kümmern. Und das Elend der Bevölkerung war groß, da muss man sich schon hinzulangen getrauen. *Wer bei Gott eintaucht, wird beim Mitmenschen auftauchen.*

Und es bedeutete auch – ihrer inneren Wahrheit verpflichtet – ihre Wahrnehmung von Formen der ausufernden Verweltlichung des Klerus kritisch zu benennen.

... die Worte, die niemand gehört hat.

Doch sie findet überraschenderweise einen Unterstützer aus kirchlichen Kreisen in jener für Frauen so gefährlichen Zeit. Ohne Hilfe, ohne jemanden, der die größere Wahrheit in ihren Schriften sehen konnte, wäre sie sicher der Ketzerei angeklagt worden. Sie konnte gar nicht anders als sprechen *– die Seele – je stiller sie schweigt, desto lauter ruft sie.*

Sie wird vom Klerus angefeindet und bedroht; eine Frau, und mag sie noch so adlig sein, die ohne theologische Ausbildung, ohne Lateinkenntnisse, in Volkssprache, so kühn von ihren spirituellen Erfahrungen schreibt – das geht nicht. *Wär ich ein gelehrter geistlicher Mann, du würdest ewige Verherrlichung dafür empfangen.* Stattdessen wird sie belehrt, dass, wenn sie nicht davon absähe zu schreiben, es – immerhin nur das Buch, nicht sie – in Flammen aufgehen würde.

Gott beruhigt sie – *die Wahrheit kann niemand verbrennen.* Dieses Buch, das heute nicht nur als literarischer Edelstein erscheint, war das erste mystische Werk in unserem Kulturraum, noch vor den Schriften Meister Eckharts, mit dem sie voranging, den so unebenen Weg gebahnt hat – mit der einzigen *Vollmacht,* die sie hatte, *dem göttlichen Auftrag.*

Vielleicht ist die Zeit endlich reif dafür, dass die unmittelbare Quelle der Mystikerinnen – es kommen ja noch viele nach ihr, hier und in ferneren Ländern – die Basis für uns Frauen werden, den Boden harter, patriarchaler Strukturen zu erweichen mit dem aus dem Innersten geborenen Mut, der viel tieferen, existenziellen Befreiung, der Liebe. Ohne die nichts milde wird.

Mich packt ihre Radikalität, Jahrhunderte vor Merton, dieses bedingungslose Folgen, dieses sich ganz, vollkommen auf DAS Beziehen. Ein Leben im Namenlosen als höchste Priorität, durch alle Anfechtungen hindurch, der äußeren, der inneren. Natürlich begegnete auch sie der Dunkelheit der Seele, der inneren Wüste. ... *du sollst das Nichts lieben,* war die innere Antwort.

Wie kann ich es lieben, das verschlossene Herz?

Meine Pein ist tiefer als der Abgrund, mein Herzleid ist weiter als die Welt, meine Furcht ist größer als die Berge, meine Sehnsucht reicht höher als die Sterne. In diesen Dingen kann ich dich nirgends finden.

Ist ihre Antwort.

Die ich auf Erden zu mir herziehe, denen tut der Zug sehr weh.

Ist die Antwort.

Ich stelle mir meinen mahagonifarbenen Stuhl in die Sonne auf dem kleinen Balkon und ziehe mit meinem Laptop auf den Knien durch meine und Mechthilds Seelenräume. Mein Herz fließt wieder, versinkt, versingt sich in den Liebesworten.

Da Gott sich nicht mehr halten konnte, erschuf er die Seele und gab sich ihr in großer Lieb zu eigen.

Und führt diese *Seele mit Gewalt in die heilige, wahre Erkenntnis* ein.

Ich liebe diese Gewalt. Ich sehne mich nach dieser Gewalt.

Ich sehne mich nach der *Sicherheit der Seele,* nach der *großen Zunge der Gottheit,* nach dem *Erkennen der unaussprechlichen Ordnung,* nach der *Berührung des heiligen Geistes mit seiner fließenden Flut.*

Was hat diese Frau für eine Poesie. Und ich fließe in ihr, mit dem Blick auf die Rhododendren in Purpur, Weiß und Violett.

Die durchsichtige Klarheit und ethische Kraft Mechthilds, ihre tiefsten Erfahrungen, aus denen sie spricht in einer Modernität, nimmt mir auch Jahrzehnte nach meiner ersten Begegnung mit ihr den Atem.

Alle, die dieses Buch verstehen wollen, müssen es neunmal lesen. Neun Stufen der Seele, neun Stufen des Bewusstseins. Jedes Mal neu.

Diese Worte bergen so eine zeitlose Dynamik, die Übersetzung bräuchten in eine Zeit aus Jetzt, getragen von den Wellen der Evolution, unversehrt-zeitlos, hoch modern. Um die Suchenden des zweiten Jahrtausends den feinen Duft der Worte aus fließendem Licht ahnen zu lassen.

Der Herr sagt: dieses Buch wird beständig unerschüttert bleiben und *du mögest dieses Buch behüten vor verlogener Aufmerksamkeit.*

Mich erschüttert es. Jetzt, heute, 800 Jahre später.

Gott hatte recht.

Mit etwas wackligen Knien wühle ich aus meinem Koffer das Kleid für die hiesige Hochzeit heraus, leicht flatternd in der Synchronizität des Lebens aus innerer und äußerer Hochzeit.

Im Bad lege ich etwas Farbe über mein verweintes Gesicht, *eine heilige Aufmerksamkeit sollen wir für uns selber haben.* Wobei vermutlich das Überschminken nicht so genau damit gemeint war ...

Ich lege meinen Schmuck an. Wie die Braut im Hohen Lied, dessen Sprache sich Mechthild in ihrer Kühnheit bediente, die Braut, die heute nicht ich bin, es der Jungen überlasse; oder es immer war, schon immer, seit ich hier bin. Braut mein ganzes Leben.

Der Schmuck ist eine Kette meiner verstorbenen Mutter, für meinen Neffen, dass auch etwas seiner geliebten Großmutter bei seinem großen Fest dabei ist, die Ahnin auch mitträgt.

Nicht nur, weil die Beine noch zittern, sondern auch aus dem Spaß an hohen Absätzen hänge ich mich elegant in den Arm meines hiesigen Bräutigams, durchschreite die weichen Teppiche, die verbauten Flure und trete in den blendenden Pfingstsonntag im Park.

Es wird ein Fest einer besonderen Liebe. Die beiden haben die Schritte ihrer Rituale sehr sacht gestaltet, mit vielen kleinen Details, kein Moment der Begegnung geht in der Form unter. Immer ist dieses feine Band zwischen den beiden und die Achtsamkeit der sie Begleitenden zu spüren.

Dahinter die Worte, *die niemand gehört hat.*

Am nächsten Morgen, noch immer im Hotel, kommt mein anderer Neffe zum Frühstück. Es ist ein Vergnügen, weil ich diese Felder von Spannung liebe, Altes – Neues, Brüche, Aufbrechendes. Dieser junge, wilde, begabte Künstlerkerl in diesem Grandhotel-Frühstücksraum. Wir lachen sogar laut. Mindestmaß an Kühnheit.

Und steige in den Zug nach Hause, setze mich in mein kleines Gärtchen unter die Sonne eines späten Nachmittags, betrachte ganz neu meine zwei mageren Rhododendren. In einer frostigen Aprilnacht waren die Blüten erfroren – und jetzt entdecke ich voll Staunen drei kleine, frische Nachblühende. Ganz weich, mit friedsanftenem Herzen, lese ich weiter, jetzt im alten Buch meiner ersten Begegnung mit seinen leicht vergilbten, rau gewordenen Seiten.

Alle deine Fußspuren sind gezählt, schreibt Mechthild. Sie war sehr krank am Ende ihres Lebens und zog sich – der Anfeindungen müde – in das Kloster Helfta zurück, um dort mit zwei der großen Mystikerinnen ihrer Zeit zu *erleuchten und zu lehren.*

Bevor sie stirbt, hinterlässt sie die tiefste, geheimnisvolle Wahrheit auf dem Weg zum Frieden in ihrem Abschiedsgedicht und schreibt, was sie alles anders machen würde, wenn sie noch länger leben würde.

Ich nehme Abschied von all meinen Feinden. Ich danke Gott, dass ich von ihnen nicht überwunden wurde. Bliebe ich länger, würde ich mich unter ihre Füße legen.

antakya

welcome

ES IST HEISS HIER IM MAI, DER OLEANDER blüht in Weiß und Rosé, noch in der Nacht, links und rechts der Schnellstraße vom Flughafen in die Innenstadt, leuchtet er auf im Licht der Scheinwerfer.

Nachdem ich am Istanbuler Flughafen vom internationalen zum nationalen Gate gerannt bin und etwas verschwitzt an meinem Platz im Flieger Richtung Airport Hatay – der Region, zu der Antakya gehört – sitze, höre ich neben mir, auf der anderen Seite des Gangs, eine Frau Deutsch mit türkischem Beiklang sprechen. »Fliegen Sie auch nach Antakya?«, frage ich sie einfach mal so – und werde überschüttet mit freundlichen Worten, Hilfsangeboten, Einladung zu einer Hochzeit – derentwegen sie käme – und einer Handynummer. *Willkommen in Antakya.*

Angekommen im Hatay, helfe ich einer älteren Frau beim Aussteigen aus dem Flugzeug, woraufhin sie mich in sehr gebrochenem Englisch am Gepäckband fragt, ob ich zu ihr nach Hause kommen möchte und mir gleich ihre Adresse gibt. *Welcome.*

Es begann mit Musik. Eine Freundin hatte mir eine CD geschenkt und da lag ich nun auf meinem Sofa und weinte. Es war, als würde ich diese Musik irgendwo tief in mir kennen. Ohne sie zu kennen.

Es war die Musik zu einem Film, las ich auf der Rückseite des Covers, einem Dokumentarfilm, der in einer Stadt namens Antakya spielt. Hatte ich noch nie gehört, also schaute ich nach.

Antakya liegt im Süd-Osten der Türkei, ungefähr zwanzig Kilometer von der syrischen Grenze entfernt. Sie ist das alte Antiochia, einmal die drittgrößte Stadt nach Rom und Alexandria. In den Jahrhunderten vor unserer Zeitrechnung war sie ein großes Handelszentrum. Und – da horchte ich auf – es soll eine Stadt sein, in der die Menschen unterschiedlichster Religionen, Religionsgemeinschaften und Volksgruppen friedlich zusammenleben.

Mein Fahrer vom Hotel spricht etwas Englisch und obwohl es zwei Uhr morgens ist, unterhalten wir uns recht munter über seine besondere Heimat.

Er fährt für orientalische Verhältnisse sehr besonnen, wahrscheinlich ist er für uns Westler vom Hotel trainiert, damit wir nicht gleich von Angstschüben geschüttelt hier ankommen.

Ich war dem Impuls aus dieser geschenkten Musik gefolgt, ohne ein bestimmtes Ziel, ich folgte einfach nur diesem inneren Faden, der an die Oberfläche kam. Und solch feine Fäden beginnen manchmal gleich vor der Haustür.

Ich erzählte einer Freundin, die Arabisch spricht, vom Vorhaben meiner Reise. »Ah«, sagte sie, sie hätte gerade vor kurzem hier in unserer Gegend einen Mann aus Antakya getroffen.

So spazierte ich ein paar Tage später über den Marktplatz einer bayrischen Kleinstadt und fragte mich durch zu einem Mann aus Antakya. Ich fand ihn in seinem kleinen Restaurant, freundlich und bereit zu erzählen, er, als Muslim, vom christlichen Schulfreund, mit dem er heute noch Kontakt hätte, von gemeinsamen Festen, türkisch, arabisch, christlich, muslimisch ...

Willkommen in Antakya, hörte ich ihn fast flüsternd.

Beim Verabschieden nahm ich mir noch eine Platte mit Vorspeisen mit. Als ich an der Theke stand, sah ich ein Bild im Hintergrund, wie ein Fresko fast die ganze Wand einnehmend – ein Mann und eine Frau, tanzend, als würden sie sich im Sema – dem Tanz der Derwische – drehen.

Es ist schon genügend über Antakya geschrieben und erzählt worden, von Forschern, Historikern und Journalisten. Ich, als Geschichtenerzählerin, bin einfach hier als Lauschende, als Sehende. Manchmal auch als eine zwischen den Erscheinungen Lauschende. Hinter aller Forschung, hinter aller Historie. Ich folge einfach meinem gütigen Faden und er hat mir ja schon einen handgeschrieben Zettel mit einer Telefonnummer in die Hand gedrückt.

Ich komme aus einem kalten, regnerischen Mai und lande in einem heißen Land voll blühender Oleander. *Liwan* – ein Wort, das es nur in Antakya gibt – heißt mein Hotel, und der Name bedeutet *Eingang in den Garten.* Ich bin gleich entzückt.

Wobei beim Verteilen der Zimmer Gott sich nicht ganz an sein Buchungs-Versprechen hält und mich in eine Kammer schickt, in der ich nicht einmal meinen Koffer auspacken kann. Ich schaffe es aber trotz der Müdigkeit nach einer langen Reise, ihn an der Rezeption an sein Versprechen zu erinnern.

Die Stadt hat noch ein wirkliches Zentrum. Mit einem Kreis in der Mitte, von dem aus sich die Straßen und Viertel verzweigen. Also nicht so gut geeignet, um sich zu verlaufen. Das *Liwan* liegt ganz nah am Zentrum und der Altstadt, so dass ich es nicht weit habe.

Sie duftet modern und weit, fast kosmopolitisch ziehen die Sprachen an mir vorbei, Kurdisch, Türkisch und Arabisch und vielleicht Armenisch, das kann ich nicht erhören, und vielleicht die regionalen Dialekte – wo bin ich denn hier? Ich habe es gelesen, aber es zu erleben ist noch etwas anders. Es gibt Sunniten, Schiiten, Alawiten, Aleviten, Juden, Griechisch- und Katholisch-Orthodoxe, Katholiken und Protestanten. Türken, Araber, Kurden, Armenier, seit Jahrhunderten lebt man in Antakya weltoffen. Und ich mittendrin.

Nach der Zerstörung Jerusalems stieg das alte Antiochia zum bedeutendsten Zentrum des frühen Christentums auf. Paulus bestieg das Schiff für seine Reisen vom nahen Hafen aus. Matthäus schrieb hier sein Evangelium und Petrus begann zu missionieren. Sie hatten eine große Höhlenkirche, tief in den Felsen hineingehauen, sicher schon von früheren Gottesverehrern geweiht, und auch als eventuelle Zuflucht, denn so ganz sicher waren diese Wegbereiter noch nirgendwo.

Ich komme vorbei an einer kleinen Zoohandlung mit Fischen und Papageien, dazwischen am Straßenrand kleine Maulbeerbäumchen mit Tulpen zu ihren Füßen, einer Bäckerei, deren Duft sich durch die ganze Straße zieht, große Töpfe mit Oleanderbüschen, einem Laden mit flatternden Seidenschals in allen Farben, die Seidenweberei hat in Antakya eine lange Tradition.

Ein bisschen versteckt in der Altstadt finde ich ein wunderschönes Vorspeisenrestaurant, auf die man hier in der Stadt sehr stolz ist. Vorspeisen von all diesen Volksgruppen, die hier leben – ich kann schwelgen in meiner Leidenschaft für diesen Teil der orientalischen Küche. Ich bestelle mir eine ‚kleine' Platte mit *Von-allem-Etwas* und bekomme das dann auch. Also das Kauderwelsch des freundlich-geduldigen Obers mit mir war erfolgreich. *Von-allem-Etwas* heißt Sattwerden für die nächsten vier Wochen.

Auf dem Heimweg komme ich an einem großen Veranstaltungsraum mit Hochzeit vorbei. Ich bleibe ein bisschen stehen und höre der D-Jane – mit korrektem Kopftuch – zu, die nicht nur alles selber an ihrem Mischpult aufmixt, sondern auch singt wie ein Star.

Natürlich werde ich gleich eingeladen, was sicher gut für meine Erfahrungssuche wäre, aber ich habe jetzt auch genug gegessen und es wäre sehr unhöflich, Essen abzulehnen und stotternd Englisch in lauter Musik zu schreien, würde mich noch etwas müde Reisende dann doch überfordern. Am sehr frühen Morgen hatten mich der Ruf des Muezzins und später, zur Sicherheit, die Kirchenglocken zum Gebet geweckt. Die Rufe klingen zusammen.

Nach einer etwas unruhigen Nacht war ich die Treppen zum – leider überdachten – Garten zum Frühstück hinuntergegangen. Und während ich versuchte, mir einen Überblick über die Käsesorten zu verschaffen, sprach mich eine restaurantmäßig-elegant gekleidete Frau mittleren Alterns an und fragte auf Deutsch, ob sie mir helfen könne.

Nachdem ich meinen Tee getrunken und mein fades Weißbrot runtergeschluckt hatte, kam sie an meinen Tisch und wir unterhielten uns ein bisschen. Sie hatte lange in Deutschland gelebt, deshalb sprach sie so gut Deutsch, ihre erwachsenen Töchter lebten noch dort. Nach ihrer Scheidung von einem prügelnden Mann war sie seit einigen Jahren wieder zurück in Antakya. Ich berichtete ihr dann kurz von meinem Anliegen, Geschichten über das Zusammensein der hier in dieser Stadt Lebenden zu schreiben. Vom Lauschen in den inneren Frieden in den Herzen der Menschen sagte ich nichts.

Da wollte sie mir sofort alles zeigen. Sie sei selber Christin, und erzählte gleich von ihrer Schwester – auch Christin –, die mit einem Muslim verheiratet sei. Die spräche auch Deutsch. Vielleicht könne ich sie treffen.

Der Faden spinnt sich von alleine aus dem Hotel heraus. Der Eingang in den Garten. Dieser goldene Faden hat seine Füßchen im Paradies, dem ersten Garten, dort, wo alles begann ...

Wir verabreden uns für den nächsten Tag. Dalia ist römisch-orthodox, und wie fast alle Menschen hier in der Stadt spricht sie nicht nur Türkisch oder Arabisch, sondern beide Sprachen. Armenisch und Kurdisch spricht nicht jede, sie auch nicht.

Es ist Sonntag und da es ‚ihre' Kirche ist, darf sie mich hineinführen, sonst dürfte ich sie nicht betreten. Sie soll die zweite Kirche des Christentums sein, hier in der Altstadt, ganz nahe am Hotel. Dalia weiß nicht so genau, wie oft diese Kirche schon zerstört und neu aufgebaut wurde – für mich ist das nicht so wesentlich, ich erlebe einen Ort nicht über das Gesicht seiner Steine, sondern in seinem unsichtbaren Atem.

Einer ihrer Schwäger begrüßt uns im ersten Hof und begleitet uns in einen ummauerten Garten, in dem die Feste gefeiert werden. An Ostern lädt der Pfarrer die Gemeinde ein und Ostern wird hier, wie es zu dieser Stadt passt, in perfekter Ökumene auch mit den Griechisch-Orthodoxen zusammen gefeiert.

Wir verlassen den zypressen-bestandenen Gartenhof und betreten die Kirche. Als erstes besteht Dalia darauf, dass ich eine Kerze anzünde. Es ist eine dieser dünnen, langen Kerzen, die in den Sand brusthoher Kelche gesteckt werden, wie in Griechenland. Ich bete für eine kranke Freundin, der ich alle Kerzen Antakyas versprochen habe. Viel mehr Kerzen bräuchte ich, viel mehr.

Ich betrachte nicht so neugierig die äußere Schönheit dieses Raumes, weil Gottesdienst ist und die Kirche voller Menschen. So stehe ich erst mal still da – und ein Sog ins Licht erfasst mich, Licht, Licht, eine unendlich spirituelle Kraft, wie ich sie noch nie in einem christlichen Gottesdienst erlebt habe. Ein tiefes Summen, ein Tönen unterlegt kontrapunktisch den wundervollen arabischen Gesang der beiden Priester und einiger besonderer Stimmen aus den Kirchenbesuchern. Jede rituelle Bewegungen ist präsent, drückt eine heilige Handlung aus. So entsteht auch ein anderes Verständnis in mir für die Ikonostase – bisher sah ich oft etwas kritisch auf diesen Raum in orthodoxen Kirchen im Sinne von – nur der Priester trägt das Geweihte in sich. Hier, an diesem windigen, warmen Sonntagmorgen in Antakya, erfahre ich ihn plötzlich als Symbol des heiligen Raumes in jedem von uns. Zitternd halten sich meine Fußsohlen auf den schwarz-weißen uralten Marmorfliesen. Hier bleibe ich jetzt für immer.

Vier Kinder stehen im Seitenschiff mit jeweils einem silbernen Stab, so groß wie sie selbst, in dem eine brennende Kerze steckt. Einer der Jungen übt, ob der ziselierte Leuchter, der keinen Fuß hat, auch von alleine steht, ohne Festhalten, wie freihändig Fahrrad fahren. In der Kirche, während des Gottesdienstes, mit einer brennenden Kerze. Niemand interveniert in sein Spiel.

Als einer der Priester den Weg der Wandlung durch den Kirchenraum beginnt, reihen sich die Kinder ein. Das ‚Toning' dieses gesummten, in das Größere eingeschwungene Gebets trägt auf dem Weg über jahrhundertealter, gebetsgetränkter Erde.

Dalia zupft mich sanft an der Schulter. Lächelt. Und holt mich aus dem Gesang unter den goldenen Sternen des blauen Kirchenhimmels. Immer noch ins Licht gezogen, folge ich ihr ich zum Auto.

Am frühen Morgen, noch vor dem Gottesdienst ihrer Gemeinde, wollte mir Dalia schon einen der – für sie oder tut sie's für mich? – ergreifendsten Orte Antakyas zeigen – die erste Kirche der Christenheit, jene Grotte des Petrus und seiner Mitstreiter. Sie ließ geduldig ihr kleines Auto langsam den Berg hinaufschnaufen und war richtig enttäuscht – der heilige Ort ist geschlossen. Für zwei Jahre. Solange konnte ich nicht warten, also versuchte ich mich durch die Baustellenabsperrungen hindurch zu winden, aber da kam mir schon drohend ein Wärter entgegen. Ich musste seine Sprache nicht verstehen, die ist international.

Ich folge einfach weiter dem grünen Faden, der zu Daphnes Quelle zieht.

Auf unserem Weg dorthin, ein paar Kilometer von Antakya entfernt, noch näher an der syrischen Grenze, sprechen wir über die absurde Situation, in der wir uns hier befinden – sie hat Onkel und Tanten, die geflohen sind aus jenem Krieg, den wir gerade fast berühren können. »Diesseits und jenseits der Grenze sind wir eine Familie.« Es ist die Verbundenheit, die wir noch gedanklich nachvollziehen können, über die es gelingt, zu verstehen, wie alles zusammenhängt, ineinander wirkt.

In mir schwingt die EINE Verbundenheit, die tiefste Einheit mit allem, ein wankelmütiges Vibrieren, alles bekommt einen anderen Geschmack, wenn ich den Schrei des Bluts und der zerstörten Häuser nebenan hören kann, den Wind auf der Haut spüre, der das Feuer anfacht. Mein ausgestrecktes Herz reicht über die Grenze, streift ein zerstörtes Aleppo, ein Ort, der Wurzel meiner Kultur ist.

Antakya, mein Faden selber, wohin hast du mich willkommen geheißen ...

Ich bin still in Dalias kleinem, verbogenen Auto. Sie fährt sicher im fließenden, ungeregelten Verkehr. Sie hat mir noch nichts über unser Ziel verraten, ich soll selber staunen. Es wird ein Ort sein, an dem alle Menschen Platz haben – Frauen, Männer, wo immer sie herkommen, Platz zum Feiern und Aufatmen in Schönheit.

Wir biegen von der Hauptstraße auf einen Weg ab, der nach unten rechts in ein Tal führt – und wenn die Welt noch Frische braucht, möge sie sich doch eine Weile hier niederlassen. Vom dicht bewachsenen Berg fällt Daphnes Quelle in die Fantasie und Freudigkeit der Menschen hinein. Die Tränen der Fluss-Tochter stürzen in solcher Klarheit und Fülle und Unermesslichkeit vom Berg, dass dem Menschen wohl nichts anderes übrig bleibt, als mit ihnen zu spielen. Auf einem mehrere hundert Meter langen Pfad ins Tal, mit Verzweigungen und Nebenwegen, sammeln die Menschen das Wasser in Becken. In aberwitzigen Brunnen, reich an Verzierungen, Gipsnymphen, griechischen Bogenschützen und verirrten Gartenzwergen. Holzrinnen sind als Leitungen *über* die Wege geführt. Ein Grün aus hängender Üppigkeit, Moosen, Blüten und Farnen, ausladenden Feigen, Platanen, seltenem Ahorn und vor allem riesigen Lorbeerbäumen. All das Wasser in seinen Strömen, Wasserfällen, Quellwindungen, eingeflossen in berauschendes Grün im einfallenden Licht – eine Frische, die jedes Lungenbläschen tanzen lässt.

Gott singt sich in Fülle.

Ovid hat diese Geschichte erzählt, die hier an diesem Ort berührt wird. Er singt von Daphne, der Nymphe, und wie das Herz Appollons in Liebe zu ihr entbrennt – zu einer Frau, die ihren Vater inständig darum gebeten hatte, ohne einen Mann die Wälder durchstreifen zu dürfen. Sie wollte einfach nicht heiraten, denn heiraten hieß auch in der Götterwelt für eine Frau, selbst wenn sie Nymphe ist, die Freiheit zu verlieren. So floh sie vor Apollo, lief und lief, floh wie die Lämmer vor dem Wolf, die Hirsche vor dem Löwen, und Apollo, der große Gott, rannte hinter ihr her und zählte seine Vorzüge als Erfinder der Heilkunst, als begnadeter Hilfreicher auf dem ganzen Erdkreis, als Kräuterkundiger auf – nützt ihm hier alles nichts, Daphne flieht weiter in ihrer Angst, die der Verfolger nicht sehen mag, nur ihre Schönheit, ihr wehendes Haar, ihre flatternden Kleider – bis ihre Kräfte verbraucht sind und sie ihren Vater-Flussgott in ihrer atemlosen Verzweiflung darum bittet, ihre Gestalt, die so viel Begehrlichkeit erregt, zu verwandeln. So werden ihre Glieder starr, ihre Haare Laub, die Arme zu Zweigen, der eben noch flinke Fuß zu Wurzeln, das Gesicht zur Krone des Baums, der letzte Rest ihrer Schönheit. Endlich kann Apollo sie umarmen, spürt noch ihr Herz unter der frischen Rinde beben, und er verspricht ihr, wenn sie schon nicht seine Geliebte sein kann, wird er sie, den Lorbeer, im Haar tragen, wird sie sein Saitenspiel, sein Köcher sein.

Ein Geschmack von Vater-Fragen, um des schönen Körpers Willen gejagt ohne gehört zu werden, zum Baum werden, zieht immer noch durch unseren irdischen Lebensraum, wohin ich auch schaue, ich kann mit der Nymphe weinen, seit Tausenden von Jahren, irgendwie haben wir den rechten Weg immer noch nicht so ganz gefunden. Ich stehe vor dieser herabstürzenden, sich weit verzweigenden, unerschöpflichen Quelle und lese auf der Info-Tafel von *Apollos* Tränen. Beide weinen. Die dem Fluss entstiegene Göttliche ist mit allen Wassern verbunden, den himmlischen, den irdischen, Apollo dem Himmel der Götter – wo ist der Unterschied?

Jedenfalls haben die Menschen hier das Beste daraus gemacht – einen Ort zum Feiern.

Zwischen all den rauschend-bewachsenen Felsen und Gumpen sind kleine Lokale. Eines nach, über und unter dem anderen. Holztreppen dazwischen, mit Geländern aus rohen Ästen. Tee, Grillfleisch, im offenen Feuer gebackenes Brot, frisches Gemüse und die antakyanischen Vorspeisen mit dem Potenzial zum Süchtigmachen. Und für den Sommer noch eine geniale Erfindung – die Tische und Stühle stehen einfach bis Wadenhöhe im Wasser – gibt kalte Füße beim reichlich fließenden Raki.

Dalia und ich setzen uns in eine kleine Nische mit zwei orientalisch niedrigen Bänken und einem verschnörkelten Tisch dazwischen. Alles wohlig mit Kelims ausgestattet. Maulbeerbäume in unserem Rücken, Kalebassen an der Decke mit hängenden, kleinblättrigen Pflänzchen, die sich leise im Wind ins Frisch der Wasserfälle wiegen. Leichtes Nieseln vom Brunnenwasserfall in den bemoosten Steinen hinter mir.

Jetzt weiß ich, was eine grüne Lunge ist, und ich sitze mitten in ihr. Lungenflügel an der Wand des Berges. Jedes kleine, ineinander übergehende Lokal ein Bläschen. Alles vom Wasser durchströmt. Ich sitze in einem Lungenbläschen der Welt und trinke Tee in einer Luft, deren Frische meine eigene Lunge fliegen lässt.

Mein Hotel *Eingang in den Garten* hat mir, dem stillen Faden folgend, Dalia geschenkt. Sie ist eine einfache, kluge Frau, wahrscheinlich näher am Leben dieser besonderen Stadt als jeder offizielle Führer. Auf dem Heimweg erzählt sie mir davon, was sie verdient. Bei sechs Tagen die Woche – den siebten teilt sie heute mit mir –, zwölf Stunden am Tag, kann sie sich keine eigene Wohnung leisten und wohnt bei ihrer Mutter. Und sie *hat* Arbeit. Ich denke an den Fluss Asi, der einst große Orontes, von dem Plinius schon erzählte und große Länder des Orients durchströmt, der Antakya am Rande der Altstadt durchzieht und heute weniger als ein Rinnsal und stinkend geworden ist. Auf einem Stein stand gestern ein Angler. Wie groß muss seine Armut sein, dachte ich, dass er einen Fisch, falls er einen fängt, aus dieser Brühe essen muss.

Das Auto bekam Dalia von ihrem Neffen geschenkt. Wobei sie als alleinstehende Frau gesellschaftlich sowieso nicht tragbar wäre, wenn sie alleine wohnen würde. Selbst nach ihrer langen Zeit im Ausland. Das friedliche Zusammenleben zwischen den Volksgruppen und Religionen in Antakya hat doch eine Gruppe vergessen – Männer und Frauen zusammen, eine wesentliche Basis für Frieden. Dalia setzt mich vor meinem Hotel *Liwan* ab. In mir ist Frieden in der lauten Nacht der Straße vor meinem kleinen Balkon. Lass sie jung sein, die lauten Jungen. Frieden, Stille, unendliche Weite in meinem Herz im Hotel.

Wach bin ich ...

Und denke an morgen. In die Legende hinein. Dalia will mich nach der Arbeit zum Mosesbaum bringen, einem Ort, an dem Moses mit Khidr war. Wenn ich nur an ihn, Khidr, denke, ist verborgene Anwesenheit. Khidr, der Grüne, smaragdenes Licht, in der Verborgenheit lebend. Fast überall auf der Welt ein unsichtbarer Bewohner vieler, vieler Heiligtümer, wo auch immer, keiner Religion zugehörig und so für alle da. Suchenden ein innerer, gestaltloser Lehrer des Geheimnisses. Wo sich die Meere begegnen, die süßen und salzigen Wasser, das obere und das untere, im zeitlosen Moment des Nichts vor der Vermischung ... hat Moses Khidre getroffen.

Und mich in meiner wachen Nacht.

Wie ich, hier, heute Nacht, erfüllt als Liebende, hat er keine feste Bleibe auf der Erde. Er durchwandert seit mythischen

Zeiten Berge und Ebenen, bewohnte und unbewohnte Gebiete aus Sehnsucht nach den Gottesfreundinnen. Vertrauter des Verborgenen in wachen Nächten. Wenn wir ihn rufen, den Grünen.

Dalia ist entsetzt, dass auf dem Platz unter dem uralten Baum – zwischen 3000 und 900 Jahren, je nach Legende oder Botaniker – eine Riesenhochzeit stattfindet. Und wir vor lauter Autos und Leuten kaum durchkommen. Sie bleibt im Auto sitzen, herumgescheucht von ein paar strukturunfähigen Männern, untätigen Polizisten, die nur eine Frau am Steuer sehen, statt den Verkehr zu regeln. So gehe ich allein so nahe zum Baum, wie es mir möglich ist. Zwanzig Menschen müssten sich an den Händen halten, um ihn zu umfassen. Außer in den Nationalparks Kaliforniens habe ich noch nie einen so hohen Baum gesehen. Prächtige, sich weit zweigende Wurzeln laufen über das Erdreich, der eine Stamm windet sich um sich selbst.

Moses war hier mit Khidr und wollte aus dem kleinen Fluss Wasser trinken. Um die Hände frei zu haben, rammte er seien Wanderstock in die Erde. Und vergaß ihn. So hatte der Stab genügend Zeit zum Grünen. So geschieht's, wenn man mit dem Grünen unterwegs ist.

Die Musik mit ihrem tranceschaffendem Rhythmus treibt die Tanzenden an. Und der Baum steht still. Er ist in sich Stille. Das ist die Kraft, die dieses mächtige Wesen den Menschen schenkt. Ich kann ihn nicht berühren, ich komme nicht nahe genug an ihn heran. So kommt er zu mir, berührt mich, durchdringt mich mit einer stillen Reife. Meistens glaube ich die Geschichten vom tausendjährigen Alter von Bäumen nicht. Ihm glaube ich, er erzählt mir von längeren Jahren, vom Sein unserer Menschheit.

Dalia hupt in einer gewissen Verzweiflung, so dass ich meinen eingequetschten Platz verlasse und ins Auto springe. Sie sieht mir mein Bewegt-Sein an und erzählt noch mehr von der Heilkraft des Baumes und dass immer wieder Menschen kämen, um nachts auch unter ihm zu schlafen. Ich glaube alles. Die Skeptikerin hat ihre Zweifel in den Blättern einer Platane gelassen. Khidr kam in der Nacht und Moses kommt wahrscheinlich auch gleich um die Ecke. Wobei heute zu Fuß besser wäre als mit dem Auto.

Der Ort Samandag ist nicht weit von hier, nicht weit vom Mittelmeer, die Stelle, an der der Orontes/Ani ins Meer mündet. Dorthin, wo sich die Wasser treffen, führt ein Pilgerweg zu einem großen Khidr-Heiligtum – innen mit dem Felsstein, auf dem sich Moses und Khidr trafen –, das gleichermaßen von Muslimen, Christen, Juden und allen dazwischen – wir sind nahe an Antakya – dreimal umkreist wird – zu Fuß und mit Fahrzeugen jeglicher Art. Auch das Auto ist heilig. Wir sparen uns Samandag, durchstreifen einfach die paradiesische Landschaft am Mousa Dag, dessen Geschichte wie im ersten Paradies von Vertreibung gezeichnet ist. Zigtausende Armenier wurden hier getötet und ihrer Heimat beraubt. Auch hier das Leiden der Armenier. Und an den blutigen Hängen blüht und wächst es heute wieder – Orangen- und Zitronenhaine, Feigen und Anis, Trauben, Himbeeren und Tomaten ... Ein mageres, graues Huhn trödelt im nickenden Gang die Schotterstraße entlang. Am Wegrand ein ausladender, mit purpurnem Samt bezogener Ohrensessel im Kolonialstil neben einigen Orangenkisten. Der Verkäufer fehlt.

Ein einziges Dorf hier am Mosesberg ist geblieben, das letzte Dorf mit Armeniern in der Türkei. Es gehört wohl zum Phänomen Antakya, dass die Menschen dieses Dorfes mit den Bewohnern der Stadt in Freundschaft leben. So wie es mir Mustafa in seinem kleinen Restaurant bei mir zu Hause erzählte – sein Schulfreund stammt aus diesem Dorf.

Dalia und ich setzen uns zu einer Pause auf die Terrasse des Lokals in der Dorfmitte. Auf dem Grill werden Wildschweinwürfel auf Lorbeerzweige aufgespießt und gebraten. Der Wirt erzählt, dass die Muslime ganz froh darüber sind, wenn sie das borstige Vieh auch etwas dezimieren. Und Dalia erzählt, dass dieser Wirt etwas hinter ihr her ist und sie heiraten will. Sie bleibt bei ihrem strikten Nein – obwohl das natürlich ihre gesellschaftliche Situation verbessern würde –, aber sie hat keine Lust für den Rest ihres Lebens eine Schwiegermutter zu pflegen und zu versorgen. Was so eine Heirat mit sich bringen würde.

Ich bin in der Stadt und suche das Reisebüro für Bustickets. Nur ein kurzes Glimmen in meinen Augen, ein suchender Blick und sofort kommt jemand und bietet Hilfe an. Ein Mann spricht mich auf Deutsch an – *willkommen* – und weiß den Weg. Es ist so leicht, im Orient zu reisen, Hilfe kommt immer ...

Ich erzähle von meinem Anliegen in der Friedensstadt. »Da sind sie bei mir richtig gelandet. Ich bin Vorsitzender des Deutsch-Türkischen Kulturvereins und der christlichen Religionsgemeinschaften in Atakya.«

Johannes heißt er. Johannes und Anna setzten sich in sein kleines Schmuckgeschäft. Er gehört zur selben römisch-orthodoxen Kirche wie Dalia. Mit der er natürlich über sieben Ecken verwandt ist. Auch er erzählt vom friedlichen Zusammenleben hier (inzwischen kann ich es auswendig). Als ich ihn frage, ob er denn für mich einen Kontakt zu einem Muslim herstellen könne, spüre ich eine leichte Abwehr und höre ein Nein. Das Nebeneinander ist wohl nicht immer ein Miteinander.

Dann beginnt er unter seiner Ladentheke zu kramen und befördert einen Stapel Zeitschriften, Zeitungsausschnitte und Bücher zutage. Das Christentum im osmanischen Raum. Ein Interview mit ihm in der Süddeutschen Zeitung. Ein Magazin, in dem die Bilder der Hochzeit einer seiner Töchter sind. Eine, die heute gerade ein Kind bekam. Deshalb sei er in den Laden geflüchtet – zu viel Trubel zu Hause. Wir unterhalten uns eine ganze Weile, und in einem, von seinen vielen Jahren in Deutschland noch nicht gebrochenem Vertrauen leiht er mir die Bücher und Artikel. Die Hochglanzfotos im Frauenmagazin lass ich bei ihm. Auch wenn die Tochter wirklich schön ist.

In der fast weißen Hitze des frühen Abends gehe ich zurück ins Hotel und setze mich in die Bar auf der Dachterrasse, um einen Tee zu trinken und meine Notizen zu schreiben. Meine Füße leicht getragen vom Dach meines Hotels *Eingang in den Garten*. Seelenbild Garten. Ich fühle mich frei in der Fremde, dankbar, freue mich an meinem Leben in der Suche, nicht nur hier. Auch meiner Suche nach Wahrheit, nach Frieden, nach der GROSSEN Einfachheit des Lebens. Leise Hintergrundmusik in der Bar, eine verjazzte Fassung von Louis Armstrongs Song *What a Wonderful World*. Schöner, zärtlicher kann das Leben nicht antworten.

Drei Stockwerke sind es nach unten in mein Zimmer. So ein Hotel hat manchmal einen ganzen Himmel zur Verfügung, zum Beispiel eine Klimaanlage, das wäre jetzt auch was auf dieser schönen Welt.

Mauersegler schießen todesmutig bei einbrechender Dämmerung zwischen den Wänden der Häuser in den engen Gassen hin und her. Tief in die Altstadt verwinkeln sich die kleinen Gassen in sich selbst. Nur wenige Häuser sind restauriert. Leere Gerippe, wie Fachwerkhäuser im Rohbau. Die ersten Sterne schimmern durch die nicht mehr gedeckten Dächer. Ein kleiner Restaurantpfeil *Mistik* – das passt doch – führt mich. Ich betrete einen dieser wundervollen Innenhöfe, vor Wind und Hitze schützend. Das Haus war früher einmal ein kultureller Treffpunkt, dessen Ruinen der neue Besitzer, ein Antakyer, der lange in Holland gelebt hatte, restaurieren ließ. Die Blüten der Orangenbäume duften im leisen Rauschen des Winds.

Die Tische sind weiß lackiert, rosa und mint die Stühle. Ich suche mir einen Platz vor einer der schützenden Mauern und verständige mich irgendwie mit dem Wirt. Vegetarisch versteht er. Suppe gibt's nicht. Tee immer. So bringt er mir einen großen Teller Salat mit Käse. Der Feta hier ist weich und mild.

Ein weißes Blütenblatt fällt auf meinen Salat, noch eins. Ich fische sie heraus. Ich scherze mit dem Wirt in drei Sprachen. Holländisch mit seinem Anklang ans Deutsche, ein paar englische Brocken, Händen, Augen, Lachen, Deuten. Wir kommen ganz gut voran.

Es ist dämmrig und der Muezzin ruft zum Abendgebet. Durch die Steinwände rundherum bricht sich der Gesang in großer Klarheit und Nähe. Der Sehnsuchtskern dieses Rufs öffnet jedes Herz. In meiner alten Liebe zum Orient trifft er mich immer, an welchen Ort der Welt auch, im Innersten.

Ich stütze meinen Ellbogen auf den Tisch, Kopf in die Hände und nehme plötzlich die Hintergrundmusik im Garten wahr. Es ist eine etwas sentimentale türkische Fassung von Jacques Dutrons *Paris s'eveille* – Paris erwacht. Der Ruf nach Gott in der Abenddämmerung, der Ruf in die Welt im Licht des aufgehenden Morgen.

Das Leben ist gut. Blättchen für Blättchen. Duftend. Auf dem rosa Stuhl unter dem klaren Nachthimmel über den Orangenbäumen. Beim Ruf zum Nachtgebet hocke ich immer noch da.

Seit Tagen sitzt jeden Morgen eine kleine Gruppe im Frühstücksraum, die Berge von Papieren und Plastiktüten über den Boden und die Stühle ausbreitet. Sie sprechen arabisch miteinander und haben neben den Papierhaufen noch zwei Laptops, die sie fortwährend füttern. Heute spreche ich sie einmal an und frage nach, was sie denn da machen würden – sie leisten ‚administrative' Arbeit für die syrischen Flüchtlinge, das heißt, jeder Bogen birgt einen Flüchtling. Bergeweise. Tütenweise. Tütenweise die schon fertigen Bögen. Flüchtlinge in Lagern ein paar Kilometer außerhalb der Stadt. Aleppo, die Schöne, eine einzige Ruine, zweihundert Kilometer von hier. Laptop, Erfassungsbögen, gefüllte Plastiktüten. Mir wird ganz schlecht. Alles kommt mir so lächerlich vor, wie ich hier so rumrenne. Forschungsmäßig ist wahrscheinlich alles gesagt über diese Stadt. Und die Flüchtlinge neben mir in überfüllten, heißen Zelten.

Ich nehme mir ein Taxi zum Mosesbaum; ich suche Stille. Und tatsächlich – heute ist der Platz ruhig. In zarter feiner Atmosphäre. Eine milde Liebe durchzieht mich im Schatten dieser großen Platane. Um den Platz zu seinen Füßen stehen kleine Tischlein und Bänke und Hocker. Bestens geeignet zum Teetrinken am vorbeifließenden Flüsschen. Und der Tee kommt von alleine, ein schnurrbärtiger älterer Mann bringt ihn mir lächelnd. *Welcome.* Zwei Tischlein weiter die lässigen alten Männer, Tavla spielend, einer stützt mit stoischem Blick sein Kinn auf einen Stock aus Olivenholz. Ich sitze einfach nur da. In der Fülle. Ich weiß nicht, was es ist, dass von einem Baum eine solche Ausstrahlung ausgeht. Ich spüre seine Wurzel-Wege unter der Erde, unter meinen Fußsohlen, und lass mich nähren. Er schenkt verschwenderisch, unbegrenzt, vollkommen frei. Ich muss nichts zurückgeben. Ich heile gleich. Lehne mich an den großen Stamm der Zeiten und bete für all diejenigen, die so voller Schmerz und Verlusten auf den Listen zurückgeblieben sind.

Eine Weile mag ich jetzt nicht mehr sprechen und verschiebe meine Verabredung mit Safiye auf den Nachmittag.

Wir treffen uns im Café. Safiye ist diejenige, die ich im Flugzeug traf und alle Hilfe anbot. Sogar mit Einladung zu einer türkischen Hochzeit. Heute sind ihre Füße noch wund vom Tanzen. Sie ist eine Frau mit großem Herzen und erzählt gerne. Sie lebt auf einem Dorf in der Nähe von Köln und es ist ihr Dorf. Gerade ist dort Gemeindefest und sie kann nicht mit ihrer großen Bulgurpfanne dazu beitragen. Sie weint – auch wenn sie ihrer Freundin das genaue Rezept gegeben hat. Sie als Muslimin auf dem christlichen Pfarrfest. Deutsche und Türken in einem – alle Götter in einem. Denn sie meint, es gäbe eh nur einen. Sie hilft allen. Vielleicht, meint sie, weil sie selber so ein schweres Leben hatte. Mit zehn Jahren verlor sie ihre Mutter, sie war die Zweitälteste von zehn Kindern. Da ahnt man, was im hiesigen Kulturraum auf ein kleines Mädchen zugekommen war.

Sie lebt das, was sie in Antiochia – sie verwendet den alten Namen – gelernt hat, die Toleranz, das Miteinander der Menschen, der Länder, des Gottes. So hat sie eine kleine private Hilfsorganisation gegründet, sammelt Kleider, Stühle, Pfannen für die Menschen in einem Dorf in Bulgarien. Sie erzählt mir in ihren Worten über die Stadt, von der ich inzwischen so viel gehört habe, und immer klingt es neu. Safiye meint, »die Juden sind sehr wenig geworden in unserer Mosaikstad«, (Antakya hat ein atemberaubendes Mosaikmuseum), »das ist noch nicht so lang.« Ich war schon an der Synagoge, jedes Mal ist sie geschlossen. Es stehen keine Öffnungszeiten an der Türe und wenn man jemanden darauf anspricht: Schulterzucken.

Safiye will mich zu Barbara bringen, eine franziskanische Nonne, die wohl jeder kennt in Antiochia, nur ich nicht. Ich hatte schon mehrere Hinweise auf sie bekommen, also auf durch die Mittagshitze, durch den Bazar, zum Mittagsgebet in die Moschee – wo sich Safiye resolut von keinen türstehenden Männern verscheuchen lässt – zum Haus von Barbara. Kein Haus ohne einen baumbestandenen, kühlenden Innenhof. Barbara ist nicht da. Aber ihre Haushälterin bietet uns klares Wasser an. *Hos geldiniz!* Safiye erzählt weiter, und ich bin sehr, sehr dankbar über unsere Begegnung.

Und doch strengt mich die Hitze an. Meine Zuhörkapazität neigt sich dem Ende zu, so dass ich mich bald verabschiede und in mein kühlendes Hotelzimmer zurückziehe. Am Abend sitze ich dann wieder in der Fußgängerzone zwischen einigen Oleanderbüschen und Maulbeerbäumchen in Kübeln nah am *Liwan* mitten auf der Straße vor Mezze-Platten. Angelächelt und zurücklächelnd.

Am Morgen versuche ich es noch mal alleine, die Nonne Barbara, die schon einige Jahrzehnte vielen Armen Antakyas hilft, zu treffen. Bei sich zu Hause ist sie nicht, vielleicht in der katholischen Kirche. Auch nicht. Die Kirche ist geöffnet. Ein Grapefruit- und ein Orangenbaum kühlen den Innenhof, an dessen einen Seite der Eingang zum Kirchenraum ist. Die Klappstühle darin sind an den Wänden gestapelt, so dass der Raum in der Mitte frei ist. Alles ist einfach hier und klar. Ohne Deckchen und Plastikblümchen. An einer Seitenwand gibt es ein Bild mit den Wegen der ersten Missionsreisen der Apostel. Hier soll sich die Gruppe nicht nur das erste Mal Christen, sondern auch katholisch genannt haben.

Dem Altar gegenüber steht ein Sofa an der Wand. Ich sitze da eine Weile zum Meditieren. Es ist ein kraftvoller Ort. Meine Füße auf dem Boden der Vorfahren unseres westlichen Kulturraumes. Die Schritte der Menschen, die jenen großen Liebenden begleitet haben, ihre eigene Entwicklung erlebt haben, sich seiner Worte erinnerten, und gewiss versuchten, ein Leben in seinem Sinn zu führen. Sonst wäre die Botschaft nicht bis zu uns gedrungen, auch 2000 Jahre später noch. Antiochia, als drittgrößte Stadt der Welt, aus deren Hafen die Schiffe die Küsten der damals bekannten Kontinente streiften. Antakya, *willkommen.*

Ich setze mich auf eine der Steinbänke im Hof. Also – keine Barbara. Der Priester der Kirchengemeinde kommt, in Hemd und Hose, Englisch sprechend, abgebildet auf einem Foto, Papst Benedikt die Hand schüttelnd. Wir tauschen ein paar Sätze aus. Er übt sich in seinem Ton nicht unbedingt in christlicher Demut. Aber immerhin in Englisch. Und geht wieder zurück in sein Büro.

Eine Frau kommt durch eine Seitentüre des Hofs, tritt an den Tisch, an dem ich sitze, stützt ihre Hände darauf, sieht mich an und sagt in gebrochenem Englisch: »I am Amema and I come from Aleppo.« Keine Begrüßung, keine höfliche Floskeln, nichts. Ich komme aus Aleppo. Wir sehen uns nur an und weinen beide. Kein weiteres Wort mehr. Was ist zu sagen. Sie geht zum gegenüberliegenden Tor des Innenhofs wieder hinaus und ist verschwunden.

Ich bleibe sitzen. Irgendwie habe ich den sicheren Faden, der mich bisher so wunderbar und klar geführt hat, verloren. Mein nächster Schritt war das Treffen mit Barbara gewesen. Und das ist nicht.

Also bleib ich sitzen. Offen für das, was geschieht. Die Steinbank kühlt. Die Orangen über mir sind reif. Ich sitze einfach nur da. Das ist der Luxus unstrukturierter Zeit.

Bis plötzlich die Mitbewohnerin Barbaras, die ich gestern schon mit Safiye kennenlernte, den Hof betritt und mich zu sich einlädt. Also gehen wir eine Straße weiter in den nächsten Innenhof. Aber vorher möchte sie mir noch das Gästehaus zeigen, von dem sie mir am Vortag erzählt hat. Noch einen Hof weiter. Es gibt dort einige Mehrbettzimmer und einen Gemeinschaftsraum mit einer kleinen Küche. Am großen Esstisch in der Mitte sitzt eine junge schmale Frau vor dem Laptop. Sie ist eine New Yorker Studentin, die hier für zwei Monate bei einer NGO arbeitet, die ein Zentrum für geflüchtete Frauen und Kinder eröffnet hat, um ihnen die für ihre Situation nötigen Informationen und Sprachunterricht in Türkisch und Englisch zu geben. Schon am ersten Tag nach der Eröffnung seien 100 Leute gekommen. Mindestens 30.000 Syrer würden hier abseits der großen Lager in Antakya leben. Ich hatte diese Zahl schon einmal gehört. Niemand weiß es so genau. So wie ich es nicht weiß, wie vielen ich schon begegnet bin, außer Amema aus Aleppo. Beim Frühstück die kaum Zählbaren auf den Erhebungsbögen, hier eine Helfende. Sie studiert ‚International Migrations Studies', also Flüchtlingswissenschaft.

»Warum?«

»Überall auf der Welt gibt es Flüchtlinge.«

Und ich wusste nicht einmal, dass es das Studienfach gibt.

Solche Begegnungen gebiert dann das Sitzen auf einer

kühlenden Steinbank. So geschieht es.

Ich verabschiede mich von beiden und schlendere durch den Bazar zurück. Anders als in anderen, vor allem orientalischen Ländern, gibt es hier keine Bazaranmache, kein Ziehen und Zerren, keinen kleinen Tee für einen großen Teppich. Hier kann ich entspannt und neugierig auf dem Weg zu meinem Lieblingscafe spazieren.

Vor einem Stand in der Bazarstraße mit Nüssen, Käse, Fleisch und anderen Lebensmitteln steht eine kleine Schachtel mit winzigen Küken. Bunten Küken. Rosa, Lila, Hellblau. Ich betrachte sie etwas von oben herab – zum einen verfalle ich natürlich dem ‚Süß'-Gefühl, das diese faustgroßen Tierchen auslösen. Zum anderen schaudert mich ob ihrer Farbgebung. So stehe ich da. »Hallo«, spricht mich jemand von hinten an. Es ist eine junge Frau mit Kopftuch und Kind, die perfekt Deutsch spricht. Sie ist Germanistin und Deutschlehrerin. In orientalischer Gelassenheit und Freude am Austausch von sprudelnden Worten stehen wir mitten in der Basargasse zur Mittagszeit. Das Töchterchen in den Anblick der Küken vertieft. Asris Mann ist Offizier und sie teilt damit das Schicksal der meisten Frauen in der Welt, die mit einem Soldaten verheiratet sind – viele Umzüge. Mit großem Vertrauen in das Sosein ihrer Situation traut sie die Bewältigung dieser Herausforderung auch ihrer Tochter zu. Sie hätte schon viele Landstriche und Volksgruppen in der Türkei kennengelernt, aber nirgendwo sei es so schön wie hier im Hatay. Ihre Stimme wird sehr bewegt, wie sie vom Zusammenleben der Menschen hier spricht. Von ihrer mütterlichen Freundin – »wie meine eigene Mutter« –, die Christin ist.

Das Timbre in ihrer Stimme, wenn sie über die Art des Zusammenlebens hier spricht, klingt besonders gefühlvoll, intensiver als in all den Gesprächen, die ich inzwischen geführt habe. Ich spüre, dass sie dieses Besondere wirklich erlebt hier, und sie kennt ja andere Regionen in der Türkei. Sie spricht von der Offenheit der Menschen, dass wirklich jeder so leben könne, wie sie möchte. Hotpants neben tiefer Verschleierung.

Und von ihr höre ich das erste Mal das entscheidenden Wort: Respekt. Die Menschen hätten großen Respekt voreinander. Und das klingt für mich fassbarer als jene Toleranz, über die so viel geschrieben ist.

Wieso ist etwas so Normales etwas so Besonderes?

Wir verabschieden uns mit einer Umarmung. Schwestern.

In der Straße vor dem Hotel bietet ein Bauer mit lauten Rufen auf seinem Schubkarren große Büschel von Minze, Petersilie und unreifen Kichererbsen an. Die grünen Erbsen werden aus ihren Hülsen herausgeknipst und hier und auf den Wegen im Park geknabbert, so dass überall die Straßen und Gehwege mit Schalen grün gepflastert sind. Vor der Tierhandlung in der Nachbarschaft des Hotels grüße ich die beiden Nymphensittiche und winke den Fischen im Laden zu. In der kleinen, köstlichen Duft verbreitenden Bäckerei neben meiner temporären Bleibe hole ich mir zum Frühstück seit drei Tagen immer einen knusprigen Sesamkringel, weil mir das Brot im Hotel nicht schmeckt.

So bin ich auch am nächsten Tag guter Stimmung und kann mich am Morgen, da ist es noch nicht so heiß, mit Dalias Schwester Katharina treffen.

Sie ist Christin und mit einem Muslim verheiratet. Getragen wird das Ganze von einer großen Liebe. Und dann von ihrer Kraft. Natürlich sagten die beiden Familien, die Eltern und sonstigen Mitglieder der Großfamilie auch hier erst einmal Nein. Das Paar aber verfolgte seinen Weg weiter und brachte den jeweils anderen in die Familie mit. Das persönliche Kennenlernen des Menschen war dann stärker als die alten, festen Bilder im Kopf. So gab es letztlich eine standesamtliche Trauung. Katharina sorgte allerdings in einem wesentlichen Punkt für sich – sie bestand darauf, nach Antakya zu gehen, in den offeneren Lebensraum, in das Feld ihrer Familie, nicht nach Ankara. Sie wollte sich dann doch als Frau vor dem muslimischen Clan hüten. Inzwischen ist ein tiefes, gutes Verständnis zwischen den Familien.

Der Mann feiert die christlichen Feste mit, geht manchmal mit in die Kirche (sie lässt ihn da ganz frei) und sie backt den Kuchen zum Ende des Ramadan und zu anderen Festen. Der Sohn ist nicht getauft – er soll sich mit 18 Jahren selbst entscheiden. So scheint es zu gelingen.

Katharinas Mann ist Alevit, gehört also einer sowieso etwas offeneren Glaubensrichtung des Islam an, Männer und Frauen sind in ihr zum Beispiel in allen Angelegenheiten gleichberechtigt, sie haben's nicht so mit den Verboten im Koran und ziehen eine gelebte, universale Nächstenliebe als ihren Weg in die Vollkommenheit vor. In vielen Regionen der Türkei leben die Aleviten im Verborgenen. Hier in Antakya nicht. Während meines ganzen Hierseins hielt ich schon leise Ausschau nach ihnen und wieder einmal geschieht es von alleine – durch Katharina erfahre ich, dass es hier in der Stadt ein alevitisches Zentrum gibt. Sie schreibt den Namen auf ein Blatt, gibt mir eine ungefähre Wegbeschreibung und meint dann, ab da solle ich das Blatt zeigen und fragen. Die stellen sich das immer so einfach vor mit dem Fragen ohne Sprachkenntnisse.

Also laufe ich am nächsten Morgen durch den Park. Es ist so heiß, dass ich kaum vorwärtskomme. Nach ungefähr einer Viertelstunde endet die Beschreibung – also fragen. Ein Taxifahrer gibt mir meinen Zettel mit einer unwirsch nach vorne geworfenen Hand, die wohl so etwas wie eine Richtung zeigen soll, zurück. Okay, mir ist klar, ältere Menschen sprechen kein Englisch. Und die vielen in Antakya, die Deutsch sprechen, scheinen in einem anderen Stadtviertel zu leben. Also versuche ich es mit einem jungen Menschen, der sich gleich auf gut türkische Art von seinem Freund verabschiedet und mein Führer wird. Zusammen laufen wir noch eine weitere Viertelstunde durch die Hitze, nebenbei die seltenen englischen Wörter sammelnd, die einen Sinn ergeben. Vor dem alevitischen Kulturzentrum verabschieden wir uns.

Die Tür ist offen. Einen Moment zögere ich, da kommt mir schon eine freundliche Frau entgegen, *welcome,* und bittet mich hinein in einen Raum mit zwei Sofagarnituren im hiesigen Stil zeitlosen Barocks. Ich solle mich setzen. »Spricht jemand Deutsch? Jemand Englisch?« Keiner. »Kaffee? Tee?« Darauf kann ich antworten. Ein älterer Herr mit kurzem, grauen Bart, einem blinden rechten Auge und einer Ausstrahlung voller Herzenswärme setzt sich zu mir. Und mir wird klar, dass ich ihn aus dem Film kenne, dort sah man eine Versammlung aller antakyanischen Religionsoberen und er war einer davon. Wie gerne würde ich mit ihm sprechen.

Nur – er und seine Frau sind etwas ratlos, was ich wohl will, und was sie mit mir anfangen sollen. Die Frau geht nach hinten und kommt mit meinem Kaffee und einem jungen Mann zurück. Einer dieser jungen, kraftvollen, türkischen Künstlerschönheiten, strahlender, warmherziger Ausdruck, Haare zum Zopf gebunden, frei in der Bewegung seines Körpers – Achmed. Wäre ich jünger, wär's um mich geschehen. Sein Englisch ist – höflich gesagt – rudimentär. Also versuchen wir es.

Er selbst ist Musiker und Maler. Er spielt Gitarre und unterrichtet hier im Zentrum Kinder. Kurz danach spaziert eine ganze Gruppe von ihnen mit ihren Instrumenten grüßend durch den Raum.

Ich verstehe, dass dieser Sheik hier den Bektashis, einem der großen und islamisch-alevitischen Derwischorden angehört. Es ist offensichtlich – die Aleviten können ja in Antakya im Gegensatz zu andere Regionen der Türkei frei praktizieren.

Wir versuchen noch eine Sprache für die Mystik zu finden. Der offensichtliche Scheich erzählt etwas, Achmed ist überfordert. Haben wir halt so einfach Freude miteinander. Die Frau sitzt im Hintergrund auf der anderen Sofagarnitur. Nach einer Dreiviertelstunde rinnt mir der Schweiß aus allen Poren, Hemden und Röcken, und ich beginne, mich Stück für Stück zu verabschieden. Verbeuge mich in Dankbarkeit – was auch immer geschehen sein mag. Achmed begleitet mich noch ein Stück zurück, er hat jetzt Unterricht in der städtischen Musikschule. Der Weg wäre natürlich viel einfacher und kürzer gewesen, schnell kenne ich mich wieder aus und wie es so ist – der Hinweg ging ziemlich im Kreis. Der Rückweg ist kurz und einfach.

Als ich das Zentrum verließ, drehte ich mich noch einmal um und sah eine große Zeichnung, die an die Wand gemalt war. Ein Mann und eine Frau, tanzend, sich im Kreis drehend wie Derwische überall auf der Welt, auch hier als Paar. Es ist genau das gleiche Bild wie hinter dem Tresen im kleinen Imbiss Mustafas. Der Kreis hat sich geschlossen.

Morgens, im ersten Licht, verlasse ich mein Hotel. Die Oleanderbüsche links und rechts neben der Schnellstraße, jetzt, im glänzenden Licht in besonders hellem Rosa, verneigen sich im frühen Wind. Fast unhörbar hebt mein Flugzeug ab, kreist über dem weiß-gleißenden Wasser des Mittelmeers, unter meinen Flügeln die einst großen Häfen, in denen die Schiffe aus fernen Weltreichen anlegten und kleinere hinausfuhren, der Botschaft der Liebe vertrauend. *Welcome.*

kreta

ein tanz

DAS MEER DER NACHT IST DUNKEL IM Süden Kretas. Ist ein lebendiges Wesen, eine Sprache, ohne zu sprechen. Es umfängt mich in einer allumfassenden Kraft, mich, am Ufer stehend, in etwas noch nie Wahrgenommenes eingehüllt, ungetrennt eingehüllt, alles von innen umspannend, so tief, dass sich eine neue Welt auftut.

Das Meer in der Nacht. Und jene Sichel, das große Licht des Tages reflektierend, beginnt gerade fein ihre Reise, spiegelt sich und tanzt und zeigt mir am fernen Rand der machtvollen Dunkelheit, des Dunklen im Dunklen, die leise Krümmung unserer Erde.

Ich sitze am Ufer und versinke in einen großen Raum der Nacht. Von solcher Schönheit, die ich bin in meiner Tiefe, das Meer und ich, EIN Meer, EINE Tiefe.

Und der Mond berührt es.

Ein paar Tage später verlassen Jakob und ich den Süden der Insel und wollen uns vor dem Abflug nach Hause noch zwei Tage in einem Hotel in der alten Hafenstadt Chania einquartieren. Nach unseren Wochen des einfachen Lebens sammeln wir gleich vier Sterne auf einmal, man hatte sie auf die Eingangspforte eines alten Klosters gesetzt.

Es war einmal ein Nonnenkloster gewesen. Die Legende besagt, eine Frau namens Maroussa hatte einst hier oben über dem Hafen von Chania ihren Sohn begraben und über der Grabstelle eine kleine Kirche gebaut. Im Lauf der Zeit besuchten immer mehr Menschen dieses Kirchlein und es wurde zu einer Art Wallfahrtsort. Chania war damals von den Venezianern besetzt, und sie bauten an diesem Ort daraufhin ein katholisches Frauenkloster, eine große Anlage *Santa Maria dei Miracoli,* Heilige Maria vom Wunder. Das Wunder hielt dann allerdings nicht so lange, weil die nächste Besatzungsmacht Chania einnahm – die Türken. Sie begannen Stück für Stück diesen Ort des christlichen Gebets abzutragen, um mit dem dann zur Verfügung stehendem Baumaterial Häuser und Moscheen zu bauen. So wurde ein großer Teil des Klosters zerstört. Im zweiten Weltkrieg kamen dann die Deutschen und ließen von diesem Rest eines geweihten Platzes nicht mehr viel übrig. Ich sehe diese von Gebeten durchdrungenen Steine, Steine, wie sie durch die Stadt geschleppt wurden, misshandelt. Behält ein heiliger Stein seine Kraft? Wohin er auch gelegt wird? Behalten die Steine von Palmyra ihre geweihte Dichte, auch wenn die Mörder sie mit Vorschlaghämmern zertrümmert haben? Was bleibt, wenn die Form zerfällt?

Auf dem Weg von Süden nach Chania, im Norden der Insel, haben wir Rast gemacht in einem kleinen Ort namens Kandanos. Nach Kaffee und einem frischen Orangensaft auf dem Dorfplatz schlendere ich neugierig ein bisschen herum. Bis mir der Atem stockt – an einer aus Naturstein gemauerten, halbrunden Wand sind so etwas wie drei Gedenktafeln angebracht, das Ganze sieht aus wie ein Kriegerdenkmal.

Ich lese:

Hier stand KANDANOS. Es wurde zerstört als Sühne für die Ermordung von 25 deutschen Soldaten.
Darunter der Text auf Griechisch.

Zur Vergeltung der bestialischen Ermordung eines Fallschirmjägerzuges u. eines Pionierhalbzuges durch bewaffnete Männer u. Frauen aus dem Hinterhalte wurde Kandanos zerstört.
Darunter der Text auf Griechisch.

Für die bestialische Ermordung Deutscher Fallschirmjäger, Gebirgsjäger und Pioniere von Männern, Frauen und Kindern, zusammen mit dem Pfarrer, sowie, weil sie gegen das Grossdeutsche Reich Widerstand geleistet haben, wurde am 3.6.41 KANDANDOΣ vom Grunde zerstört, um niemals wieder aufgebaut zu werden.
Darunter der Text auf Griechisch.

Mir wird ganz kalt und ich verstehe erst einmal gar nicht, welche Bewandtnis es mit diesen Tafeln hat; ich nehme die faschistische Sprache wahr, in Deutsch, aber warum hängen sie immer noch da?

Bis ich eine englischsprachige Tafel an der Seite entdeckte. Es waren die Tafeln der Deutschen gewesen, die im von ihnen völlig zerstörten Kandanos zur Warnung aufgestellt worden waren.

Etwas aus dem Rhythmus des Lebens gefallen, setze ich mich auf das Mäuerchen davor und betrachte die Platten. *Hier stand Kandanos.* Wer das damals wohl übersetzen musste? Die gesamte Bevölkerung, Männer und Frauen, Kinder, Alte und Junge, wehrte sich gegen die deutschen Besatzungstruppen mit allem, was an Waffen zur Verfügung stand.

Und dann kam dieser verbrecherische, von jedem Gewissen abgekoppelte, nie geahndete Vergeltungs-Befehl des deutschen Generals – alles zerstören, alle ermorden. Ungefähr dreihundert erschossene Einheimische sollen es gewesen sein.

Ich Deutsche sitze auf dem öffentlichen Dorfplatz und heule innerlich wie ein Rudel Wölfe in der kältesten Winternacht.

Und erinnere mich an Silvester, an meine Winterzeit in Israel, an diese intensive Begegnung mit unserem kollektiven

Schatten, vielleicht bis ins siebte Glied. Und ich bin erst im zweiten. Ich erinnere mich an den Schmerz und das immer wieder Öffnen in die Stille. Und wie Wahrhaftigkeit, die Oberfläche der Wahrheit, in die Lücken des Lebens findet. Zum Beispiel in jener Silvesternacht, als eine Frau, die vorher nicht mit mir im selben Raum sein wollte, weil ich Deutsche bin, letztlich mit mir tanzen konnte. Und wir tanzten und tanzten und übten, vielleicht noch ein bisschen scheu, uns gemeinsam im Irdischen zu bewegen.

Ganz Kandanos wurde wieder aufgebaut. Alle Häuser hier sind nach dem Krieg entstanden, auch die riesige Kirche hoch über dem Dorfplatz, eine große Antwort. Bestimmt dreißig Stufen führen nach oben, vor dem mit weiß-gelben Fähnchen und Schleifen geschmückten Eingangsportal weitet sich ein über die Erde erhobener Vorplatz für die Kirchenfeste. Tanzt, Männer, Frauen, Kinder und Pfarrer. Und ich mit euch.

Zwei Familien konnten nach dem Krieg in jenem Teil des alten Klosters in Chania, der bis heute geblieben ist, noch leben. Sie begannen Stück für Stück die verbliebenen Gebäudeteile zu renovieren, bis dann vor über dreißig Jahren das erste Hotel hier entstand. Wobei ich mir nicht so sicher bin, ob diese beiden Familien nicht doch immer noch hier sind. Denn links neben der allermodernsten Glaseingangstüre, im Vorhof aus gut integrierten alten Sandsteinmauern und gestylten jungen Sitzgelegenheiten, steht ein wie aus der Zeit gefallener Wäscheständer mit einer typisch griechischen braun-beige gemusterten Sofadecke, und sitzen zwei schwarzgekleidete Griechinnen auf den einfachen Flechtstühlen – neben den Designersesseln – und häkeln feinstes Gespinst.

Dieses erste Hotel soll sehr einfach und ungemütlich gewesen sein, was ich mir gut vorstellen kann bei den kleinen Räumen.

Und dann kamen Menschen mit Fantasie und großer Sorgfalt. Das ehemalige Kloster-Hotel wurde renoviert, ein Teil der Außen- und Hofmauern wurden belassen, innen entstand auf dem eigentlich wenig zur Verfügung stehenden Platz ein Kunstwerk in zeitgenössischem Design, mit präziser Resonanz zum Alten und der Erinnerung an seinen ehemaligen Zweck – die Zimmer haben keine Nummern, sondern Namen. Jakob und ich wohnen in Marrousas Zelle, das gefällt mir natürlich. Auch wenn dieses moderne Design es so manchmal mit sich bringt, dass man unter der Dusche steht und nicht weiß, wie man sie ankriegt oder, wenn man dann einen scheints passenden Griff gefunden hat, der nur dazu führt, dass einem ein kalter Schauer über den Rücken läuft und es etwas braucht, dann ohne Brille das Knöpfchen zu finden, das die Temperatur regelt, so habe ich doch Freude daran. Dieses Alles-unter-dem-Himmel-hat-seinen-Platz hat so etwas über die Maßen Erfrischendes. Macht so forschungslustig – obwohl mein Bett auf einer Galerie ‚über' dem Zimmer steht – eine Lösung für den wenigen Platz, der zur Verfügung steht, Maroussas Zelle, sodass ich nachts eine klitzekleine, kurvige Holztreppe herunterschleichen muss, um ins Badezimmer zu kommen. Achtsam, damit ich auf dem schönen Holz nicht ausrutsche. Wachheits-Übung im Schlaf.

Dafür gibt die Balkontüre, wenn ich sie weit öffne, die *Weißen Berge* frei. Jetzt, Mitte Mai, noch mit schmalen Schneestreifen, als wären sie Zebras.

Unter der Galerie ist eine kleine Sitzecke. Ein starker Platz zum Meditieren.

Behalten die Steine doch ihre Kraft? Nach so vielen Eingriffen? Ist der Boden, das Fundament, vollgesogen mit Segen? Ist die Liebe einer Mutter zu ihrem Sohn noch in der Erde?

Meine Meditation ist still, keine Unruhe, ein klarer Raum, getragen von einem uralten Frieden. Ich bin Maroussa für ihre mir geschenkte Kraft nach dieser beißenden Auflösung des Lichts am blinden Ort des gestrigen Tags dankbar. Es geht – an einem Ort des Schmerzes zu gestalten, Stein für

Stein das Neue aufzubauen. Und die Hingabe, mit der sie ihren Stein trug, bleibt.

Und mir bleibt noch ein Tag, bis zum Abend hin ein unbehauster, weil wir unser Hotel wechseln müssen. Bisher bin ich bei meinem diesmaligen Kretabesuch nicht über die Ruinen gerannt, habe nicht so viele Tempel wie möglich durchmeditiert, kann dann aber doch nicht widerstehen, als auf der Autofahrt zu einem nahegelegenen Strand das typische braune Schild auftaucht, das auf Ausgrabungen hinweist: *Aptera.* Wenigsten *einen* dieser geweihten Plätze könnte ich mir doch gönnen, und wenn ich ihn schon zufällig finde ....

Der Eingang ist nicht leicht zu finden, weil wir am Fuß des Plateaus parken, nicht oben, vor dem Wärterhäuschen. Wie sollen wir's wissen. Ich steige auf einem alten, befestigten Steinweg nach oben – bis er endet und ich im Gestrüpp lande. Wilde Kräuter duften. Ich schlängele mich durch die Macchia und lande auf einem Weg, der offensichtlich direkter nach oben führt. Links und rechts beginnt der Zaun, der das Ausgrabungsgelände eingrenzt.

Und links. Links sehe ich ein Schild mit einem Verbot *DO NOT ENTER,* darunter die Information, dass hier während des Krieges die deutschen Besatzer ihre Flak-Stellungen hatten.

Ich schreie innerlich auf. Kann ich denn nirgends hingehen, ohne dass ich nicht schon da war und zerstört habe? Eine tiefe Wut steigt in mir auf. Ich habe so die Schnauze voll, Deutsche zu sein. Wie fühlt es sich denn an, aus einem Land zu kommen, das nicht solche Spuren in der Geschichte hinterlassen hat?

Gut, im Moment, jetzt, hier, hinterlasse ich Spuren auf dem staubigen Weg zwischen Macchia, Wildblumen und Zäunen.

Und der Weg mit Hindernissen hat sich gelohnt und wenn es nur wegen der Lage wäre. Wohin auch immer ich mich wende, nach Norden, Süden, Westen oder Osten – Weite. Die von hier aus mächtige Kette der Weißen Berge, das lange, heute fast nachtblaue Meer in der Souda-Bucht, die Kreidefelsen der Akrotiri-Halbinsel, silbrig schimmernde Olivenhaine, Gemüsefelder, Rebstöcke in zivilisierten Reihen. Ein sanfter Wind.

Die alte, ausgegrabene Stadt liegt in einer leichten Senke des Plateaus. Alle waren sie hier, sagt das bunte Informationsblatt, von der Bronzezeit bis ins christliche Zeitalter war der Ort besiedelt. Die Minoer, Dorer, Hellenen, Erdbeben, die Römer, und vor 1200 Jahren sind uns die Sarazenen mit dem Zerstören zuvorgekommen, sie waren diesmal diejenigen, die die Stadt in Trümmer gelegt hatten. Es war eine Stadt mit einer Jahrhunderte langen Blütezeit, unabhängige, große Handels- und Schifffahrtsleute lebten hier – es gab zwei Häfen –, sie waren politisch kreativ und hatten von ihren Reisen Wohlstand mitgebracht. Man weiß, dass sie ausgezeichnete Bogenschützen gewesen waren.

Und dann, nach langem Verborgensein des alten Lebens, kam im 12. Jahrhundert ein Mönch und gründete mitten im Gelände ein Kloster.

Also, jetzt weiß ich alles und beginne meinen Rundgang einfach nur mit meinen Augen, dem Wind, dem Licht und dem Duft von blühendem Thymian, wach für die Welt und was in ihr schwingt.

Der Ort hat eine ganz offene Atmosphäre, keine innere Unruhe, wie oft an alten Stätten, in denen es viel Zerstörung gab.

Vielleicht spürte das auch jener heilige Johannes der Theologe, *Agios Joannis Theologos,* als er von Patmos mit ein paar Brüdern herüberkam und sich inmitten dieses weiten, friedlichen Platzes zum Gebet setzte.

Ich weiß nicht, was er über seine Vorgänger wusste, denn es gab ja noch keine Ausgrabungen in jener Zeit, aber ich bin mir sicher, er hat wahrgenommen, dass er schon Vorgänger hatte; nicht nur hervorragende Bogenschützen und Seefahrer, sondern auch Menschen, die Plätze weihen und heilig halten konnten.

Von ihm ist eine kleine Kapelle geblieben, in einem gepflasterten, geranienbestandenen Innenhof, noch ein paar im Verfall befindliche Klosterzellen und durch ein Tor in der nahen Außenmauer fällt auch hier der weite Blick. Bis ins letzte Jahrhundert lebte hier noch ein Mönch und hielt die Kette des Gebets.

Das Kirchlein und die alten Steine sind über die Jahrhunderte ineinander versunken, in ein großes Aquädukt aus der Römerzeit, in ein Theater und Wohnhäuser neben einer gepflasterten Straße, Teile einer mächtigen Stadtmauer und Friedhöfe, ein dorischer Tempel aus vorchristlichen Jahrhunderten, ein feiner Apollotempel – und ein kleiner Tempel, Eileithyia geweiht. Zwischen Säulenresten und Außenmauern stapfe ich durch sonnenberührtes Gras umher. Der Ort ist vom Himmel getränkt, er atmet aus seinen Poren eine Geschichte der Liebe. Sie begann wohl schon, bevor die Dorer kamen. Wenn die ersten Besiedelungen schon in der Bronzezeit waren – hier war ein Zentrum. Ich setze mich auf einen großen Felsstein. Die Vergangenheit öffnet eine starke Resonanz in die Gegenwart, einen hellen, aufrichtenden Fluss aus Freude. Eine Resonanz, die Neues weckt. Ein Öffnen für ein Erleben Frau, Schönheit, Licht, Wissen, aufrecht, geschmeidig, erdstehend ...

Es ist stärker als Zerstörung.

Ich fühle eine tiefe Liebe zu diesem Platz, mein Herz schlägt weit über mich hinaus, in alle Richtungen des Himmels, unter dem Weiß der Sonne am Mittag.

Später, zu Hause, werde ich von dieser Göttin lesen, der – auf dem uralten Platz – zur Zeit der griechischen Götterwelt der Tempel geweiht war: Eileithyia, die Beschützerin gebärender Frauen. Sie gilt als unermesslich alt, es heißt, sie habe bei der Geburt der ersten Göttinnen und Götter mitgewirkt, als Spinnerin, die die Fäden des Lebens erzeugt. Mit zum Licht erhobenen Händen taucht sie auf den Vasen auf, weil sie Kinder ans Licht bringt. Oder mit der Fackel in der Hand als

Symbol des neuen Lebens. Und da der Schatten nicht fehlen darf – sie kann auch Geburt verhindern, indem sie Arme, Beine und Finger kreuzt. Ein Kreuz, aus derselben Tinte gezeichnet wie das Leben.

Unser neues Hotel ist eines dieser alten venezianischen Häuser, die in Chania Stück für Stück fein restauriert werden. Mitten im Trubel des alten Hafens.

Eine schmale Treppe aus dunklem Holz führt in den zweiten Stock in ein Zimmer wie in Venedig – schwerer, rubinroter Brokat als Vorhang und Bettüberwurf, das Bett aus Eisen geschmiedet, ein ausladender Kristalllüster an der Decke und – zwei kleine Stufen hinauf zu einer für ein so schmales Haus riesigen Dachterrasse über den Menschen, den Schiffen, dem vielfarbigen Wasser des Kretischen Meers.

Ich staune nur. Was für ein Tag, der sich dem Abend zuneigt.

Und als es früh, wie es im Süden ist, dunkel wird, holen wir unser Essen an diesen geschenkten Platz, Humus und Brot, griechischen Salat mit Brunnenkresse, Gemüse, gebratenen Fisch und Wein für die Weintrinker unter uns. Von der herzlichen Frau an der Rezeption bekommen wir Geschirr, Servietten, Kerzen und Besteck. So feiern wir, eingetaucht in ein nachtblaues Universum, das uns aus seinem namenlosen Überfluss ein paar Sterne zeigt, über einem glatten, unter dem Mond ruhenden Meer, im Licht des Hafenrunds.

Ich lehne mich an die Brüstung und schaue nach unten. All die vielen kleinen Menschleins, die da promenieren. Jedes einzigartig. Mit welcher Lust gibt ES sich in die Form. Kein Schicksal ein zweites Mal. Nichts sonst erscheint als Welt.

Eine unermessliche Freude steigt in mir auf, eine betäubende Liebe zu allem, was sich aus dem Formlosen gewagt hat, in unendlicher Einzigartigkeit. Nur verbunden. Verbunden mit allem.

Jakob ist aufgestanden und kommt zu mir an die Brüstung. Er hat sein Handy auf den Tisch zwischen die Spuren unseres Essens gelegt und Musik angemacht. Wir tanzen auf der Dachterrasse über Chanias venezianischem Hafen, als gäbe es nur Tanzen und das erste Gebet, SEINE alleswandelnde Liebe tanzend. Alles.

Gott im Hotel.

Tanzt.

ikaria

*wegbegleiter*innen*

EINST GAB ES DIE MONDGÄRTEN. Man pflanzte weiße Blumen vor ein Gästehaus, damit es die Reisenden in den Nächten des Himmelslichts finden konnten. Wir finden unser Gästehaus ohne Mond, nur mit einer etwas schwachen Beleuchtung, einem guten Gefühl für Orientierung und ein paar blitzenden Sternen über dem griechischen Nachthimmel.

Ein guter Ort für einfaches Leben: Tag, Nacht, leichte Inselwinde, das besondere ägäische Licht, ein kristallenes Meer – und die *Rooms to Let*. Sie ziehen sich über die ganze griechische Inselwelt und das Festland. Ein Bett, ein Schrank, Tisch und Stuhl. Ein Bad, in dem manchmal alles funktioniert. So einfach, das Leben in seinen Wurzeln gehalten, ohne irgendein Zuviel.

Am Morgen beginnen alle Zikaden gemeinsam ihr hohes Lied – woher wissen sie um diesen einen Moment? Alle gemeinsam? Und was ist das für ein Moment, so plötzlich, wenn alle verstummen?

Einmal im Jahr verbringen Jakob und ich irgendwo auf der Welt gemeinsame Zeit mit einem Freundespaar, Martha und Joseph. Wahrscheinlich brauchen wir auf unserem Weg in die helleren Seiten unserer Seelen nicht nur Menschen, die uns vorausgehen, sondern auch welche, die *mit* uns gehen. Freunde, Freundinnen – gemeinsam, liebevoll, ungeschützt eine Sprache suchend, das verborgene Mysterium im feinen Atem des Dazwischen ahnend. Wir erzählen uns vom Leben, hören uns zu, sind miteinander still, feiern das Leben – diesmal auf dieser kleinen griechischen Insel

Unsere beiden kleinen Studios sind von ein paar Pinien vor der Hitze einer weißen Sonne geschützt. Das ägäische Meer schimmert türkis durch die Zweige.

Es ist still hier. Friedlich.

Diese Insel führt entgegen vieler anderer Landstriche des Südens Wasser. Deshalb gab es schon immer ein ausgeklügeltes Bewässerungssystem und damit Landwirtschaft und Gemüseanbau. Ikaria sei wie Afrika, sagt Vassili, unser Vermieter, und zeigt auf die noch unreifen Bananen im Garten. Die Ikarioten hätten sich Jahrhunderte lang fast nur vegetarisch ernährt, mal etwas Fisch, ein Hühnchen, ein Zicklein. 129 Jahre sei seine Mutter geworden. So waren auch schon die amerikanischen Forscher hier auf der Insel, um dieser Langlebigkeit auf den Grund zu gehen und sie dann tatsächlich in die Familie der *Blue Zones* aufzunehmen. Vielleicht war es das Begehen schmaler Pfade, der Monopates, ein Netz von Wegen, das sich über die ganze Insel spannt und Verbindung bis in das verborgenste Dorf herstellt.

Ich sehe richtig dieses Netz in mir, das unsichtbar Verbindende, das diese Insel stark macht. Obwohl auch hier über die Jahrhunderte die Osmanen, Sarazenen, Malteser, Sizilianer, Türken, Piraten, Italiener und natürlich die Deutschen mächtig geplündert und zerstört hatten, gibt es großen Frieden hier.

Und es gibt für mich noch etwas anderes Spezielles in der Geschichte Ikarias und seiner besonderen Kraft. Wir setzen uns ins Auto und fahren auf die Hochebene von Lagada, dorthin, wo sich die komplette Bevölkerung der Insel während der vielen Jahre der Belagerung durch Piraten, die übers Meer kamen, zurückgezogen und die sogenannten Anti-Piratendörfer errichtet hatten: ganze Dörfer, die man mit ihren hohen Hofmauern vom Meer aus nicht sehen konnte, kein

Fünkchen Licht in der Nacht. Die Insel sah unbewohnt aus, die Piraten suchten etwas ratlos herum.

Die Landschaft ist karg, wie eine weite, offene Mulde, darin Reste einer Umfriedungsmauer, Grundsteine eines der Gevierts, ein Brunnenrund, wir stolpern über die Reste der Hausgrundrisse. Olivenbäume, Birnen-, Orangen- und Zitronenbäume, Raum für Gemüsefelder in den alten Gärten; durch die Fruchtbarkeit der Insel konnten die Menschen sich ernähren.

Um-Friedung. Statt zu kämpfen, sich hinmetzeln zu lassen und zu morden, zogen sich die Menschen zurück, für Jahre. Auch eine Art von Friedensarbeit. Und vor allem von feinstem Verbundensein, einer hohen Kunst der Kommunikation, sonst gelingt es nicht. Nur ein einziger Verräter, eine einzige Unachtsamkeit hätte genügt ...

Etwas vom Zauber dieser seltenen, kreativen Aktion ist zu spüren. Leben in Unsichtbarkeit, sich verbergen, statt in die Wehrhaftigkeit gehen. Und eines Tages glaubten ihnen die Piraten und zogen ab.

Ich sammle noch etwas Thymian und Rosmarin auf dem Weg zum Auto. Wir erleben still miteinander, welche Inspiration diese alten Ikarioten da der Welt hinterlassen haben.

Abends laufe ich noch eine Weile alleine an den feinen, weiten Strand unterhalb unserer Pension an eine Stelle, wo einer der vielen Quellläufe aus den Bergen im Sand versiegt. Um diese Jahreszeit – es ist Juni – schafft das Flüsschen die wenigen ‚Schritte' bis zur Vereinigung mit dem Salzwasser nicht mehr, so entsteht ein kleiner, gestauter Teich, ein Landungsbecken, das teilweise mit Schilf umwachsen ist und von Dutzenden kleiner Wasserschildkröten belebt ist, die jetzt gerade ihre Jungen haben. Ich hocke am Rand dieses Tümpels im Sand und werfe ihnen Brotkrumen zu. Alle paddeln blitzgeschwind zu mir her, stecken ihre Köpfchen aus dem Wasser, und ich bin sicher, sie finden mich so nett wie ich sie. Auch wenn ich mich wahrscheinlich ökologisch höchst unkorrekt verhalte.

Die Sonne des Mittags ist noch weit von ihrem hohen Feuer, als Martha und ich am nächsten Morgen aufbrechen. Ich möchte mit meiner Freundin das teilen, was mich immer wieder hierherzieht, was ja auch immer so eine Sache ist, jemanden an einen Ort zu schleppen, von dem man selbst so begeistert ist. Aber Martha geht mit mir ganz offen und neugierig in mein Paradies. Und ich weiß – wie auch immer diese Landschaft für sie ist, hat sie einfach Freude daran, etwas, das ich liebe, mit mir zu teilen.

Wir nehmen das Auto und fahren eine Strecke den Berg nach oben, er durchzieht längsseitig die ganze Insel. Wir wollen einen der schmalen, durch die Wasser gebildeten Bergeinschnitte zuerst runter- und dann wieder nach oben zurücklaufen.

In diesen Schluchten, die sich diese großen Quellen auf ihrem kaskadischen Weg durch die Felsen gebahnt haben, sind seltene Steinformationen entstanden, riesige, übereinandergestapelte Kugelfelsen, dazwischen Oleander, Lilien, Schilfgräser, verwilderte Olivenbäume, dahinter schmale Wälder von Eichen, Pinien und Erdbeerbäumen. Und nach jeder Etappe eines kleinen Wasserfalls sammelt sich der Wasserlauf in Gumpen aus klarem, gelbgrünem Wasser, leicht schimmernd in der Spätvormittagssonne. Libellen, Frösche, Wasserflöhe, Schmetterlinge der seltenen Art umkreisen die vom Wasser gerundeten Steine.

Manchmal ist es schon fordernd, diese schmalen Pfade bergab zu kraxeln, wir sind beide völlig verschwitzt, als wir Pause machen und in eine der vielen kleinen Gumpen-Seen springen und die Frösche verjagen.

Auf einem der breiten, flachen Steine strecken wir uns zum Trockenwerden aus, in den leichten Wind der Schlucht, lauschen gemeinsam der Stille des Flusstals, jedem Blättchen, dem verschwenderischen Lied des Mysteriums. Es duftet nach wildem Anis und Thymian und der Frische von kaltem Quellwasser. Ein Falke teilt seine Himmelskreise mit uns.

Ich erzähle der Freundin, wie diese Ausformungen unserer Erde aus bewegtem und stillem Wasser, eingebettet in reiche Wildnis als verschwenderischer Ausdruck der Schöpfung, ein ganz tiefes Glück in mir berühren. Wasser still, Seele still. Wasser lebt, Leben sprüht. Inneres und äußeres Glück ungetrennt ...

Ein kleiner Frosch ist zu uns gekommen und hält so still wie wir. Martha setzt sich auf und lacht mich an. »Weißt du, ich werde jetzt Gumpen, Bergflüsschen und Kugelfelsen in mein Repertoire von heilenden Naturräumen in meine Arbeit aufnehmen«.

Das Fröschlein sitzt immer noch still da und schaut.

»Mir geht es in der Natur ähnlich, alles ist für mich lebendig, ist eine Möglichkeit, still zu kommunizieren. Wie in den alten Kulturen, die davon wussten, wie äußere Naturerfahrungen über die Grenze in den seelisch-spirituellen Raum fließen, und ich spüre das selbst so intensiv. Wie dieser Wasserfall eine ganz eigene, subtile Energie hat. Ich glaube, ich habe das immer schon erlebt, schon als Kind, die Natur war die Rettung für mich in meiner Situation als Kind. Wann immer ich konnte, war ich draußen. Da war so ein Gefühl der Zustimmung zu meinem So-Sein, von Zugehörigkeit.«

Martha hat leise gesprochen. Ihre Stimme schwingt mit der Atmosphäre dieses Orts. Die Sonne steht jetzt höher, ich rutsche etwas nach hinten in den Schatten des Erdbeerbaums. Als wären wir tief in der Lieblingsfarbe unserer Stimmung, falten wir uns beide einfach in Resonanz zu diesem sonnendurchtränkten Wasser auf, rundum warmer, weicher Fels, alles so still, so reich in seiner fliegenden, hüpfenden, surrenden Vielfalt, die sich ihrer selbst erfreut.

Martha reist mit den Menschen, die zu ihr kommen, Heilung suchend, in die Natur. Ich verstehe das gerade so tief, weil ich es erfahren. »Erzähl doch noch von den anderen Räumen, wenn du magst. Ich brauch jetzt keine wissenschaftliche Abhandlung, nur dass ich es noch mehr spüren kann. Bewusster vielleicht als sonst.«

Das Fröschlein hat jetzt genug von uns, es weiß ja, was seinem Seelchen guttut, dreht sich um, springt in das Element seiner Herkunft und ist verschwunden, nur ein paar Kreise bleiben ...

Und Martha erzählt.

»Süßwasser, Salzwasser, Wald, Wüste, die Alm, der hohe Berg. Er hat viel männliche Kraft, Steine, dicke Steine, es ist als würden wir uns mit dem Erdinneren verbinden. Es zieht einen gleichsam hinein und birgt gleichzeitig Aufrichtung. Erdung auf dem hohen Berg und seine Schattenseite, das Ausgesetztsein über der Waldgrenze, das hat auch etwas Hartes, gibt Widerstand, und wenn man dagegen angeht, schmerzt es, und er verbindet sich auch mit Luft, Weite. Freiheit.«

»Im Wald ist es ganz anders, er hat die Qualität des Geheimnisvollen, kann aber auch herausfordernd sein, denke ans Sich-Verlaufen oder an undurchdringliches Gestrüpp. Ich schlafe so gerne im Wald, da habe ich am meisten das Gefühl, dass dort Wesen sind, von denen ich mich beschützt fühle. Manchen geht es ganz anders, die bekommen Panik. Im Wald erscheinen Ambivalenzen oder Zweifel viel deutlicher als auf dem Berg.«

Sie erzählt noch vom Meer, vom fließenden Süßwasser, an dem wir so nahe sind im Moment, von der Qualität von Übergängen und Zwischenreichen wie die Alm.

»In der Natur sind wir schneller in Verbindung mit allem, sind in der Verbundenheit, im So-Sein, sind wach in der Vielfalt – so wie wir jetzt. Und dann spürt man es plötzlich – alles gehört zusammen.«

Und das Zerbrechen der Geborgenheit dieser Räume lassen wir nicht aus, die Zerstörung.

Der Altar ist die GANZE Erde.

Ich rutsche vom glatten, weißen Felsstein ins Wasser und schwebe.

Josef und Jakob empfangen uns auf dem zentralen Platz des Bergdorfs, das ein großes – im Maßstab Ikarias – Verwaltungsgebiet umfasst. Die Intellektuellen und Kreativen der Insel leben dort, es hat dieses warme Flair, das von aus Naturstein gemauerten Häusern ausgeht. Die Kirche am Rand des Platzes ist aus den Steinen des antiken Artemistempels gebaut, insofern ist unten am westlichen Meer, in der Schneise, wo sich das Süß- und Salzwasser treffen – wie so oft auf dieser Insel –, nicht mehr viel übrig vom Marmor. Ich weiß nicht, ob die Göttin mit dieser Umwidmung so einverstanden war.

Ein Café neben dem anderen, die Farbe der Stühle kennzeichnet, zu welchem Lokal auf dieser weiten Platia sie gehören. Die Platanen und weinroten Sonnenschirme spenden Schatten und der Kaffee für uns steht schon auf dem Tisch, als wir zwei ankommen. Eine wunderschöne Griechin im aufrechten Gang der südlichen Frauen verwöhnt uns. Alles aus ihr heraus leuchtet, die Haut im Bronzeschimmer, ihre Augen, ihre Bewegungen. Und je mehr wir in unserm Übermut bestellen, desto mehr bringt sie uns das Doppelte. Ein spontanes Fest aus allem, was ein griechisches Café so hergibt.

Lange bin ich wach in der Nacht. Es ist diese Wachheit, die nicht Schlaflosigkeit ist, sondern ein zarter Feuerstreifen, gewachsen aus einem unsichtbaren Punkt in der Mitte des Herzens.

Ich höre den Atem der Pinien, alles wird ganz fein und unsichtbar-durchsichtig. Einmal fällt ein Pinienzapfen auf den seit Jahrzehnten von Nadeln gedüngtem Boden, ganz weich, im Duft von Harz und Frieden. Durch die offene Balkontüre legt sich der nächtliche Himmel in meine geschlossenen Augen.

Am nächsten Morgen wollen Martha und Jakob über einen höheren Berg in ein tieferes Flusstal als wir zwei Frauen gestern. So sitze ich mit Josef, der nicht so gut zu Fuß ist, unter den Pinien hinter unserer *Rooms-to-Let*-Pension und leiste ihm Gesellschaft. Ich habe uns eines dieser schon etwas verbeulten, runden Alutabletts mit den von der Vermieterin geschenkten Aprikosen und Feigen, frisches Wasser und eine Thermoskanne mit heißen Wasser für den Tütchencappuccino mitgebracht. Auf dem Dach unseres Hauses trocknen die frühen Feigen und Aprikosen. Darüber die Wäscheleinen mit den karierten Hemden von Mann und Sohn und daneben der große Tank, in dem uns die Sonne das Wasser wärmt.

Das Meer ist unruhig heute, es bricht sich in hartem Rhythmus an den schroffen Felsen unter uns, zwei Elemente in einer recht heftigen Begegnung.

Joseph und ich, jeder an einen Baum gelehnt, die Früchte zwischen uns, lesen so vor uns hin, Joseph liest überhaupt die meiste Zeit. Die Zikaden sind leise im Hintergrund. Ich habe sie immer noch nicht gefragt, warum sie alle im selben Moment beginnen und verstummen. Muss ich unbedingt vor meiner Abreise noch herausfinden.

Es gibt einen Grund, weshalb Joseph nicht so gut laufen kann. Er hatte einen Autounfall, als er und Martha ihre Tochter und Enkelkinder in einem ferneren Land besuchten. Alle überlebten, Joseph, der am Steuer saß, war am schwersten verletzt.

Wir verbringen gerade eine ruhige Zeit miteinander, sind entspannt, das Meer in seiner Kraft trägt uns, so frage ich ihn einfach mal danach. Er schaut mich fast etwas scheu an und legt sein Buch zur Seite:

»Ja, wenn du das magst.«

Ich nicke.

»Wenn Martha oder unsere Tochter mehr verletzt worden wären, oder zum Beispiel wenn meine Enkelin gestorben wäre – das hätte ich nicht ausgehalten, ich wäre verschwunden vor schlechtem Gewissen. So, wie es war, war es das Allerbeste, mit jeder anderen Art von Folgen des Unfalls hätte ich nicht leben können. Die Zeit stand still und trotzdem gab es einen Ablauf von Szene zu Szene. Alles geschieht langsam. Ich weiß gar nichts, ich höre nur meine Tochter neben mir ‚reden': Du Papa, die schleudert da. Dieses Sprechen war eigentlich unmöglich, es wäre zeitlich viel länger gewesen als dieser eine Moment, ich vermute, ich habe ihre Schreckgedanken aufgenommen. Es klang so, als wolle sie mit mir darüber reden, fast diskutieren. Und dann war in mir so etwas wie ein Befehl, ein Entschluss, jetzt muss ich top steuern. Und dann ist Amnesie, dann weiß ich nichts mehr.«

Joseph erzählt ruhig, wir sind in einem offenen Raum unbekannter Herkunft, einfach nur nah, ich bin mit Joseph, dem Freund, der so ein Besucher der Erde ist, als gehöre er keinem bestimmten Weltenraum an, und welches Geschenk, dass er noch da ist, mit uns ist im Rhythmus des GROSSEN, des kleinen Lebens ...

»Nächste Szene – ich schwebe immer höher, immer höher, werde immer größer und größer, und überall ist gelbes Licht. Es ist, als ob ich durch das Autodach hindurchschwebe. Das war ein sehr angenehmes Körpergefühl. Es ist alles sehr langsam geschehen, in der ‚normalen' Zeit war das ganz kurz.«

Ein leichter Wind hier oben über dem Meer bewegt die Pinien, die uns beschützen.

»Und dann sah ich, dass ich schwerverletzt hinter dem Steuer sitze und mich kaum mehr bewegen kann, weil alles wehtut. Ich nahm die zerschmetterte Windschutzscheibe wahr, das ganze bis zu mir durchgedrückte Auto. Ich wollte mich umdrehen, aber das ging nicht. Es war alles so wie in einem einzigen Moment, aber wie in einer anderen Dimension. Das, woran ich mich erinnere, ist in einer anderen Zeit gewesen als die ‚wirkliche' Zeit. Es waren zwei Zeiten. Meine Zeit war immer noch verlangsamt. Als ich nicht mehr sprechen konnte, habe ich zu mir gesagt, dass ich im Schock bin. Und deshalb relativ ruhig bin. Still, abwartend, alles den anderen überlassend. Ein Arzt erklärte mir dann, dass er mir jetzt eine

Spritze geben würde. Alle waren so schnell, ich war immer noch langsam und still.

Als ich schließlich auf die Trage gelegt wurde, hatte ich ein sehr schönes Erlebnis. Ich wurde ja vom Morphin immer bewusstloser und habe wirklich nichts gespürt. Aber etwas habe ich gespürt – eine weibliche Hand, die mich berührte, mich hielt. Das war so wunderbar, das werde ich nie vergessen. Später habe ich erfahren, dass es eine begleitende Krankenschwester war. Es war so ein sonderbar beruhigendes Gefühl. Jetzt weiß ich – ein Unfallopfer muss berührt werden, nicht nur angesprochen.

Beim Herausschieben der Trage hat es geregnet, und ich hatte plötzlich so eine Freude, das ist ja wunderbar, es regnet! Ich wollte mit den Begleitern darüber scherzen – aber ich konnte nicht sprechen.«

Joseph schweigt, so halte ich ihm das Tablett mit den Früchten hin. Ich sage auch nichts, esse von den süßen, saftigen Aprikosen, werfe die Kerne den Pinien zu Füßen und mische uns Instant-Cappuccino. Joseph rührt in seinem Kaffee und beginnt, leise weiterzusprechen.

»Der Chirurg, der mein Bein operieren sollte, wusste, dass es sehr kompliziert werden würde, und dass er möglichst schnell anfangen müsste; aber mein Herz und meine Lunge waren vollkommen eingedrückt, er hätte also warten müssen, bis mein Zustand stabiler wäre. Ich war immer noch so still und ruhig, mir war alles irgendwie egal. Es war alles gebrochen, jede Bewegung hat weh getan, trotz Morphin. Ich hatte Vertrauen zu ihm, das konnte ich wahrnehmen. Ich war offen für alles. Ich habe einfach weiter gewartet, was passiert.

Dieser Chirurg hat dann etwas sehr Ungewöhnliches getan. Er ist auf die Station gegangen, auf der Martha mit einem gebrochenen Wirbel lag. Er hat sie gebeten, trotz ihrer Schmerzen, sich auf eine Trage zu legen und hat den Krankenschwestern gesagt, sie sollen sie sofort nach unten bringen, wo ich, oder mein sterbender Körper, lag. Sie müsse mit mir reden. Sie müsse von mir das Versprechen abverlangen, dass ich überleben will.

Martha schaute mich so eindringlich an und ohne zu sprechen war mir klar, was sie will.

Stell dir vor, so ein Arzt!

Alles andere war dann Opiumrausch, das war wunderbar, ich glaubte immer, dass alle mit mir singen, und dass es von überall her Chöre gibt. Ich staunte. Die Maschinen auf der Intensivstation, vor allem die Herz-Lungen-Maschine, hab ich als unglaublich liebevoll erlebt, als wären sie Wesen, die sich um mich kümmern würden. Ich war immer irgendwie zufrieden mit dem, was ich da erlebte. Ich hatte keine Horrorerlebnisse, wie das ja oft geschieht. Ich denke, dass das sicher auch mit meiner inneren Vorarbeit etwas zu tun hat. Wie beim Zen – nichts dagegen tun, nur still halten, nicht dagegen angehen.«

Es ist still geworden zwischen uns, ich höre Joseph sehr wach und in hoher Aufmerksamkeit zu, muss gar keine Fragen stellen, weil er schon darauf antwortet, bevor sie sich in mir bilden.

Bald werden Martha und Jakob zurückkommen, ich habe Hunger und frage Joseph, ob er sich zu mir in die weinbewachsene Pergola mit echt griechischem Betonfußboden setzt und mir beim Tomatenschneiden zuschaut.

»Wie lange warst du denn noch im fernen Land?«, frage ich ihn.

»Drei Monate. Eine Zeit vieler weiterer Operationen. Und als ich nach Hause kam, wollte ich mein Leben wieder auf die Reihe kriegen. Ich hatte den Ehrgeiz, schnell wieder Auto zu fahren, was ja nicht so leicht war. Im Ganzen war es ein Wechsel, ein Wechsel in die Verlangsamung, in ein meditatives Leben. Eine Veränderung in die Essenz.«

Joseph schweigt wieder. Ich schneide die Tomaten, gieße das duftende Olivenöl darüber, das uns unsere Gastgeberin selbst aus ihren eigenen Ölfrüchten gepresst hat. Auf Ikaria haben so gut wie alle Einheimische einen eigenen Olivenhain. Und Rebstöcke, um einen meist etwas sauren Wein mit einem würzigen Eigengeschmack zu produzieren. Es ist schließlich die Insel, auf der nicht nur Ikarus startete in seiner Sehnsucht nach der Sonne und dahinschmolz, sondern auch die Götter und ihre menschlichen Lehrlinge mit dem Weinbau begannen.

Ich brösele den Schafskäse über die Tomaten, schneide noch die Zwiebeln und streue den gesammelten Thymian, Oregano und Rosmarin darauf.

Ganz einfach.

»In einer schlaflosen Nacht hatte ich dann einmal eine Vision, ein seltsames Erlebnis, aber sehr, sehr anschaulich. Ich war an einem Ort, an dem ich eine sehr hohe Energie empfand. Es wurde mir gezeigt, dass das Universum ein unglaublich großes, ein unglaublich sich schnell bewegendes, unfassbares Medium ist. Das Universum, die Welt, ist erzeugt worden und dreht sich ununterbrochen in alle Richtungen. Ich hatte das buchstäblich vor mir. Und ich sehe mich mit wenigen anderen Wesen pokern und plötzlich wird mir klar: So habe ich bisher gelebt. Ich schau bloß zu, wie das Universum sich bewegt und ich pokere. Und ich höre damit auf, ab jetzt höre ich damit auf, ab jetzt höre ich mit dem Kartenspiel auf. Einer von den Spielpartnern fragt, warum denn jetzt, und ich antworte: Ich will mich nicht mehr selbst ermorden, ich habe was anderes vor, mit diesem Spiel höre ich auf. Das war so anschaulich! Und jetzt lerne ich das, ich bin ganz liebevoll geworden, im Einklang mit allem.«

Die Zikaden sind plötzlich wieder still, alle zusammen im selben Moment. Jetzt weiß ich es – sie sind in der GROSSEN Präsenz, in dieser EINEN Verbundenheit, im Ein-Klang.

Ganz einfach.

Martha und Jakob kommen zurück, reich vom Licht aus der Schönheit einer kleinen Insel getränkt, mit dem Glitzern von Kugelfelsen und dem Lächeln von Wasserschildkrötchen, verschwitzt und hungrig. Wir essen unter dem Dach aus Weinblättern, Freunde, gemeinsam auf dem kleinen, GROSSEN Weg im kleinen, GROSSEN Leben

Ganz einfach.

Auf dem Heimweg nach all den Tagen in Klöstern, Bergen, Gumpen, Baumhöhlen, Meeren und Begegnungen an langen Tafeln, an geteilter Stille, Fragen und einer Nacktheit im Vertrauen, hat Joseph im Athener Hotel, zu Füßen der Akropolis, einen Traum.

Pallas Athene im Gewand der Kore fragt ihn:

»Weißt du, wer du bist?«

»Ja«, sagt er.

epidaurus

poetisch leben

NUR ZWEI STUNDEN VON ATHEN ENTFERNT, und ich sitze schon im Hotel Apollo, direkt am Meer, einfach und großzügig, zusammen mit Maulbeerbaum, Weinstöcken, Oleander und Palmen – ein Garten voll Ruhe und Weite und einer Frühstücksterrasse, auf der ich mein Leben mit Blick auf das Meer verbringen könnte. Ganz ruhig sitze ich hier, in einer Ecke des stillen Gartens.

Und erinnere mich des gestrigen Tages.

Ein paar Kilometer von hier liegt die große Ausgrabungsstätte Epidaurus; geblieben sind steinerne Überreste des größten antiken Zentrums für Kuren und Verehrung des alten Heilgottes Asklepion und seines Vaters Apollo, gebrochene Säulen von Tempeln, Gevierte von Gäste- und Krankenhäusern und den Wegeresten dazwischen.

Seit Jahren wollte ich dorthin; ich hatte bei Henry Miller über seinen Besuch im alten Epidaurus gelesen. Er erzählt, wie schon die Straße zu diesem antiken Heiligtum eine Straße zur Schöpfung sei, so dass man nicht mehr suchen müsse. Für Miller war es der Ort, an dem er den einen, großen Frieden, den Frieden des Herzens, erfuhr. Er erlebte diesen Frieden als Teilnahme an einer Niederlage all unserer unerlösten, dunklen Seiten – *ehe ich nach Epidaurus kam, wusste ich nicht, was Friede ist.*

Nur einmal im Jahr steht ein Schild am Kassenhäuschen: *today free entrance.*

Ich musste wirklich lachen gestern, als ich das las. Wie sich manchmal im Leben Energiekreise schließen in so einer sanften, humorvollen Dynamik ...

Denn diesen Wunsch, hierher zu kommen, hatte ich mir vor einem Jahr erfüllt, nur dass er damals etwas jäh endete. Ich hatte mich mit leisen Schritten auf dem sandigen Boden unter den Pinien des heiligen Hains erst einmal dem uralten Hotel für die Patienten genähert und begann gleich recht kühn die Übung ‚Patientin sein' – ich flog ohne Flügel über eine echte heilige Schwelle und auf den verdorrten Boden eines, nur durch ein paar Steine angedeuteten Raums des antiken Gästehauses. Ich spürte noch im Fliegen, dass dieses Geräusch in meinen Knochen Folgen haben wird.

Halb ohnmächtig liege ich in der sengenden Sonne auf der ausgetrockneten Handfläche griechischer Erde, nach der ich mich so sehnte, allerdings nicht ganz so nah, unterlegt von erschrockenen Ameisen und eifrig betrachtet von zwei freundlichen Amerikanerinnen, die mir Fragen stellen, die ich noch gar nicht beantworten kann, weil ich kaum Luft bekomme vor Schmerz und gar nicht weiß, was los ist, bis sie zu der kommen, auf die ich eine Antwort weiß – ob ich alleine hier sei. Nein, mit meinem Mann, mit dem weißen ‚skirt'. Sie finden dann trotzdem den mit dem weißen Hemd ...

Ich bin immer noch kurz vorm Kollabieren, will mich überhaupt nicht bewegen, und zittere und fröstle im Schock.

Die Maschinerie der Gastfreundschaft und grantigen Wärter funktioniert. Jakob wird von zwei Männern mit unserem Auto auf das heilige Gelände gelenkt und die beiden laden mich stöhnend ein, um mich in den Schatten zu bringen, bis der Krankenwagen kommt.

Etwas in mir beobachtet die Situation. Es ist kein passives Hinnehmen oder Dissoziieren, alles geschieht einfach, wie es geschieht. Auch der Schmerz.

So wird mein Hotel ein Krankenhaus.

Der Orthopäde kann Englisch und ist ein Arzt aus Leidenschaft. Ich überlasse mich seiner Führung. Was soll ich anderes tun, als einer Operation zuzustimmen. Kurz bevor wir nach Griechenland flogen, hatte ich im großen Buch meiner weisen Lehrerin noch einmal den Aspekt von ‚Prüfungen' gelesen, das kommt mir seltsamerweise in den Sinn, wie ich da auf der schmuddeligen Trage im Flur aus bröckelndem Putz liege, immer noch ohne Schmerzmittel, in meinem verdreckten Blumenrock für einen heißen griechischen Tag. Sie schrieb vom Zweck all der Prüfungen – bewusst mit dem zu gehen, was geschieht, und den Zustand des inneren Friedens zu halten. Ich habe also gerade ganz frische Instruktionen, sowohl was den Umgang mit Prüfungen angeht als auch für Frieden. *In Epidaurus, in der Stille, in dem tiefen Frieden, der über mich kam, hörte ich das Herz der Welt schlagen.*

Und es scheint, dass ich in einigen Prüfungen gelandet bin, eine nach der anderen, so richtig nach meinem Geschmack: überhaupt in einem Krankenhaus zu sein und wie eine Sache behandelt zu werden.

Ich bleibe in meiner Aufmerksamkeit und sehe zu, was geschieht: Ich habe immer noch kein Schmerzmittel bekommen, weder zum Röntgen noch zum Eingipsen, betrachte den Zustand der Matratze, Essen, Hygiene, Krach, erlebe die Unerreichbarkeit einer – sowieso grimmigen – Schwester. Noch einmal um ein Schmerzmittel bitten, noch einmal, und dann eben nicht. Durchatmen. Und dann kommt der Engel, nachts, in Gestalt einer feinen, blonden Schwester, Englisch sprechend, lächelnd, und hilft.

Auch im marodesten Krankenhaus, unter unwürdigsten Arbeitsbedingungen, verändert Liebe die Atmosphäre. Es liegt nicht am Zustand des Putzes.

Am nächsten Morgen ins nächste Krankenhaus, im wieder wirklich qualvoll-rumpligen Krankenwagen und Sanitätern, von denen nur noch grantige Abwesenheit übriggeblieben ist, und wieder ein strahlender Arzt, ein Orthopäde, der mich operieren will. Ich kann nur Ja sagen. Bis jetzt habe ich zu allem Ja gesagt.

Auch zu einem Dreibettzimmer (gibt gar nichts anderes) mit einem Dutzend lauter Griechen (wobei ich die Griechen doch so liebe ...). Also. Ich, in einem Dreibettzimmer – voll und laut. Nach einmal schlucken – und alles wird gut.

Letzte Nacht, im anderen Krankenhaus, hatte ich nicht verstanden, warum die Zimmertüren immer offenstanden und es keine Schwesterklingel gab. Als ich danach fragte, wie ich sie rufen könne, gab mir die Pflegerin die Telefonnummer des Schwesterzimmers.

Hier verstehe ich das jetzt, auch hier offene Türen, keine Klingel – die immer anwesenden Angehörigen sind die Klingel. Sie sorgen für Getränke, das Essenreichen, Waschen, Hygieneartikel.

Frau Hygiene führt hier ein sehr klägliches Leben, zum Beispiel die Toilette. Die zwei Männer aus dem Nachbarzimmer, drei Frauen und der Besuch benützen sie im Laufe eines Tages mehrmals. Keine Seife, keine Handtücher, keine Desinfektion.

Es gibt keinerlei Intimität. Mein Mann wäscht mich im Raum, die Tür zum Flur steht offen, die Besucher sind im Zimmer. Zum Vorraum des Männerzimmers und dieser Toilette gibt es gar keine Tür. Wer in den Stationsflur will, muss durch diesen offenen, kleinen Vorraum. Als einer der Männer dann durch unser Zimmer, in dem ich mit nacktem Oberkörper im Bett sitze, sich den Weg vereinfachen will, platzt mir doch einmal der Kragen und ich schreie: »NO!« Erschrocken geht er dann doch über seinen Vorraum in den Flur ...

Allein zu sein in einem griechischen Krankenhaus ist nicht einfach. Die Patientinnen werden nicht gewaschen, nicht mit Flüssigkeit versorgt, das heißt, man muss sein Wasser am Kiosk im Parterre selber kaufen – auch wenn man nicht gehen kann – und bekommt keine Hilfe beim Trinken. Die ehrwürdige Alte neben mir nimmt nur ein- bis zweimal am Tag ein paar Schluck Wasser zu sich, wenn der Neffe kommt. Und es ist heiß. Gott scheint die unterschiedlichsten Erfahrungsebenen zu lieben. Ich tu mein Bestes, es ihm gleichzutun.

Wenn man keine Angehörigen hat, hungert man, falls man nicht selbstständig seine Gabel zum Mund führen kann. Es gibt keine Information, welches Medikament man gerade einnimmt, die Betten werden nicht aufgeschüttelt, es gibt keine Hilfe, um die Lage zu wechseln – die Alte neben mir hat einen Hüftbruch und liegt seit ihrer Einlieferung still und stöhnend neben mir. Jede bekommt automatisch einen Katheder gelegt, es ist die einfachste Lösung. Und es ist nicht so, dass nicht genügend Personal da wäre. Alle sind ganz einfach unendlich frustriert und überlassen jetzt dem ganzen griechischen Elend seinen Lauf. Ich fühle mich so verbunden mit ihnen, den Schwestern und den Patientinnen, und mache mir Fantasien, mit wie wenigen Mittel man die Situation verändern könnte, ohne dass es auch nur einen Cent mehr kosten würde.

Aber ich bin nicht allein. Mein Liebster tut alles für mich. Er erledigt die ganzen Formulare hier, bringt mir Wasser und Essen, besorgt Einmalwachschlappen und was ihm die Schwestern an Mitteln und Bedarf auftragen. Er ist in unserem schönen Hotel Apollo – wie passend – geblieben und fährt täglich hin und her, jede Wegstrecke zwei Stunden. Manchmal muss ich ihn richtiggehend aus dem Zimmer werfen, damit er noch etwas Meer und Ruhe und wenigstens ein schönes Abendessen am Wasser hat. Keinen Moment signalisiert er mir Ärger über meine perfekte Reisevernichtungsaktion. Wir spielen beide gerne mit dem alten hebräischen Spruch – *willst du Gott zum Lachen bringen, erzähle ihm von deinen Plänen.* ES hat kräftig was zu lachen. Vielleicht bin ich deshalb so selig ...

In diese Seligkeit tritt immer wieder der Neffe der 99-Jährigen, die neben mir liegt, und SCHREIT.

Ich stürze mich also in die Liebe zu diesem Mann, was nicht so schwer ist, denn sein Schreien ist wirklich liebevoll. In die Liebe zu seiner Tante, zu den rüden (höflich ausgedrückt)

Schwestern und der dritten Nachbarin (nicht schwierig) mit ihrer Familie.

Die Familie der dritten Frau spricht sich ab, so dass die Patientin nie alleine ist. Ich bin berührt von dieser Hilfsbereitschaft und Sorge innerhalb der Familie. Es gibt keine Besuchszeiten, weil die Angehörigen das übernehmen, was bei uns die Pflegekräfte tun.

Die Frau mit dem Arm, jene Dritte, neben der Tante, ist weder vor noch nach der Operation auch nur einen einzigen Moment alleine. Im Lauf des Tages kommen ihr Bruder und ihre Schwägerin aus Athen, ihr Mann war da, ihre Tochter, deren Freundin, dessen Freunde, der Freund der Tochter, eine Kollegin, einer, den ich nicht zuordnen kann. Es ist ein beständiges Kommen und Gehen gegen die große Angst, die sie hat.

Bis elf Uhr nachts ist Trubel auf dem Flur – die Tür steht ja Tag und Nacht weit auf –, Telefongespräche und heftige Diskussionen der Menschen, die hier arbeiten.

Und irgendwann wird es doch still.

Und ich erinnere mich an dieses Erwachenserlebnis Millers in Epidaurus, er fühlte sich zu dem Zeitpunkt vollkommen frei, hatte keinen Besitz, keinen festen Wohnsitz, war an nichts gebunden, die Welt war sein Zuhause, er arbeitete nicht einmal in diesem Jahr. In dieser Freiheit war er offen für dieses Treffen auf den *toten Mittelpunkt,* wie er es nennt, *von dem aus das leiseste Flüstern emporsteigt* ... Über den Kosmos hinaus.

Ich weiß nicht, was es ist, dass mich meine Sehnsucht nach dieser Freiheit gerade jetzt, in dieser Situation, so berührt, meine Sehnsucht nach dem Sturm in meinem Blut, nach diesem Schamlos-in-der-Welt-Stehen, nach dem Hinauslehnen über meine immer wieder zu klein gestaltete Welt. Vielleicht ist es die Erfahrung der Verwundbarkeit.

Die Schwägerin der Operierten bleibt über Nacht. Sie ist eine feine, intelligente Frau, die sich wie eine tief in sich ruhende Tänzerin bewegt. Sie hat eine Wahrnehmung für andere

Menschen, flüstert zum Beispiel, wenn jemand im Zimmer wegdöst.

Sie schläft mit im Bett der Patientin, eingequetscht, den Kopf am Fußende und für jedes kleine Detail sorgend. Und für uns beide Mitbewohnerinnen sorgt sie gleich mit, unendlich liebevoll. Man hat ja keinen eigenen Rufknopf – so erledigt sie alles für uns. Schließt zum Beispiel die Türe so weit, dass mir nicht die grelle Flurlampe in die Augen fällt, füttert am Morgen die fast Hundertjährige und reicht ihr die Wasserflasche.

In der wieder wachen Nacht unter dem kalten, lauten Wind der Klimaanlage singt mein Herz SEIN Lied. Es gibt keine Schlaflosigkeit, nur die Abwesenheit des Gebets. Eine ganze Nacht für Stille und heilige Worte. Ich bin innen so grundlos glücklich. Etwas geschieht in mir, von dem ich nichts weiß. In der wachen Nacht.

Am Morgen versuche ich zu lesen. Und nach den ersten Mühen des Eintauchens stoße ich in meiner Geschichte auf einen alten Arzt, einen Hakim, der meint, die Poesie heilt, und keine Krankheit heilt ohne Poesie.

Eine leise, feine Antwort.

Morgens erfahre ich, dass ich auch am nächsten Tag doch nicht operiert werden kann.

Zu dem Zeitpunkt greift dann Jakob ein und beginnt, meinen Rücktransport zu organisieren. Einverstandensein mit der Situation heißt ja nicht, passiv zu dulden und den Verstand zu verlieren. Unterscheidungsfähigkeit, meinte meine weise Lehrerin, sei das Wichtigste auf einem spirituellen Weg. Ich brauche keine Infektion im Gelenk und möchte wieder laufen können.

Und beuge mein Haupt vor den Menschen hier. Sie haben nicht die Wahl, einen heilsameren Ort aufzusuchen. Ich bin innerlich verbunden mit allen, die Schmerzen erleiden, unendlich viel mehr als ich, mit denen hier und in den Ruinen

Syriens und den Folterkellern der Diktatoren. Mit dem EINEN großen Schmerz und komme mir so lächerlich vor mit meinem Knöchelchen, auch wenn es mich kräftig fordert.

Was bin ich privilegiert.

Ich liege still vor meiner Abreise mit der alten Dame allein im Raum. Sie ist irgendwo, ganz in ihrer eigenen Welt. Ich hatte am Vortag einer Schwester gesagt, dass sie nichts trinkt. »Ja«, sagte Schwester Katharina.

Und nichts geschah. Den ganzen Tag kein Wasser.

Wahrscheinlich stirbt sie nicht an ihrem Hüftbruch oder ihren 99 Jahren, sondern an Nierenversagen. Sie hat Schmerzen und versucht immer wieder – erfolglos – ihre Lage zu verändern. Im Schwesternzimmer proben sie derweil wunderbare griechische Kirchenlieder ...

Jetzt wird sie zur Operation vorbereitet, unsanft gedreht und gewendet mit gebrochener Hüfte. Ich kann zu ihren Schreien nur mitweinen.

Der Neffe kommt und ist da für seine Tante; wir sind inzwischen befreundet, und natürlich schreit er so, weil seine Tante schwerhörig ist. Ich suche meinen kleinen Sprachführer heraus und wünsche »viel Glück«. Er verhilft mir zur richtigen Aussprache, so dass ich es laut genug und korrekt schreien kann. Ein Lächeln. Eine Verbindung. Ein Moment von Berührung zwischen uns Dreien auf ihrem Weg in den OP.

Der Neffe ist sehr besorgt, tigert herum, leicht gebückt, die Hände auf dem Rücken verschränkt, geht zum Kiosk und bringt mir ein Wasser mit.

Nach zwei Stunden kommt sie zurück, wird von der Trage ins Bett geworfen, und unser Zimmer verwandelt sich in die Aufwachstation. Der Neffe hält die Sauerstoffmaske.

Nach all dem bin ich jetzt doch froh – was auch immer kommt – heute das Haus zu verlassen. Miller meint, Epidaurus sei nur ein Symbol, *die wahre Stätte liegt im Herzen.*

Und doch bin ich traurig, ich liebe dieses Land grundlos

schon so lange, wer weiß wie lange. *In Griechenland wird man immerwährend von dem Gefühl der Ewigkeit erfüllt, das sich im Hier und Jetzt ausdrückt.* Und es ist so geschunden von den Haien innen und außen und seiner eigenen Ratlosigkeit.

Mein von Deutschland aus organisierter Krankenwagen kommt und die freundlichen, respektvollen Sanitäter schieben mich vom Bett auf die Trage. Fast schäme ich mich ob meiner guten Behandlung im Beisein der anderen Patientinnen. Der Neffe und ich verabschieden uns als Herzensfreunde.

Es ist ein Wechsel wie Tag und Nacht. Mit vorauseilenden Gedanken, die normalerweise Angst machen, was oft das Wesen von Gedanken dieser Gattung ist, befürchtete ich, für zwei Stunden wieder in diesem alten, rostigen, ungefederten Krankenwagen zu landen, mit rabiaten, unfreundlichen Sanitätern, die mit großer Ungeduld über die Schlaglöcher hermachen, einer klemmenden Trage, keine Unterlage unter meinem Bein, sodass ich es wieder zwei Stunden hochhalten müsste und mich nebenbei noch festhalten ...

Mein Gott, womit verbringe ich mein Leben.

Es ist ein nagelneuer Wagen, perfekt abgefedert, die Trage gleitet fließend auf ihren Schienen nach innen, die Sanitäter sind sehr achtsam, fahren ganz langsam über die Löcher auf den Straßen, haben mich gesichert und ein Kissen unter das Bein gelegt.

Da ich selber eine gute Organisatorin bin, gefällt mir diese perfekt organisierte Rückreise. Das Ineinandergreifen von Versicherungen und Medizinischen Diensten, der Krankenwagen nach Athen, der spezielle Rollstuhl am Flughafen, die ganze Reihe für mich im Flugzeug, die Abholung in München, die vorbereitete Einweisung, das Zimmer in der Heimatklinik – eine durchgehende Kette, ohne Unterbrechung. Und auch wenn es für mich doch sehr anstrengend ist – perfekte Organisation hat für mich etwas Lustvolles.

Nachts um elf drückt der nette Sanitäter des Krankentransportes vom Flughafen München in die Chiemgauer Klinik auf den Klingelknopf der Notaufnahme: »Sie sind willkommen«, antwortet die Stimme aus der Gegensprechanlage.

Mein Krankenhaus ist ein Hotel.

An der Wand gegenüber meinem Bett hängt ein großformatiges Foto im Querformat mit dem stillen See, den Laub- und Nadelbäumen im Herbstlicht und den blauen Bergen dahinter. Die ganze Landschaft wiederholt sich kopfüber bis ins Detail im spiegelglatten Wasser. Das Bild hängt schief. Ich bitte meine Freundin, als sie mich besucht, es geradezurücken. Und sie stellt das Bild dann gleich auf den Kopf, sodass man nicht mehr weiß, was sich worin spiegelt. Der Himmel wird zartgrün. Was ist die Wirklichkeit?

Eine hilfreiche Betrachtung, um in jenem Raum zu verweilen, in einer Umgebung, in der der Körper in *seiner* Realität so im Vordergrund steht.

Auch wenn ich hier so, so gut versorgt bin, wie eine Königin in meinem Bett throne, *die Griechin* geworden bin (welch eine Ehre), wird es doch auch eine Zeit der Herausforderung. Es dauert Tage bis zur Operation, die Haut ist entzündet, und es sind ein paar Knöchelchen mehr, die geknackst haben.

Was bin ich privilegiert in unserem Gesundheitssystem.

Meine erste Frage, während ich aus dem OP geschoben werde: »Warum sprechen alle Deutsch?«

»Weil wir in Deutschland sind«, sagt die Schwester im Aufwachraum. Ein Raum, in dem ich erwachen kann. Das wäre ein einfacher Weg.

Heute ist es sonnig. Dieses sehnsuchtsschürende, zarte Herbstlicht, das jedem dieser still-changierenden Blättchen letztes Leben einbrennt.

SEINE Poesie. Sie heilt.

Und ein knappes Jahr später nähere ich mich wieder mit leisen Schritten auf dem sandigen Boden unter den Pinien des heiligen Hains dem uralten Hotel für die Heilung suchenden Menschen. Es war noch ein langer Weg für mich gewesen, diesen hier wieder mit sanftem Schritt zu gehen. Nach vielen Wochen Unbeweglichkeit hatte eine ganze Weile der Frieden in mir eine leicht andere Farbe, nicht mehr so still, eher schwankend, dynamisch.

Wer hat die Dämonen in unser Herz gepflanzt, um uns zu quälen? Der einzige Weg, die Antwort zu finden, ist der, nach Epidaurus zu gehen.

Also bin ich wieder hier.

Und mein Gefährte fragt, ob ich jenen Platz noch finden würde.

Ich suche ihn, irgendwo da vorne.

»Dreh dich um.«

Ich erkenne alles wieder, bis zum kleinsten Grashalm, auf dem ich in der Hitze lag, das brennende Verlangen nach Wasser, spüre den schreienden Schmerz und die groben Männer, die mich zum Auto trugen. So betrachte ich, auf dem in der frühen Sonne gewärmten Stein sitzend, meine alten Wege, verstehe, warum man über einen solchen Stein nicht stolpert, sondern fliegt. Ich betrachte alles, einfach neugierig, eine Weile lege ich meine Hände auf den warmen Stein und habe ihn grundlos lieb. Sowas Verrücktes.

Es war ganz gewiss keine Unterbrechung meines Wegs, es *war* der Weg, ein Stillehalten, auch wenn ich nicht weiß, wohin mich die Biegung in meiner Lebensspirale getragen hat, in göttlichem Nichtwissen, dieser köstliche immerwährende Zustand. *Die Krankheiten kommen von selbst zu den Menschen,* sagen die Götter hier.

Geschlossene Kreise bergen auch große Süße. Heute also ist der Eintritt frei und das für einen Ort von solcher Liebeskraft, Stille und nährendem Frieden. Da kann ich nur aufspringen und mich im Atem der Freiheit und großer Leichtigkeit aufmachen, durchs Gelände zu streifen, weit war ich ja beim letzten Mal nicht gekommen.

Ich richte mir die Säulen des kleinen Tempels der Themis und des großen der Artemis auf; die beiden passten wohl gut zu diesem menschenfreundlichen Sohn des Apollo, dem sich hier die Kranken und Pilger hingaben.

Vielleicht kam sie mit dem Schiff, die Patientin Antheia, von den Ufern der Dardanellen, vielleicht kinderlos, vielleicht mit offenen Beinen, vielleicht mit Gallensteinen oder Depressionen. Vielleicht war sie viele Tage auf diesem damals noch sehr gefährlichen Fortbewegungsmittel unterwegs und landete im kleinen Hafen der Stadt Epidaurus, heute Alt-Epidaurus, in dem unser freundliches Hotel steht. Dann lief unsere Patientin zu Fuß oder saß die letzten fünfzehn Kilometer durch die wilde Natur in einem ungefederten Wagen oder einer schaukelnden Sänfte. Wer beim Gott, bei Asklepion, Heilung suchte, musste das Gewohnte verlassen und sich in eine andere Welt begeben – den heiligen Bezirk. Sie betrat ihn durch das Tor aus Säulen, schritt über eine Rampe, ging an einer Kolonade vorbei in den Innenraum, der auch von einem Säulenkranz umgeben war.

Der Übergang aus der gewöhnlichen Welt zum Land des Gottes war durchschritten, der rituelle Heilungsweg konnte beginnen. Mit einer Waschung vielleicht. Reinheit hieß reine Gedanken, die brauchte sie, um in den weihrauchduftenden Tempel zu treten.

Auch damals lag dieser heilige Bezirk in diesem Hain mit seiner besonderen friedvollen Zärtlichkeit. So wie heute noch. Abgegrenzt vom ‚Profanen', wie Gebären und Sterben – so sah man es – oder Opferfleisch-Essen. Eine abgesonderte Welt, in der die Regeln des gewöhnlichen Lebens außer Kraft gesetzt waren – ein Boden für Heilung und Wunder.

Bis sie ihren Arzt-Priester traf, um sich dann im heiligen Raum des Abaton zum Schlaf niederlegen zu dürfen, die Botschaft der Träume erwartend, konnten Tage vergehen. Sie verbrachte sie im 160-Zimmer-Hotel der Anlage, sie spazierte herum, setzte sich in den Schatten, las – falls sie lesen konnte – die Inschriften der Schon-Geheilten, hörte einem Rezitationswettbewerb von Homertexten zu oder ging ins Theater der großen Anlage. Dann gab sie mehrere Opfergaben, wurde weiß gekleidet und begab sich in den Schlafraum, ganz nah am Tempel des Asklepion. Vielleicht lehnte sie ihre Schulter, ihr Herz, in das Herz dieses Gottes und übergab ihm alle Fragen, Bitten und sehnsüchtigen Wünsche, bevor sie sich zum Heilschlaf niederlegte und auf den göttlichen Traum wartete.

So vielleicht.

Am Morgen erzählt die Patientin den Traum der Nacht ihrem Arzt-Priester. Mit diesen Bildern der Seele verband der Arzt sein Wissen vom Heilen.

Ich komme an einer der halbrunden Steinbänke vorbei, die Lehnen links und rechts von einem harmonischen Bogen nach unten geschlungen, und sehe die Arzt-Priester dort sitzen, wie sie ihr Wissen teilen, diskutieren und nach den Regeln der Wissenden die Lernenden schulen ...

Ich setze mich eine Weile zu ihnen und lausche, erinnere mich an den alten Hakim aus meinem Buch im Krankenhaus – *die Poesie heilt, und keine Krankheit heilt ohne Poesie.* Ich sehe ein Gesamtkunstwerk des Heilens an diesem Platz der Götter und Göttinnen, Priester, Ärzte, Männer und Frauen aus aller Welt, der Künstler, Dichterinnen, Lernenden, der weisen Frauen, Architekten und Bildhauer, der Dienenden und Wissenden. Nichts war getrennt. Heilen hieß Ganzwerden. In dieser offenen Ganzheit spüre ich den kraftvollen Strom der Dichter, das große Gefäß durchfließend.

Und weiter durch mich, sie ziehen mich zu sich und nehmen mich auf in etwas, wonach ich nicht gefragt habe. Ein geheimnisvolles Land aus Zugehörigkeit legt sich in meinen Rücken.

So zitternd neu sitze ich jetzt da neben unseren weisen Vorfahren auf einer von den Zeiten der Welt abgebrökelten Marmorbank. Eine Weile sind wir still in der noch sanften Morgenhitze über Epidaurus. Immer wieder lehne ich mich in das Licht der poetischen Ahninnen in mir, älter als das erste Wort.

Ein Priester und ich verlassen die Zeit von ihm zu mir. Wir treffen uns für diesen einen scheuen Moment. Zweieinhalbtausend zeitlose Jahre liegen zwischen uns.

Epidaurus gibt es nicht mehr, erzähle ich ihm. Die Säulen sind eingebrochen, die Rituale sind vergessen. Die Götter kennt keiner mehr, ein einfaches Hotel des Alltags heißt jetzt *Apollo*.

Und – etwas von euch ist geblieben, obwohl ihr gegangen seid. So wie von denen, die nach euch kamen, Glanz, Blüte, Macht, Chaos, Untergang. Die heiligen Bezirke kamen und gingen. Und etwas blieb immer und war Boden für das Neue.

So wie jetzt bei mir, in meiner Zeit. Ich lebe schon in der Geburt des Neuen in Zeiten des Chaos. Mein heiliger Bezirk ist nicht mehr aus Stein, es ist der höchste Punkt in der Tiefe meines Herzens. Und ich gebäre und sterbe überall, mein Abaton ist die Erde, die Milchstraße, und reicht bis zum Ende aller Universen und ihrem Anfang. Ein Aufwachen geschieht ins Herz der Welt. Und liegt im Zentrum meiner Mitte. Von dort aus beginnt jetzt unsere neue Zeit. Wir beginnen, poetisch zu leben.

»Poetisch leben ...« Er hält seinen Stock mit dem Knauf aus Nussholz in die Luft und zeichnet drei Linien in den stillen Wind des blauen Vormittags. Ich warte.

»Seid ihr viele?«

Einige und schon viele, Frauen und Männer und Frauen. Es ist aufregend. Wir sehen plötzlich durch den Atem zwischen den Worten, durch den Spalt in allem hindurch in den Raum des Ungetrennten, ahnen die neue Welt. Warten nicht mehr auf die Mächtigen, erschaffen die neue Erde aus dem Raum des Erschaffenden selbst.

Mein zeitloser Priester versteht die Worte im größeren Strom der Verbundenheit, jenseits von Sprache und Zeit.

»Poiesis *ist* Erschaffung, alles immer wieder neu«, meint er, »jedes Wort, jeden Gedanken, jede Erzählung, jede Liebe, jede Heilung, jeden Zwischenraum, jede Stille, jedes Unsagbare.«

Dieser Raum ist eine einzige Liebe.

Der Geschmack der Welt beginnt sich selbst zu leben. Und er ist von solcher Schönheit, von solcher Majestät, reinstem Licht, reinster Liebe und durchdringt alles, auch die Zerstörung und das Chaos meiner Zeit. Meiner schwangeren Zeit.

Der Priester stützt sein Kinn auf seinen Stock und schaut durch die Säulen seiner Zeit in die Pinien des Hains.

Die Steinbank ist hart. Ich ziehe meine Beine hoch und stütze meinen reichen, zwischen den Welten oszillierenden Rücken an die kühn geschwungene Seitenlehne.

Eine Weile sind wir still und lassen die Besucher vorbeiziehen. Eine kleine Ameisenherde zieht neben uns knapp an meinen Zehen vorbei.

»Wir lauschen dem Wort Apollos. Wir lauschen seinem liebenswürdigem Sohn. Ihre Stimme ist meine Poesie.«

Ich bin ganz leise: Diese Stimme ist jetzt in meinem Herz. Ganz zeitlos. Ohne Namen. Sie lebt sich selbst, durch mich. *Dann trägt die Stimme weit und fern,* meinte Miller, *bis zu den äußersten Grenzen des Weltalls, dann heilt sie, denn sie bringt Licht und glühendes Mitgefühl.*

Die Ameisen haben das Terrain meiner Zehen verlassen. Es gibt keinen Baum, der mir Schatten spendet. Manche Tage sind sehr neu.

Ich entknote meine Beine und stelle meine Füße auf den sandigen Boden. Die Erde ist leicht. Ein paar trockene Grasbüschel üben ihr Überleben am Rand des Weges; ich teile mein Wasser mit ihnen. Und lehne mich an den porösen Marmor der Bank und spüre mein Heilsein. Ich habe mir wohl den rechten Platz zum Stürzen, Lernen und wieder Aufstehen gesucht.

»Geh noch zum Theater, so weit warst du ja nicht mehr gekommen.«

Wir lachen zum Abschied.

Der große Frieden, in dem er ruhte, füllt meine Zellen, mein Herz, und die Weite, in der er mich zurücklässt, ist viel größer als die Jahrhunderte zwischen uns. Ist ein Hauch der unendlichen Weite im unsichtbaren Moment zwischen den Worten.

Poetisch leben.

Das Theater ist ein guter Ort, um die Ebenen der Realitäten wieder zurechtzurücken, ein Ort, um den Abgründen unseres Menschseins und der Komödie, die es auch ist, zu lauschen. Einmal war Antheia sicher auch hier. Vielleicht saß sie genau hier in der obersten Reihe ... Meine weichen Knie mussten dazu erst einmal fünfundfünfzig Sitzreihen mit unregelmäßigen, recht hohen Stufen dazwischen emporklettern. So gut erhalten ist dieses einmalige Bauwerk, dass keine Reihe fehlt. Vierzehntausend Zuschauer saßen hier im Halbkreis und lauschten acht Stunden lang dem Wort aus der antiken Zivilisation der Poesie von der tief unten liegenden Bühne.

Gerade lässt eine Reisführerin auf der Steinplatte im Zentrum des Bühnenrings eine Münze fallen – das alte Vorführkunststück, um die hervorragende Akustik des großen Halbrunds zu zeigen. Es funktioniert.

So sitze ich da in der obersten Reihe mit dieser unerwartet geschenkten Kraft aus dem Strom der Essenz von Poesie in meinem Rücken, mit weitem Blick über die atemberaubende argolische Berglandschaft, das letzte, geflüsterte Wort verstehend, ohne Mikrofon, nur aus Baukunst und Andacht ...

Hier kann ich mein poetisches Leben von oben aus betrachten – mein Liebesgedicht an das EINE Leben. Alles ganz normal. Essen kochen, lesen, Unkraut jäten, mit Freunden sein, alles durchschienen – höchste Poesie. Heiliges, heiles Leben.

Etwas in mir weint vor Glück. Auf dem Weg ins Hotel, am stillen Abend, mit dem feinen Kies unter den Füßen, beim letzten Schwimmen in der noch überblauen Dämmerung und bei den gefüllten Auberginen. Im sanften, samtenen Meer bei Sonnenaufgang, beim Schwimmen bis ans Ende der Bucht, wenn nur noch Wald und das kleine, blaue Kirchlein bleiben, beim Frühstück auf der Terrasse im Garten unter den Palmen und dem von Früchten schweren Maulbeerbaum, mit den freundlichen Menschen, die diesen einfachen, schönen Platz hier halten, dass Gott sich nur so freut im Licht des Morgens.

Ehe ich nach Epidaurus kam, wusste ich nicht, was Friede ist.

delphi

urschönheit

EINST HATTE ZEUS EINE IDEE – er sandte von einem Ende der Welt einen Adler aus, und einen vom anderen Ende. Und sie flogen und flogen, ich weiß nicht wie lange, weiß nicht, wie groß und wie weit die Welt damals war. Als die Geflügelten über den Himmel glitten, beobachtete der Gott diesen einzigen, perfekten Moment, als die beiden sich trafen. Die Vereinigung wurde zum Mittelpunkt, zum Nabel der antiken Welt. Tausend Jahre lang.

Und jetzt bin ich gelandet. Friedvoll war die Fahrt von Epidaurus bis hierher, eine lange Strecke, auf der sich die Natur selber feierte, direkt am Golf von Korinth entlang, ein vertrauter Name aus der Schulzeit, mit Zauber, ohne inneres Bild, und ich frage mich jetzt, warum uns im Unterricht nur kriegerische Angelegenheiten untergeschoben wurden und nicht Worte der Schönheit gelehrt – die Landschaft hier am Meer hätte sich wohlig darin ausbreiteten können ...

In Patras überquerten wir die Meerenge über eine Art ‚Golden-Golf-Brücke' und verließen den Peloponnes Richtung Delphi.

Ein kleines Hotelzimmer hat großen Charme. Die Türe zum schmalen Balkon steht offen, sein Geländer erinnert mich an die geschnitzten, türkischen Häuservorbauten. Jetzt, am frühen, etwas trüben Nachmittag, ist es einigermaßen ruhig auf der Straße vorm Hotel. Es gibt im Grunde nur zwei

Straßen in diesem am Berghang liegenden Dorf Delphi – eine Einbahnstraße in diese Richtung, eine in die andere. Es liegt ein paar hundert Meter westlich des Heiligtums Delphi. Als man mit den Ausgrabungen für den antiken Ort begann, stand dieses Dorf noch auf den verborgenen Steinen. Also hat man kurzerhand das ganze Dorf den Hang ein paar hundert Meter weiter nach unten getragen. Das Trauma ist noch nicht so lange her. Und jetzt besteht der Ort hauptsächlich aus – kleinen – Hotels, den beiden Straßen, die im Hochsommer undurchfahrbar sind, und den Treppen, die die Höhenebenen verbinden.

Wissend, dass ich mich dem großen Orakel der antiken Menschheit nähere, und dass über dem Eingang des Tempels zum Ort des Weissagens jene Botschaft in den Stein gemeißelt war – vermutet man zumindest, so ganz sicher ist die Lesbarkeit nicht – *Erkenne dich selbst,* male ich in aufrechten Lettern zwei Fragen auf ein kleines Blatt Papier, die meiner tiefen Suche nach Erkenntnis entspringen, falte den Zettel und stecke ihn griffbereit in meine Hosentasche.

Dass mich allerdings gerade heute Zeus mit dem weisen, weiten Geist Delphis bei strömendem Regen und Gewitter empfängt, entspricht jetzt nicht unbedingt meinen Vorstellungen. Am praktischsten ist es deshalb immer wieder, sie ganz sein zu lassen und ein vorstellungsfreies Leben zu führen ...

Ungenügend beschützt von meinem Schirmchen, schlittere ich auf von Millionen von Füßen geglätteten Steinen den alten Prozessionsweg nach oben und nähere mich dem hohen Tempel. Genau diesen Weg gingen die Weissagenden, die Priester, die Fragenden für fast tausend Jahre. Dann legten sich Brocken aus Kalkstein von den höher gelegenen Felsen des Parnassgebirges in der halbkreisförmigen Berglehne darüber, sammelten sich Sand und Erde, die fruchtbaren Boden für Gras, wilde Blumen, Pinien und Sträucher bereiteten. So blieben die glatten Steine ein paar hundert Jahre lang nur von sanften Wurzeln berührt.

Bis eines Tages, vor ungefähr hundertdreißig Jahren, ein paar neugierige Archäologen der französischen Schule mit ihren Schäufelchen und Spachteln den Weg wieder freikratzten, und jetzt ich und andere Millionen Füßchen der Antike noch einige aus der Neuzeit hinzugesellen.

Unter den dunklen Wolken schimmert der heilige Ort im alten Geheimnis, fast silberfarben. Aus dem Berg gehauen, bildet er eine weite Terrasse und gibt von dort aus den Blick frei in das weit untenliegende Tal des Flusses Pleistos, heute der Xeropotamos, mit seinen glitzernden Olivenhainen, ein Blick, bei dem der Atem gar nicht mehr weiß, wohin sich ausdehnen. Das alte Tempelgelände, das hier ausgegraben wurde, ist viel kleiner als das in Epidaurus und liegt im Licht des heutigen Tages wie in dunkler Ehrfurcht da.

Lange bevor die antike Tempelanlage errichtet wurde, soll hier die Erdgöttin Gaia ihr Heiligtum gehabt haben. Die Erdmutter hatte sich mit dem Schlamm vereinigt, der vom Ende des goldenen Zeitalters übriggeblieben war – der friedlichen Urphase der Menschheit, bevor wir mit so etwas wie Zivilisation begannen – und gebar daraus die geflügelte Schlange Python, einen Drachen. Der Drache taucht in vielen Mythologien auch als Träger der Lebenskraft, als grundschöpferische Intelligenz auf. Vielleicht zückte deswegen so mancher Heiliger und Krieger das Schwert ... Python jedenfalls hatte hellseherische Fähigkeiten und lebte an diesem Ort, der später eben Delphi, die Gebärmutter, Nabel der Welt, heißen sollte. Apollo setzte dann seinen Tempel über dieses alte Heiligtum und erschlug den Drachen.

Wobei, an diesem Ort hier oben, war Apollo nicht der Gott des Heilens, wie in Epidaurus, sondern ein junger, sehr zivilisierter Gott, der den Strömungen seiner Zeit vorauseilte, der Zeichen setzte für Toleranz, auch anderen Göttern gegenüber, auch in seinem Heiligtum, ein Gott der Barmherzigkeit, der

Schwachen eine Chance gab und Sieger ihre Grenzen erkennen ließ; der Gerechtigkeit wollte, nicht die Hybris der Stärkeren. Und so war es ja vielleicht ganz anders, vielleicht können wir das Bild des getöteten Drachens auch einmal ganz neu verstehen – vielleicht wurde genau so, in diesem göttlichen Geist, diese tiefe weibliche Kraft im Orakel von Delphi befreit und nicht zerstört. Gebärmutter, du Omphalos. Om-Phallus, eine große Vereinigung der Kräfte, ein Befreiungsschlag unserer grundschöpferischen, weiblichen Intelligenz, die uns befähigt, aus unserem Sehen aus tiefster Tiefe heraus die Menschen und Lebensprozesse weise zu begleiten. Das wäre doch mal eine Idee. Jedenfalls war die weissagende Pythia eine Frau und die Menschen kamen voll Vertrauen von weit, weit her.

Ich stelle mir vor, wie sie die flüsternde Stimme des Gottes in sich hört. Am Fuße des Weges nach oben zum heiligsten Bezirk, unter schimmernden Platanen, beugt sie ihr Haupt in die heilige Quelle und fällt aus dem Zustand des Alltäglichen in die Reinheit des weißen Kleides. Ihr Schritt wandelt sich in das Innewenden hinein, bis zum Fuß des Tempels. Durch die erste Säulenreihe und noch eine dahinter wird sie, schon leicht in Trance, in das Zentrum geführt. Der Gott ist fein, schon nahbar im Raum ihrer Seele. Mitten im Tempel ist die dunkle Tiefe ins Erdinnere geöffnet, Pythia nähert sich dem Allerheiligste, ihr Abyton, in dem Omphalos wohnt, jener Nabel der Welt. Dämpfe steigen auf, die Pythia atmet, so öffnet sie noch tiefer die Kraft in sich, um Gott sprechen zu lassen.

Und wenn ES spricht, steigt sie nach oben, tritt neben die Sphinx auf ihrer hohen Säule an der Seite des Tempels, blickt in die Weite der Ebene und in die Augen der Fragenden. Und wenn sie aus der Tiefe weissagt, sieht sie den Menschen, sein innewohnendes Licht, die EINE Schönheit, die wir sind. Sie zittert und tanzt und ihre Worte gehen ganz eigene Wege, ES spricht. Der Weg vom Gott in die Herzen der Menschen verlangt manchmal ein Lauschen hinter das Unverständliche, so hat sie einen Priester an ihrer Seite, der mit ihr gegangen ist in die verzückte Welt und ihre Sprache versteht ...

So vielleicht.

Platon hatte sich auch Gedanken über die seelische Verfassung dieser besonderen Frauen gemacht. Ihre Trancezustände charakterisierte er als göttliche Inspiration durch ein mystisches Erlebnis. Es wäre keine Raserei gewesen, es ginge um eine Begeisterung durch das Göttliche.

Das gefällt mir natürlich. Auch im Regen, nass bis auf die Haut.

Wie weit die historischen Pythien dem platonischen Ideal entsprochen haben, ist offen. Die Pythia stand ja nicht alleine da, die Priester des Heiligtums übersetzten ihre Worte. Wohl nicht immer nur aus ihrem tiefen, wissenden Geist heraus, sondern die Deutungen des Orakels entsprachen hin und wieder auch diversen politischen Interessen. Und ich vermute, auch die einst jahrelange, herausfordernde Schulung der Frauen wurde über die Jahrhunderte nicht immer weiterentwickelt, sondern verwässerte, wie in vielen anderen ähnlichen Zusammenhängen.

Ich Weithergereiste stehe also erstmal mehr oder weniger geschult mit meinen Fragen im Regen und friere (scheint eine Leidenschaft von mir auf nassen Tempelgeländen zu sein), streife noch einmal über die Nachbildung des Omphalos, hier eine Art Lingam, verlasse den Berg Richtung Hotel. Dort spielt Gott heute mit mir das Spiel *Raum ist in der kleinsten Hütte.* Durchnässt, frierend und nicht wissend, wohin mit den nassen Kleidern, unter einer nur lauwarmen Dusche im Bädchen, das nicht viel mehr Platz lässt, als man zum Ein- und Ausatmen braucht, spiele ich das Spiel nicht unbedingt entspannt mit. ES sieht mir nur freundlich lächelnd beim Grantig-Sein zu und schlägt mir dann die Gunst einer richtigen Hotellobby vor, ein Angebot zu meiner Freude, das ich nicht ausschlagen kann: ein lebendiges Kommen und Gehen aus den Sprachen der Welt, ein heißer Tee, ein Stift, ein breites, samtenes Sofa, alles in Stoffen und Farben, die wärmen. Und schmunzelnder Übermut über die Welt der Vorstellungen – das große, heilige Delphi im griechischen Licht – wie war das gedacht! Meine Pläne, Gott, und DEIN Lachen. Da lässt sich heute gut schreiben.

Und am nächsten Morgen auf traditionellen griechischen Stühlen, bezogen mit Hussen aus grauem Samt, an dunklen Holztischen sitzend, gut frühstücken. Um danach, erfrischt, neugierig und im Trockenen, am frühen Morgen den Weg auf den Berg hinauf noch einmal zu gehen.

Die Luft ist von feinster Klarheit, es duftet nach dem Harz der Pinien. Ich hüpfe über die Pfützen von gestern die heilige Straße zum Tempelgelände hinauf, auf dem Weg der Prozessionen, links und rechts die alten Schatzhäuser. Einst voll des Goldes, mit Silber, Elfenbein und glanzvollen Kunstwerken als Opfergabe für den Gott und zum Wohlwollen der Priester und den Tempelbetrieb. Diese Weihegeschenke waren der Anlass für Plünderungen und Kriege. Es gab eine ganze Menge davon.

Ein einsamer Restaurator kniet unter einem grünen Fischerschirm und reinigt, nach vorne gebückt, mit einer kleinen Bürste eine Stufe des Theaters, ein einziges Mohnblümchen einer Treppe unter ihm schaut ihm zu. Hier ist das Theater ganz nah am Tempel, zwischen Disteln, Oleander und wilden Malven.

Etwas dieser vielen Kriege und späterer Manipulationen der Botschaften scheint noch am Platz zu haften, hat unsichtbare Spuren hinterlassen. Ich brauche eine Weile, bis ich einen Ort finde, eine Verbindung zum erhabenen *Erkenne dich selbst*.

Im kristallenen Morgenlicht über der überwältigenden Weite vor den felsigen, kiefernbestanden Bergen rutsche ich in eine Lücke aus sanfter Stille, in der ich allein mit dem *Raum*

Apollo bin; ich atme ihn und im Atem schwingt das Mysterium. Ich höre auch die Antworten, die Richtung gaben, Sorgen nahmen und Trost spendeten, den Raum für Transformation öffneten.

Ich darf den Boden seines Tempels – anders als in Epidaurus – nicht betreten, nicht seinen Altar begrüßen, nicht den zentralen heiligen Kreis, in dem die weise Frau nach ihrem Aufstieg stand, die Gottheit tanzend.

Da das Terrain des Gottes von stählernen Seilen begrenzt ist, die das Terrain von mir abgrenzen wollen, setze ich mich auf einen fast schwarzen Stein außerhalb des Tempels, ein inneres Terrain in mir, tanze diesseits der Seile, zwischen wildem Knoblauch, Gräsern und dem Ruf eines fernen Kuckucks. Auf diesem alten Tempelrest sitzend, bin ich mit der göttlichen Kraft, die aus der Erde in all ihrer Schönheit und Weisheit aufsteigt, ohne Dämpfe, ein unsichtbarer Durchgang in die Erinnerung an den süßen Drachen.

In dieser wundersamen Stille hinter dem weichen Wind, dem klaren Licht und den Schritten meiner Mitbesucher verweile ich mit ihr, meiner ungebrochenen Pythia des Morgens, in einem nur uns beide umfassenden Raum und stelle nicht meine zwei Fragen in aufrechten Lettern, sondern frage sie nach ihr. Sie zögert etwas – nach so langer Zeit wieder einmal sprechen, ganz ohne Trance, Gottheit und Dämpfe? Und doch beginnt sie, mir leise zu erzählen, von ihrer Begeisterung und den Mächten, die sie aus dem heiligen Raum des geliebten Gottes heraussteigen ließen. Es sei schon sehr anstrengend, geistig und körperlich, in diesem Zustand zwischen den Welten zu weilen, sich zu öffnen für diese tiefe Inspiration, die aus dem innersten Herzen und gleichsam aus den Poren der Erde brächen *und* in Verbindung mit der Welt der Fragenden zu bleiben. »Ich habe ja mit den Einfachen, den Klugen, den Wahrheitssuchenden und den Mächtigen gesprochen, jeder brauchte etwas anderes und manchmal verschwanden meine Worte in den gierigen Rachen eines Priesters.«

Sie sieht mich an und fragt mich, ob meine Zeit denn eine andere sei. Die Frage erinnert mich an meinen epidaurischen Priester. Ob meine Stimme, mein Ruf nach Barmherzigkeit, nach Frieden, nach einem neuen Sehen gehört würde. »Lebst du in einer Welt, in der die erhabene Essenz des Menschen euer Zusammensein hält?«

Ich rutsche auf meinem warmen Stein zur Seite, und sie setzt sich neben mich. Ihr Licht durchdringt mich, es ist nicht untergegangen, nur immer wieder in anderer Gestalt erwacht, sich wandelnd auch in meine Zeit und Zukunft geworfen. Deine Weisheit, deine Liebe, deinen inneren Glanz in meinem Jetzt, deine tiefsten Wurzeln im Gesicht meiner Erde, dein großes Herz den Suchenden und Fragenden meiner Zeit verschenkend. Na ja, und ein ganz klein wenig auch für mich. Ich würde auch gut zuhören, habe schon seit ein paar Jahrzehnten mit Üben begonnen ...

Es wird voller im Gelände, die Busse sind unten auf den Parkplätzen gelandet, eine Gruppe aufgeregte Japaner mit Hütchen aller Genres auf dem Kopf eilt ganz nah bei mir vorbei, einer Japanisch sprechenden Griechin hinterher. So hat sich Pythia in ihre Zeit zurückgezogen und mir ein Gefühl von transzendenter Schönheit hinterlassen. Wie die Welt wohl aussähe, wenn zu so tief inspirierten weisen Frauen die Mächtigen der Welt von weit, weit her angereist kämen und Rat suchten. Ich würde lächelnd Tee und geschmierte Brötchen reichen, damit alles leichter zu verdauen wäre ...

Als könnte man uns von der Quelle trennen, ist auch das Terrain des oberen heiligen Brunnens zwischen dem Apollo-Heiligtum und dem Theater abgesperrt. Also springe ich in einem Moment, in dem der Wärter gerade mit seiner Kollegin flirtet, über das Seil und setze mich zwischen die getrockneten Gräser und ein paar Pilze an den Rand des quadratischen Beckens, in dem vereinzelte wilde Sträucher und verblühter Ginster wachsen. Die gemauerte Wand zur Bergseite hin steht noch fest, und irgendwo dort drinnen höre ich das

Echo eines leisen Glucksens des Quellwassers, das einst das Becken füllte. Auch diese Quelle hatte, wie die vor dem Eingang zum Gelände, eine wichtige rituelle Funktion – sie wurde ehemals zum Tempel ins Allerheiligste geleitet und dort trank Pythia davon, ehe sie mit ihrer Arbeit begann.

An diesem Beckenrand sitze ich nun, gleichsam an der fließenden Wurzel der Weisheit und schaue über die Reste des Tempels hinweg ins Tal, Bergterrasse unter Bergterrasse. Einige wenige Säulen wurden wieder aufgerichtet und werfen Schattenstreifen unter die Sonne. Eine ganz fein rotgetigerte Katze setzt sich zu mir; gerade und aufgerichtet, wie aus der Zeit des alten Ägyptens, als sie noch Gottheit war. Sie hat ein krankes Auge und kann mein Streicheln gut gebrauchen. Hingebungsvoll schnurrt sie mit mir an der heiligen Quelle, ihr weiches, zerzaustes Fell und meine zerzausten Haare im leichten Wind des späten, schon heißen Vormittags. Mein Notizbuch liegt auf dem warmen Stein hier auf dem heiligen Boden, unter dem das große Weibliche trägt, und ich spitze meinen Bleistift.

Keine der vielen Frauen, die als Pythia gewirkt hatten, über fast tausend Jahre, hat schriftliche Aufzeichnungen hinterlassen, obwohl sie sicherlich alle wegen ihrer langen Schulungen schreiben konnten. Mit brennender Neugier würde ich ihre Geschichten und Verse lesen; wie es ihnen selber erging, wenn sie nach vorne an den Rand des Tempels getreten sind, mit der Weite der Landschaft vor sich, was für ein Bild erhabener weiblicher Schönheit. Mit diesem Blick in die Ferne, zu Füßen der Sphinx auf deren riesiger Säule, hat Pythia gesprochen, gesungen, gerufen, gelallt, ist aufrecht gestanden in all ihrer Würde und hat sich dem Tanz der Trance übergeben. So webte sie die Fäden der Welt, und ich lausche den Welten der fast zweitausend Jahre zwischen ihr und mir.

Und muss schmunzeln – heute weben wir weisen Frauen auch in einem Netz und verbinden die Welten. Mögen viele den Sinn der Antworten hören – *erkenne dich selbst* ...

Mein Kätzchen sitzt ganz still, immer noch aufrecht und einäugig. »Ich muss dich zurücklassen, kleine Sphinx.« Fällt mir gerade nicht leicht, aber auch der Wärter ist inzwischen fertig mit Flirten. Es sieht mir lange nach, ich wünsche ihm einen guten Weg.

In der schwimmenden Hitze unter der hochstehenden Sonne, haben sich Hunderte mehr oder weniger Suchende aus dem ganzen Erdkreis über dem Gelände verteilt; aufgeregt, plaudernd, still, betrachtend. Hier trafen sich einst zwei reisende Adler, vom Gott gesandt ... Und etwas wie Sehen tut sich auf und all diese Menschen, welche Gattung von Hüten sie auch tragen, geben ihre unendliche Schönheit frei, unsere Urschönheit, in der ich uns erkenne, seit immer schon kenne und liebe und mich mittendrin, nur Schönheit.

Nachdem sie Jahrhunderte unter der Erde verborgen war, wohnt die Sphinx jetzt in einem modernen Museum, direkt an der Straße unter dem Tempel. Die Würdevolle ist heruntergekommen von ihrer hohen Säule auf einen nicht ganz so hohen Sockel, ganz nah begegnet sie mir. Sie trägt den Kopf einer Frau mit geflochtenem Haar, auf einem schmalen Löwenkörper mit hochgeschwungen Flügeln, von einem Erzengel vielleicht oder Adlern ... Ihr Gesicht wie ein meditierender Buddha, wie fein aus dem Nirgendwo winkend. Ich bin hineingezogen in diese Stirn aus steinernem Licht, in dieses ferne Lächeln. Eine unmittelbare Schönheit und Liebe. Und ich in göttlichem, zeitlosem Frohsein.

Eine recht große Heuschrecke hat sich während meiner Umrundung auf meine Schulter gesetzt und begleitet mich jetzt nach draußen in die brennende Mittagssonne.

So verzückt bleibt jetzt eigentlich nur das Meer – einmal im Leben im Golf von Korinth schwimmen, das wäre doch eine einfache Antwort auf so viel Größe. Ithea ist der nächste Ort am Meer, und es gibt Fisch und Kaffee und Eis und Wasser und bunte Kiesel und fern, das andere Ufer, der Peloponnes, mein geliebtes Epidaurus tragend.

Auf der Rückfahrt in unser kleines Hotel ist eine der beiden Straßenspuren vor uns plötzlich rot. Wir fahren etwas vorsichtiger und holen einen mit rotem Gestein beladenen Lastwagen ein. Langsam fahrend bleiben wir hinter ihm, als von links noch ein weiterer auftaucht, direkt aus dem Minengelände des aufgerissenen Berges, der seines Bauxitgesteins beraubt wird. Ich spüre die Verletzung der Erde tief in mir, als wäre ich selbst verletzt, der rote Staub auf der Straße wie die Blutspur des Erzes. Unter meiner Delphi-Spur aus Weisheit und Schönheit kommen die anderen Kräfte nach der goldenen Ursuppe schmerzhaft an die Oberfläche.

Ich bin müde.

Mein kleines Hotelzimmer mit türkischem Balkon und Ventilator gibt geborgenen Raum für Stille und einen späten Mittagsschlaf bis zum frühen Abend, wenn die Busse das Terrassengelände der Tempel verlassen haben, ich hoffe, ein guter Zeitpunkt, Athena zu besuchen.

Ihr Heiligtum liegt auf der anderen Straßenseite, unterhalb der großen Ausgrabungsstätte des Apollo, auch in die kalkigen Ausläufer des Parnassgebirges geschmiegt, über dem Tal des Pleistos. Es ist das Heiligtum der Athena Pronoia, der Voraussehenden. Wenn Pythia oben, im Tempel Apollos, sich über die Dämpfe der Erde beugte, müsste sie ja eigentlich hier Athena begegnet sein, sich mit ihr beraten haben – ich war Mäuschen –, deren Stimme in die Welt getragen haben. Lange Zeiten von ihren Priestern unterstützt, bis die nächsten Zivilisationen unter ihren Händen das Moos über die Quelle wachsen ließen.

Athena gibt sich frei; sie verlangt keinen Eintritt und kommt mir entgegen, als wäre ich schon lange hier gewesen am alten Ort der Anbetung. Es ist still hier, kaum Menschen im Gelände unter dem sanften Licht. Eine klare Kraft, wie aus dem Kosmos gefallen.

Auch hier gibt es – wie in Epidaurus, nur kleiner – einen Tholos, einen säulenbestandenen Rundbau, dessen frühere Bedeutung bis heute nicht ganz geklärt werden konnte. Athena und ich schmunzeln ein bisschen jenseits der Steine – nicht alle Geheimnisse werden preisgegeben, ich kann sie auch nicht hören, nur verstehen. Ein paar der Säulen wurden wieder aufgerichtet und ich setze mich auf eine der verbliebenen Stufen und bin still, hier in der Erdwurzel des Geistes, der im oberen Tempel gesucht, gefeiert und angebetet wurde.

Alles rundet sich in mir, auf dem runden Tholos der *Athene Pronoia,* der Voraussehenden, sitzend, so, so viele Gesichter des EINEN gesehen. Es gibt eine Dankbarkeit, die IST. Egal, was ist.

Jetzt bleiben noch meine zwei Fragen. Ich hole meinen verknitterten Zettel aus der Hosentasche, streife ihn glatt und der Schimmer des orange-goldenen Lichts der Sonne auf ihrem letzten Tagesweg legt sich auf mein Blatt. Sie zeigt die Fragen deutlich.

Und mir wird klar, dass sich die eine schon in Epidaurus beantwortet hat, ganz von alleine, bevor ich sie gestellt hatte. Ich breche an diesem ruhigen, sanften Ort in ziemliches Gelächter aus. Die Geschichte könnte ich Rilke erzählen – *Wenn man die Fragen lebt, lebt man vielleicht allmählich, ohne es zu merken, eines fremden Tages in die Antwort hinein.*

Gut, die andere lasse ich jetzt unberührt weiter im Fluss meiner Reise mitschwimmen.

Vielleicht wird sie sich auch ganz von alleine offenbaren, vielleicht habe ich sie ja noch gar nicht gestellt ...

Und dann gehen wir zusammen heiter und hungrig zu einem guten Abendessen mit gegrilltem Fisch in Kräutern und einem Blick über die weite Ebene des Flusstals voll glitzernder Olivenbäume, auch sie getragen von der Schönheit selbst ...

meteora

schwebend zwischen himmel und erde

Wie ist der erste Mönch nach oben gekommen?

Vor etwa zehn Millionen Jahren lag vor mir ein riesiges Binnenmeer. Und während ich da so vom Balkon meines Hotels aus die Augen über das Wasser streifen lasse, schieben sich enorme tektonische Platten übereinander und gebären während ein paar Millionen von Jahren unter immensem Druck ein riesiges Gebiet hochaufragendender Felsmassive. Ich staune und bleibe noch ein paar Millionen Jahre im Regen, im Wind, in eisiger Kälte und brennender Hitze mit ihnen und lausche einem ständigen Rieseln von weichem Gestein, und nach den restlichen Millionen stehe ich vor einem steinernem Wald aus senkrechten, stalagamitenförmigen Steinsäulen.

Und ich schaue zu, wie sich in einigen Tälern zwischen diesen Felsen, zwischen Eichen, Farn und Platanen, vor über tausend Jahren einige gottsuchende Menschen einnisteten, um fernab des Treibens der Welt ihre Gebete zu sprechen. Ich sehe, wie manche dann etwas höhere Höhlen, die sich im Gestein gebildet hatten, beziehen. Und sie beten und beten.

Und plötzlich, vor siebenhundert Jahren war das, rennt der Mönch Athanasios den Pfad hoch, weil er vom Berg Athos fliehen musste und gesellt sich zu ihnen. Und dann hat er eine Idee: Mit vierzehn von ihnen könnten sie sich doch zusammentun, die Höhlen verlassen und ganz oben, auf der Spitze eines der Felsen ein Kloster gründen, sie wollten ja alle Gott näher sein.

Aber – wie ist der erste Mönch nach oben gekommen?

Ich war in meinem Leben immer geführt von dieser radikalen Sehnsucht in mir, mein ganzes Leben in der geheimen Substanz meines Herzens zu leben, in vollkommenem Einssein – und doch – hatte ich je den Mut, so ganz in der Ausrichtung zu leben, dass jeder – auch der innere schrittlose – Schritt meiner Hingabe unter Lebensgefahr geschehen könnte? Diese Frage zu berühren, stößt jenes ewige innere Brennen an, die Farbe der Gottsuchenden, an der man sie erkennen kann.

Der Ort hier war vollkommen unzugänglich für andere; war extreme Einsamkeit, das Rauf- und Runtergehen war ein Spiel mit dem Tod. Brauchte vollstes Vertrauen; in der äußersten Gefährdung erlebten sie sich in absoluter Gottesnähe. Muss das gleich so heftig sein?

Nach dem Verlassen delphischer Schönheit-in-Allem und dem Durchqueren der weiten, mittelgriechischen Thessalischen Ebene sitze ich mit einem Kaffee und meinem ersten Mönch auf der Terrasse des wunderbaren Hotels mit Blick auf diese zwei- bis dreihundert Meter senkrecht aus dem Talkessel unerwartet nach oben schießenden Felsen. Es ist später Nachmittag und ich kann im warmen Licht der schon tieferstehenden Sonne das Kloster Athanasios auf dem dunklen Felsen in leisem Ocker leuchten sehen. Und auch einige der anderen Spitzen-Klöster, die nach und nach gebaut worden waren.

Wie es so ist in modernen Zeiten, kann man sich ganz kurzfristig an den großen Orten des Planeten für wenig Geld einnisten – mit Balkon und Blick auf das Naturwunder. Jakob und ich wollten einfach im Grünen sein und so bekomme ich einen viel umfassenderen Blick vom göttlichen Kunstwerk als von einem der beiden eng am Fuß der Riesensteine liegenden

Dörfer. So sitze ich auf meinem Balkon, den göttlichen Frieden in mir, und schaue einfach auf das, was schwebt zwischen Himmel und Erde.

Anders als in den Klöstern ist mein Hotel ein Ort freundlicher Ruhe.

Denn Tausende von Menschen (und noch eine mehr) aus der ganzen Welt besuchen täglich meinen Mönch, der sich doch eigentlich in ein Kloster auf dem Berg zurückgezogen hatte, um sich mit Gott zu vereinen. Wohin nun mit der natürlichen Gastfreundschaft der orthodoxen Klöster?

Wie Burgen sitzen einige von ihnen auf diesen hohen Felskegeln oder sind an die Wände geklebt wie Schwalbennester. Es gab ursprünglich keine Wege oder Stufen nach oben. Sechs der einst dreiundzwanzig Klöster sind heute noch bewohnt, die anderen haben ihre Größe wieder der Natur zurückgegeben. Zwischen den großen Felsnadeln schwingt sich heutzutage eine gut ausgebaute Straße und vor jedem der besuchbaren Klöster gibt es einen kleinen Parkplatz. Von dort aus gehen mehr oder weniger Stufen bis zum Vorplatz des heiligen Ortes.

Welcher Ort ist nicht heilig?

Die an anderen überlaufenen Plätzen übliche Vorgehensweise, wie ich sie zum Beispiel von Assisi oder vielen anderen Orten – Delphi, Epidaurus – her kenne, gleich zur Öffnungszeit zu kommen, bevor gegen zehn Uhr dann die Busse einströmen, oder um die Mittagszeit, wenn die Gruppen essen, oder abends, kurz vor Schluss, funktioniert hier morgens erst mal nicht. Die Klöster öffnen auch in Meteora um neun, nur hier stehen schon, anders als vermutet, die Busse vor den Toren.

Und doch gibt es Lücken – zum Beispiel mit einem der Kleinen zu beginnen, das dann auch noch die meisten Stufen hat. Und – es ist still im Kloster Triada. Der Hof, der Kirchenraum, einige dem Gestein abgerungene Beete – und der Blick in die Weite und die Tiefe, alles ruhend in einer großen spirituellen Kraft. Ich danke den Mönchen, wie viel sie mir abgeben vom Unendlichen.

Und mir wird klar, welch einen Dienst sie tun, so vielen Menschen ihren einsamen Garten zu öffnen. Sie beten in der Nacht und ich nähre mich am Tag. Ich sitze in einem der rückenmarternden Chorstühle und versinke eine Weile in die Stille mit den Mönchen und Pilgern der Jahrhunderte.

Nachdem der erste Mönch sein geweihtes Adlernest bezogen hatte (wie?) und bevor Anfang des zwanzigsten Jahrhunderts die Straße und Treppen gebaut wurden, gab es zwei Möglichkeiten, nach oben oder unten zu kommen. Die eine waren Holz- oder Strickleitern an der mehr oder weniger senkrechten, ein- bis dreihundert Meter hohen Felswand. Mich gruselt schon, wenn ich nur daran denke. Diese Leitern gingen natürlich nicht in einer geraden Linie hinauf oder hinunter, sondern waren zwischendurch zwei- oder dreimal diagonal versetzt. Der Kletterer musste also jeweils am Ende der einen, fast freischwebenden Leiter zur anderen übergreifen, jede Sprosse ein Ästchen näher in die Seligkeit. Eigentlich brauchten diese Mönche gar keine spirituelle Praxis mehr zu machen ...

Die andere Möglichkeit war eine Seilwinde, an der Netze angebracht waren.

Ich höre vor dem stillen Katholikon – der Klosterkirche – eine laute, deutschsprechende Gästeführerin mit dem leicht herben griechischen Akzent. Sie führt eine Gruppe durchs Kloster und ich geselle mich ein bisschen dazu. Sie erzählt von diesen Netzen, in denen alles transportiert wurde – Mönche, Gäste, Lebensmittel, Baumaterial. Und dass die Mönche, die oben die Seilwinde drehten, unterbrachen, wenn Hora war, um aus dem Evangelium zu lesen. In dieser Zeit hing der Besucher oder Bruder, eingezwängt in ein grobmaschiges Netz, freischwebend im Wind vor einer Felswand.

»Es war schon Gottvertrauen nötig«, meint sie. »Den Mönchen wäre klar gewesen, wenn Gott will, dass ich sterbe, dann stürze ich eben ab.« Sie selbst, als sie es einmal erfahren durfte, sei eher vor Angst gestorben. Es geht hier zweihundert Meter in die Tiefe. Insofern war das Heranschaffen des Baumaterials eine der schwierigsten Angelegenheiten beim Bau der Klöster gewesen. Man spricht von zwei bis zweiundzwanzig Jahren – und dann ein paar kurzen Monaten Bauzeit – wenn inzwischen das Material nicht zerfallen war.

Die sechs noch ‚bewirtschafteten' Klöster haben heute natürlich auch Wasser, Strom, Internet. Zwei davon waren aufgegeben worden, die Mönche flohen zurück auf den Berg Athos, wahrscheinlich wollten sie Ruhe haben. So zogen Nonnen ein, große Künstlerinnen in der Ikonenmalerei.

Abends, nachts und morgens haben die Mönche und Nonnen Ruhe. Und einen freien Tag in der Woche gibt es auch – zwischen den Klöstern abwechselnd –, an dem für Gäste geschlossen ist. Und private Räume und Rückzugs-Heiligtümer.

Ich sitze mit meinem ersten Mönchlein auf einem Felsvorsprung aus diesem harten Sedimentgestein, bei dem ich ständig das Gefühl habe, es zerrieselt, wenn ich es anfasse. Er erzählt mir – und lehrt mich dabei auch –, dass er hierher kam aus dieser tiefen, tiefen Sehnsucht heraus, Gott näher zu kommen. Und dass diese Sehnsucht dem Herzen, dem Zentrum des menschlichen Lebens, dem gesamten geistigen Leben entspränge. Gott sei das Zentrum des Herzens, die Schatzkammer der Gnade. Und diese orthodoxe Übung der Buße sei kein vorübergehender, zeitweiliger Zustand, sondern eine Art ständiger Wiedergeburt. Und da reinigten die Tränen manchmal die Seele.

Wir sehen uns an, ganz still. Ich weiß davon, auch ohne den Weg der Buße zu gehen. In meiner Sprache ist das vielleicht Selbsterkenntnis, die geht auch ohne Askese, und ist auch so oft heftig genug.

Er spricht mit mir, mit mir als Frau dieser Zeit, vielleicht erkennt er die Mönchin in der Welt. Da lacht er: Keuschheit ist nicht Abwertung der Ehe, die ist ja von Gott geheiligt, sondern die bedingungslose Liebe zu Gott.

Dazu muss ich natürlich nicht keusch sein. Aber vielleicht ist die alte Keuschheit in unserer heutigen Sprache eher als das Nichtanhaften zu verstehen. Bedingungslos.

Ich erzähle ihm von meinem heutigen Besuch im vollen Kloster Varlaam, in dem auf einem der hohen Chorstühle direkt am Eingang zur Klosterkirche ein alter Mönch in seinen mehrlagigen schwarzen Gewändern und dem hohen Hut saß und seine Gebetsschnur durch die Finger gleiten ließ. Ich hatte ihn angesprochen, um nach seinem Gebet zu fragen. Ich wollte von ihm wissen, ob sie auch das Jesusgebet, dieses Herzensgebet, praktizieren, so wie es in den *Aufrichtigen Erzählungen eines russischen Pilgers* auf weiten Wegen ausgemalt wird. Er konnte kein Englisch, also zog er sofort einen Griechen am Pulloverzipfel heran und nahm ihn als recht ahnungslosen Übersetzer. Erst klang es, als gäbe es nur morgens und abends ein Gebet. Das kann's ja nicht gewesen sein. Ich fragte den Übersetzer. Dann gibt es für jede Gelegenheit ein spezielles Gebet. Gut. Dann wird den ganzen Tag die Perlenschnur, die er in der Hand hält, gebetet, Tag und Nacht – und mit ihr in der Hand wird er sterben. Er zeigt mir die Knoten-Kette eines seiner Vorangegangenen, fein gefasst in ziseliertes Silber, und, hinter Glas arrangiert, ein Bild, zu dem die Gläubigen pilgern, es küssen, sich verneigen, wieder küssen, die Hand zur Stirn und zum Herzen führen.

Mein erster Mönch breitet seine Kutte etwas aus, so dass ich nicht so hart auf dem warmen Felsen sitze. Ein Liebeskreis über die Zeiten hinweg. Ich wusste, dass der orthodoxe Klosterweg ein mystischer Pfad ist, und Bruder Mönch erzählt mir von den einzelnen Stufen des Gebets, vielleicht ähnlich denen, die Teresa von Avila beschreibt, Stufen und Seelenzustände, wie sie auf jedem spirituellen Pfad auftauchen. Nur in einer anderen Sprache, in anderen Bildern, anderen Schwerpunkten, einem andern Geschmack. Das EINE, geheimnisumfassende

Herz in allen Religionen. Hier in diesem klösterlichen Pfad, erzählt er – wir sind ganz eingetaucht in Liebe –, dass anfangs das Gebet mit Bitten um etwas begänne, das aber nur Vorbereitung auf das echte, geistige Gebet wäre, das geistige Suchen.

Langsam lassen die Bitten nach, der Suchende ist einverstanden mit dem, was ist, im völligen Vertrauen. Er muss sich ja schließlich in geflochtenen Netzen unter dem Himmel bewegen. Alle weiteren Stufen des Aufstieges führen zu dem Punkt, wo der Mensch die ‚natürliche' Sphäre verlässt und nur noch der Geist tätig ist, alle Bewegungen stehen still und das Gebet hört auf. Vollkommener Friede. Er gehört sich nicht mehr selbst, er wird nicht mehr von seinem eigenen Willen gelenkt, sondern lebt in einem anderen Bewusstseinszustand. *Verzückung* nennen sie das. Um diesen stillen Raum zu ‚erreichen', muss das Gebet fortwährend und ununterbrochen sein, wie das Atmen oder das Schlagen des Herzens, im göttlichen Rhythmus, im Puls des Universums. Wissen und Liebe werden eins.

In der tiefen Felsspalte unter uns treffen sich die Grüns der Welt in aller Pracht; immergrüne Zypressen und Rotbuchen, wilder Oleander und seltene Gräser. Über uns kreist ein Wanderfalke. Mein Herz kreist still mit ihm.

Da er der Erste war hier, so voller Mut und Vision und Sehnsucht, erzähle ich ihm von den so dunklen Kirchenräumen, den schwarzen Kutten-Männern, die oft so freudlos wirken – außer ihm natürlich –, den Nonnen eine Felsspitze weiter, die vermutlich keine ebenbürtige Schulung bekommen, sonst wäre ihr Kloster nicht so suchend in seiner Kraft. Ich erzähle ihm von jenem schrecklichen Vorhaben, das sich die Menschheit angetan hat und das das Christentum – und so viele andere Religionen – so tiefgreifend aufgenommen hat – jene strikte Trennung von Körper und Seele, von Himmel und Erde, von Materie und Geist, von himmlisch und höllisch. Welch hervorragend Grundlage für Manipulation,

Macht und Abhängigkeit von den Priestern, die der Boden für allen Frauenausschluss auf den unterschiedlichsten Ebenen war, für die Misshandlung der Erde. Was wäre denn das für eine sinnlose göttliche Vision, eine Erde zu schaffen, die böse ist, von der man sich zurückziehen muss, um diese EINE Substanz von Licht zu erkennen. Das ist doch widersinnig und hat nur Leid und Leid geschaffen. Ich rutsche auf meinem Steinchengestein hin und her und rede mich richtig in Rage. Diese Trennung hat uns vertrieben aus der Welt, nicht nur uns Frauen. Euer mystischer Weg gehört in die Welt, ist doch in seiner Tiefe und Schönheit eine Kraft, um die Kultur der Zeit zu wandeln, zu einem Weg in Visionen unsers Menschseins aus den Wurzeln unseres Seins. Er kann Gnade bringen und Demut. Mein Herz singen lehren. Uns Ehrfurcht vor der Welt erfahren lassen in eine einzige Religion der Liebe. Und ihr hockt hier oben und schleust die Menschen durch die Ikonen eurer Geschichte, als wäre eure Botschaft nichts wert. Oder zieht euch auf den alten Berg Athos zurück, auf den keine Gäste dürfen, schon gar keine weiblichen, nicht mal weibliche Tiere, außer Hennen. Und heute wohl auch Katzen und Mückinnen.

Diese Frau hier IST das Heilige *in* der Welt

Ich atme aus und bin still.

Mein erster Mönch legt mir den Arm um die Schultern, und wir weinen beide.

Nach dem Abendessen – griechischer Salat schmeckt immer – auf der friedlichen Terrasse des Hotels bleibe ich noch eine Weile im warmen Abend sitzen und trinke den Tee der Dämmerung. Der Duft von Orangenblüten begleitet mich ins Schweigen des dunklen Steinwalds vor mir. Auf einer der Spitzen wächst eine einsame Pinie. Vielleicht sitzt er darunter, angelehnt, verbunden mit allem, und denkt an mich.

Kurz vor der aufkommenden Nacht klingt wieder die Frage auf – wie viel Welt habe ich wirklich aus mir entlassen? In der Welt sein, ohne von der Welt zu sein ... Dieser Weg, den er ging, der da gerade so liebevoll von seiner nächtlichen Bergspitze auf mich schaut, war ohne jegliche Bequemlichkeit. Ich kenne den Geschmack radikaler Hingabe – aber was heißt das heute, wenn es nicht mehr die Klause auf diesem einzigartigen Naturphänomen ist, sondern der Marktplatz der Welt?

Jetzt, in meinem stillen, komfortablen Hotel im reichen Duft der Orangenblüten, mit dem restlichen Hauch von Blick auf die geheimnisvollen Geister der Nacht, versinke ich in uraltes Verbundensein zu dieser Landschaft, diesem Wunder, und der Sehnsucht der Menschen, diesen Ort zum immerwährenden Gebet zu wählen.

Über einen Nebensatz der Hotelrezeptionistin sind wir auf meinen Liebling gestoßen. Eigentlich eine Lieblingin, so weiblich in ihrem Berühren des Geists. Von ihr steht noch nichts in irgendeinem Reiseführer, sie zählt noch zu den Ruinen, und es leben keine Mönche mehr in diesem Kloster. Was stimmt, ist, dass keine Mönche mehr dort leben, was nicht stimmt, sind die Ruinen. Die kleine Klosterkirche selbst ist sehr gut erhalten und alles andere darum herum, der Hof, die Zellen, der Aufenthaltsraum wurden wieder aufgebaut und vor einem Jahr zur Besichtigung freigegeben. Und in unregelmäßigen Abständen werden wieder Messen gelesen.

Es war eines der ersten Klöster dort, nicht auf einen Gipfel gesetzt, sondern auf halber Höhe in eine der ehemaligen Klausen in den Felsstein geschlagen und aus Stein und Holz gebaut. Die eine frühere Höhle wurde zum Vorraum für die Kirche in der anderen Höhle.

Und sie ist von großem Frieden, wie sie da im hoch über ihrem stillen, frohen Wald im Felsen liegt, sanft im Licht des Morgens, die Anzahl der Stufen halten sich in Grenzen und im Schatten. Das Klösterchen besteht aus diesen zwei ausgebauten, einst durch einen tiefen Abgrund getrennten Höhlen, die darüber, in der Mitte der Luft verbunden wurden, und die beiden vereinten Höhlen mit Holz und Stein, Fenstern, Verzierungen und einer Terrasse ausgebaut. Sehr charmant.

Oben empfängt mich ein freundlicher junger Grieche, der uns vom Wiederaufbau erzählt und überall herumführt. Dadurch, dass das Klösterchen Ypapanti nicht auf dem Berg, sondern in ihn hinein geschmiegt ist, hat es eine ganz eigene Atmosphäre. Demütig. Er lässt mich einmal alleine (streng gegen die Vorschriften) unter dieser kleinen Kreuzkuppel voller Ikonen und sattem Weihrauchduft sitzen und öffnet mir damit den Raum für ein großes Geschenk. Ergriffen, ohne ergriffen zu sein. Irgendwo erinnere ich mich doch immer wieder an die hoffnungslose Mönchin in mir, sitze im Allerheiligsten, bete, danke, meditiere, außen still, innen still; ich könnte für ein Retreat bleiben, eine Zelle bewohnen und würde auch von neun bis zwei Uhr Besucher in meinem Ypsilanti herumführen. Vielleicht würde ich mir dazu sogar noch ein bisschen mehr kunsthistorisches Wissen aneignen.

Sonst allein im Fels, hell und freundlich, es ist keine dunkle Höhle, es ist mit offenem Herzen der Natur zugewandt.

Wasser gibt es und Strom, und hin und wieder kommt der Priester und schwenkt den Weihrauchkessel und singt mit tiefer, orthodoxer Stimme die Psalmen des Tages und rezitiert aus dem Evangelium.

Und das war's dann schon mit der Mönchin; schnell versinkt sie durch die Augen des Mönchpriesters in den Niederungen des Frauseins. Ich schmunzle in mich hinein und freue mich an der Freiheit, in der ich lebe, am Allerheiligsten meines Alltags, dort die mystischen Hallen des Himmels durchstreifend, bin dankbar, in welcher Zeit ich lebe, dass mich ein Pfad aufgenommen hat, der mich, namenlos, zeitlos, in die Freiheit führt.

Ich fühle mich sehr mit den Mönchen dieses Ortes befreundet, vor allem mit dem ersten, der es gebaut hat, und dem letzten. Es ist so eine Herzenswärme hier, so etwas Liebevolles, Weibliches.

Ich frage den schönen, jungen Griechen, wie es den Mönchen in den anderen Klöstern eigentlich geht mit den vielen Besuchern. Er meint, sie hätten ja ihre privaten Bereiche und die Zeiten, zu denen die Tore geschlossen sind. Und für sie sei es wohl Dienst an den Menschen. Es berührt mich, dass er das sagt, er selbst ist kein Mönch, er ist einfacher Angestellter von *Grand Meteora* und doch hat er auch ein inhaltliches Verständnis für deren Leben.

Und dann fügt er noch hinzu: »Und die, denen es zuviel wird, gehen zum Athos.«

Der erste kam vom Athos, der letzte geht zum Athos ...

Grand Meteora ist die Verwaltung der Klöster. Alles Geld aus den Einnahmen aus dem Tourismus käme den Mönchen zugute. Sie verwalten sich selbst, das sei viel besser, erzählt der junge Mann, als wenn der Staat das machen würde. Ich meine, »wegen der Korruption?«

»Na ja, auch Mönche können korrupt sein, aber sie üben immerhin, es nicht zu sein.«

Bevor es auch hier die Netze an den Seilwinden gab, mussten die Bewohner an jenen Leitern nach oben klettern, jenen Holzleitern, an der steilen, hier hundert Meter hohen Felswand. Ich schaue hinunter und sehe mich zitternd von einer zur anderen greifen.

Diesen Weg nach oben hat mein lieber letzter Mönch beim Herauftragen der Lebensmittel für sich und seine wenigen Brüder nicht geschafft ...

Seitdem gibt es auch in diesem Kloster – neben heutzutage den Treppen – die Seilwindenkonstruktion.

Ich setze mich noch eine Weile auf ein Fensterbrett an der warmen Außenwand der Kapelle – ein sicheres Holzgeländer vor mir. Was ist schon sicher?

Hier kann der Blick weit in die Landschaft streifen, da das Kloster nicht zur fordernden Innenseite des steinernen Waldes liegt, sondern zum wilden Naturwald gegenüber der Schlucht und den dahinterliegenden Bergen. Ein paar Besucherinnen kommen und gehen, einer schlägt wild den Gebetsbalken, der mich so an die Zenklöster erinnert, und ich sitze einfach da, gut geerdet, im Berg, und bin selig.

Nach der Begegnung mit diesem Lieblingsort kann ich nicht einfach durch den Eichenwald rennen und ins nächste Kloster hüpfen. Das braucht jetzt eine Zäsur, ein Atemholen, ein Heraustreten.

Und das Heraustreten ganz. Eintreten in ein Dorf in der grünen Hügellandschaft vor dem Pindosgebirge, weit hinter den Felsen, höher als sie, auf sie herabblickend, auf ihre Kraft und Herausforderung, ihren Zauber, ihr Geheimnis, von hier aus verwoben mit den Farben der Welt.

Es ist früher Mittag, wir setzen uns in die kleine Taverne *Adlernest* und Ypsilanti liegt ruhig in meinem Seelen-Körper. Ein Tütchen-Cappuccino und wie immer vegetarischer griechischer Salat gesellen sich zu uns.

Ich schaue einfach über die im Mittagslicht schimmernden, steil aufragenden Luftinseln.

Schaue auf Verzückung als Anbetungsziel. Verzückung hat was, irgendwie netter als Erleuchtung. Und sie kommt, wenn es kein Ziel mehr ist. Die Weisheitslehren sind überall die gleichen. Verzückt erleuchtet in Nirvanas Leerem Raum Gottes aus dem Namenlosen Urgrund des Herz des Herzens im Ewigen ...

Ich könnte jetzt auch weiterfahren, den Ort hinter mir lassen. Ich hatte keine Erwartung und habe alles bekommen. Aber fahren, ohne im größten, zentralen Ort gewesen zu sein? Athanasios' Gründung? Das Kloster Megalo Meteora? Das stimmt auch nicht. Und wenn noch so viele Busse dastehen – ich werde eine Lücke finden. Und vielleicht habe ich ja mit dem Mittagspausentrick Glück.

Und es ist kein Glück.

Es ist ein Wunder.

Nachdem ich alle Treppen, 165, überwunden habe und auf

dem Vorplatz der wirklich weitläufigen Anlage stehe, folge ich den Hinweisschildern zur Kirche. Die wertvollen Kostbarkeiten, Malereien von unschätzbarem Wert, seltene Ikonen, Silberarbeiten, vergoldete Altäre, Bibliotheken mit den ältesten Evangelien und pergamentenen Dokumenten müssen noch etwas auf mich warten.

Und wir sind fast allein in diesem dunklen Ikonenschiff, umwölbt von den Heiligenscheinen der goldschimmernden Kreuzkuppel, erhellt von wenigen bunten Fenstern, durch die das Mittagslicht fällt – an bestimmten Stunden des Jahres auf den Heiligen des Tages. Nur einige wenige Menschen; aber nicht die, die die Kunstwerke betrachten, sondern die, die Maria und Jesus auf ihnen anbeten, küssen, das Kreuzzeichen schlagen, den Boden berühren und die Hände aufs Bild legen. Es sind diejenigen, für die sonst kein Durchkommen ist und die auch die Mittagszeit nutzen. Und jetzt nimmt dieses Schiff noch eine Liebende mehr auf. Sie setzt sich in einen der hochlehnigen, geschnitzten Chor-Stühle an der Seitenwand und staunt still, gehalten von jahrhundertealten Gebeten in ihrer dichten Essenz.

Mit seinem spirituellen Namen ist es das Kloster Metamorphosis, der Verklärung – der Moment, als die Jünger mit ihrem Lehrer auf den Berg stiegen und ihn in blendendem, unermesslichen Licht sahen, überstrahlt, strahlend wie die erste Sonne und selbst seine Kleider weiß wie Licht.

Und dann bin ich ganz allein in stiller, rauschender Freiheit, an diesem heiligen Ort. Für dieses große innere All-Ein-Sein wurde er einst erbaut. Warum nur so dunkel, dunkel. Sie ist aufgenommen, wie die anderen vor ihr, in die Reihen der Betenden und betet darum, dass es ihr gegeben würde, um nichts mehr zu bitten, auch nicht um Verzückung.

Wohin mit mir nach diesen Zeiten?

Klöster habe ich jetzt genug gesehen. Am besten in ein Hotel mit großem Garten, einer Terrasse für den Kaffee, einem

Liegestuhl am Pool mit einem ehrfurchtsvollen Blick auf jene Zauberfelsen.

Als es dunkel wird, setze ich mich auf meinen Balkon. Mit Einbruch der Dämmerung verschwinden die Felsen bis auf einen Hauch, nur das Licht des entfernten Dorfes zu ihren Füßen schimmert – und wie aus einer andern Welt taucht der Mond wieder hinter mir auf und hebt mit seinem milchblauen Licht die Riesensteine aus der Nacht.

Unten, vor der Terrasse, leuchten die zarten, weißen Blüten von Sommerjasmin, heute mein Mondgarten vor der Herberge, der inneren, der äußeren, mein kleiner Garten voll weißblühender Blumen für die letzten Nachtreisenden in der Sprache des Mondes ...

Morgen werden wir das Festland verlassen. So Gott will. Die Fragen haben sich in den Antworten aufgelöst, in einem unachtsamen Moment im Spalt zwischen den heiligen Türmen. Es war eine Zeit der Entfaltung auf dem Boden uralter Botschaften. Ein Auffalten in Räume ohne Zeit, in Freiheit, in ein rückhaltloses Lebendigsein. Ich bin unendlich dankbar. Hier, auf dem Balkon eines Hotels, ES in großer Anwesenheit, am Rand des gott- und lebensmutigen Schwebens über der Erde, unter der schimmernden Mondsichel und der Reflektion ihres Lichts in kosmischer Schönheit. Süße Unendlichkeit.

Es ist dunkel auf meinem Balkon, auf dem ich nur Gast der EINEN Welt bin, wie überall.

Das nächtliche Leuchten ist zärtlich immer weiter die dunkelnden Felsen herabgeglitten; nichts ahnend beginnt gerade jetzt die Nachtigall, von den Geheimnissen des Tages zu singen.

Das glaubt mir keiner.

antakya

meine schöne

Ich bin gekommen wie das Wort aus dem Herzen.
Ich bin gekommen wie der Schein aus der Sonne.
Ich bin gekommen wie die Wärme aus dem Feuer.
Ich bin gekommen wie der Duft aus der Blume.
Ich bin gekommen wie der Bach aus seinen ewigen Quellen.

EPHRÄM DER SYRER,
4. JHD, AUS NISIBIS,
gar nicht so weit von hier …

EIN ZARTER HAUCH LIEGT ÜBER DEN SANFTEN Bergen, hinter denen der Krieg seine Blutspur hinterlässt. Der Dunst verbirgt und lässt nur die untergehende Sonne als feinen Schimmer das Sichtbare berühren. Mein Flugzeug landet auf dem Flughafen Hatay, inzwischen – vier Jahre später – oft der Jihad-Flughafen genannt.

Ich wollte es nochmal wissen, noch einmal in meine Schöne eintauchen, mich noch einmal im *Liwan,* meinem *Eingang in den Garten,* niederlassen und nachsehen.

Der Krieg auf der anderen Seite der nahen Grenze gräbt sich unaufhörlich weiter vor, kommt näher, die Stadt und die Region sind voller syrischer Flüchtlinge und in der Politik hat es eingreifende Brüche gegeben. Und im Hintergrund meines Herzen, ganz verborgen, eine ständige leise Trauer, geboren aus dem Blick aus dem Flugzeugfenster Richtung Aleppo, Idlib und Afrin.

Im Hotel werde ich herzlich begrüßt, als sei ich gerade mal kurz weg gewesen. Und bekomme ein schönes, geräumiges Zimmer und nach einer wachen Nacht mit einer unregulierbaren Klimaanlage, Technomusik aus der Bar gegenüber, einem an der chronischen Bellkrankheit leidenden, einsamen Hund und schwüler Hitze, denke ich heute morgen beim Aufwachen einmal über den Segen eines Gästehauses nach. Was für eine großartige Erfindung der Menschheit – wo immer ich hinkomme, habe ich ein Dach über dem Kopf, ein Bett und mindestens ein Glas Wasser. Und wenn ich nur das zweite Mal komme, bin ich schon Freundin. Die Idee, jedem Menschen überall ein Zuhause zu schaffen – wie auch immer von der Bretterhütte bis zum Palast, aus Herzensliebe oder Gewinnsucht – ist auf jeden Fall so etwas wie eine göttliche Ursprungsqualität. Aufgehobensein. Und nach dem Frühstück bin ich immer noch aufgehoben, in einer Lobby voll samtbezogener Sessel auf altem Kachelboden, vor den restaurierten Mauern eines alten Steinhauses. Die Tür zur Straße ist offen, nebenan – ja, es gibt sie noch, die Tierhandlung – pfeift ein Nymphensittich, röhrt, scherzt und scheint sich des Echos seiner lauten Stimme in der jetzt stillen Straße zu freuen.

Einer der letzten Sätze, ich weiß nicht mehr von wem, vielleicht Safiye, die ich in meinen Notizen von vor vier Jahren fand, war: »Wir haben alle Angst vor dem Krieg, und ich traue mich nachts nicht mehr auf die Straße, wegen der fundamentalistischen Männer mit ihren zotteligen Bärten und langen, weißen Gewändern, den Flüchtlingen.«

Was geschieht in dieser neuen Situation mit der Tradition der Toleranz, der Identität dieser Stadt, die ihre Weltoffenheit, ihre Lebendigkeit und Vielfalt ausmacht?

Als ich von zu Hause aufbrach, kam ich aus einer Atmosphäre von Abwertung und Radikalisierung den sogenannten ‚Migranten' gegenüber, und als ich hier im Hotel ankam, stand wieder, wie beim letzten Mal, ein Wagen der UN vor der Türe – vielleicht zählen sie immer noch die Ankömmlinge in den Camps.

Ich lausche der Tonart der Stadt.

Mein erstes Kriterium ist ein wirklich ganz oberflächliches und äußeres: Tragen die jungen Mädchen noch Hotpants neben den verschleierten Frauen, und gibt es Frauen, die alleine unterwegs sind?

Antakya, meine Schöne.

Nachdem ich gestern Abend im Hotel eingecheckt habe, ist es schon fast dunkel, und ich stürze mich in stiller, wilder Freude in die belebte Fußgängerzone, die Saraystraße, wie in die Arme eines alten Geliebten. Links und rechts die kleinen Kebab-Restaurants, Handyläden, Konditoreien mit der beliebten arabischen Käse-Süßigkeit ‚Künefe', noch einen Laden mit flatternden Seidenschals, wobei ich mir jetzt nicht so sicher bin, ob nicht einfach das Made-in-China-Etikett abgeschnitten worden ist – und die winzigen Buden mit einer Ansammlung von allem ...

Und die kleinen Saftbars.

Ich atme Antakyas Leben, treibe mich herum und setzte mich auf die Straße für meine ersten Teller kulturübergreifender Vorspeisen und habe den Blick meiner mitgebrachten Frage und es berührt mich – die jungen Mädchen laufen wie bei uns halbnackt (was für ein Kriterium, als sei das erstrebenswert und die Feministin in mir stellt noch ganz andere Fragen) herum, neben den Bekopftuchten und Langärmligen, ein junges Mädchen geht untergehakt mit einem jungen Mann, eine Frau raucht auf der Straße, zwei Musiker – leichte Stimmung wie an einem ganz ‚normalen' Sommerabend. Mein erleichtertes Herz ist Feder unter meinen Füßen. Im ersten Erleben ist die Atmosphäre lebendig und weltoffen. So wie sie war. An der Oberfläche, noch weiß ich nicht, was sie spiegelt an freiem Denken, Handeln, Fühlen ...

Und im Hintergrund meines Herzens, ganz verborgen, der

frische Knoten aus der schärfer gewordenen Sprache in meinem Heimatland über die zu uns kommenden Menschen.

Verändert die Angst vor dem nahen Krieg und die Vielzahl der syrischen Flüchtlinge diese weltoffene Atmosphäre der Stadt? Trägt die alte Tradition? Sind die Menschen mir als Fremder gegenüber noch so offen?

Und bin erleichtert – die Atmosphäre gibt es noch. Nur eines hat sich geändert – es gibt mehr ganz verschleierte Frauen in Schwarz – der Kontrast zwischen frei und verborgen ist schärfer geworden. Und – es gibt so gut wie keine westlichen Touristen. Angst ist kein guter Reisegefährte. Aber die große Freundlichkeit ist geblieben.

Ich war die Jahre über sehr locker mit Safiye, die ich damals getroffen hatte, in Verbindung geblieben und hatte ihr jetzt erzählt, dass ich wieder in ihr Antiochia fliegen würde. Sie war ganz aufgeregt und erzählte mir, dass eine ihrer tausend Nichten, eine Studentin aus Ankara, zu der Zeit in ihrer Heimat Antakya wäre. Mittags um zwölf will ich mich mit Salima im Café treffen.

Auf dem Weg dorthin bleibe ich vor dem kunstvoll geschmiedeten Eisengitter der Orthodox-Katholischen Kirche stehen. Ein freundlicher Türke mit Namen Isa kommt und lässt mich rein. Ich komme also auch ohne Dalia, wie beim letzten Mal, hinein. Er schließt mir die Türe der Kirche auf und erklärt mir dabei, warum abgeschlossen ist: »Sie wissen, wir leben in einem muslimischen Land.« Diesen Satz habe ich noch nie hier gehört, er sticht mir ins Herz.

Und während ich still auf einem der Stühle im Kirchenraum sitze, steht er im Hintergrund und bewacht meine kleine Meditation. Die Kirche hat auch ohne Gottesdienst Kraft, nur die Wucht der Erfahrung bei meinem letzten Besuch wiederholt sich natürlich nicht. Ich wollte den Ort grüßen, am Rand der Stille leise sein. Beim Hinausgehen will Isa mit meinem Handy ein Foto von mit vor der Ikonostase zwischen zwei ölzweigtragenden Täubchen machen.

Ich lächle.

Es ist zwölf und wir erkennen uns gleich, denn ich als blasse, blauäugige Deutsche bin nicht so leicht zu übersehen. Wir nähern uns scherzend an, sie ist so wunderbar, so charmant, so klug, obwohl sie natürlich sehr aufgeregt ist. Ich liebe sie vom ersten Moment an.

Ich erzähle ein bisschen von meinen Erfahrungen und Wahrnehmungen von vor vier Jahren. Und frage sie, ob die Toleranz die Furcht vor Krieg und die Menge der Flüchtlinge trägt.

Ihre Antwort kommt klar und ohne Überlegung: »Nicht so ganz. Was die Flüchtlinge angeht – ich fühle mich nicht mehr sicher auf der Straße, gehe zum Beispiel nicht mehr in Hotpants raus.« (Ich habe nicht danach gefragt!) »Der Park ist abends voller Syrer, junger Männer und Familien, und sie werden bevorteilt, können kostenlos Bus fahren und bekommen Essen, und wir, die Einwohner, müssen dafür bezahlen. Die Menschen müssen das bisschen, das sie haben, jetzt auch noch teilen! Diese Flüchtlinge wollen deshalb nicht mehr nach Hause gehen, obwohl doch der Krieg vorbei ist.«

Ich weiß nicht, ob Salima davon gehört hat, dass die Bundesrepublik Millionen dafür zahlt, damit die Menschen, die auf der Suche nach Schutz so in der Welt herumirren, nicht zu uns kommen. Ich vermute, ein Teil des Geldes für diese Busfahrten kommt aus diesem Topf.

Bei der Frage nach der Furcht vor dem Krieg, von der Safiye erzählt hatte, geht eine Veränderung vor sich. Die Angst ist zum Greifen nahe.

»Die Furcht vor dem nahen Krieg spürt man mehr in den Familien, in der Sorge um ein Familienmitglied. Wenn ich wieder zurück in Ankara bin, habe ich Angst um meine Familie hier. Und unsere Familien sind groß! Da wäre ich dann am liebsten hier bei ihnen.«

Sie ist eine intelligente, wache, junge Studentin, mit dunklen, tiefen Augen in ihrem markanten Gesicht auf dem Weg zu einer Schönheit.

»Meine Universität in Ankara ist ein freier Campus, wir sind revolutionär und gar nicht mit der gegenwärtigen Politik einverstanden.«

Sie bezeichnet sich selbst – im Sinne von jenseits der Religionen – als globale Humanistin, verbunden mit allen Menschen. Sie ist voller Pläne, um in die Welt hinauszugehen, will ihrer Anglistik die Linguistik hinzufügen und dann die Hirnforschung, das gibt dann Neurolinguistik. Ihre Pläne überschlagen sich am Kaffeetisch.

»Die ganze Geschichte mit den Giftgasangriffen Assads ist erfunden, das Gas haben die Amerikaner den Terroristen gegeben.« Leise fügt sie hinzu: »The world is a small place.«

Sie sucht tastend in einer unruhigen Welt ihren Ort.

Sie spricht von der Angst vor Islamisierung. Zum Beispiel von einer Erfahrung an der Uni, dort wäre eine Freundin wegen ihrer Kleidung angegriffen worden. Woher kommt die Information, dass die Terroristen oder die USA das Giftgas machen? Welche kommen von diesem Regime, das sie ablehnt? Und was sind wohl Tatsachen? Weiß ich es?

Weil in den letzten Jahren hier vieles schlechter geworden sei, was die Toleranz angeht, lebe sie lieber in Ankara. Und dann frage ich Salima, ob dieses Gefäß der Toleranz die Furcht vor Krieg und die Menge der Flüchtlinge aushält.

»Ich habe Freunde und Freundinnen aus allen Kreisen, christliche, alevitische – wir sind einfach zusammen, weil wir es hier in dieser Stadt so kennen. Wir wollen uns das nicht nehmen lassen.«

Ich sehe sie vor mir, wie sie giggelnd mit ihren Freundinnen durch die Fußgängerzone bummelt. Sie erzählt, wie sie dort zufällig ihren Freund getroffen hat und ihn auf offener Straße umarmte, mit ihm und anderen Freunden am gestrigen Abend Livemusik bis spät in die Nacht in einer der vielen Musikbars hörte ... Freies, altes Antakya, das die Jungen aufgreifen. Und vielleicht die alte Weisheit eines friedlichen Miteinanders in einen modernen Frieden weitertragen?

Etwas Leichtes zwischen uns trägt uns.

Wir umarmen uns, küssen uns links und rechts auf die Wange, und ich sehe ihr noch hinterher, wie sie den Platz überquert, dieses feine, junge Mädchen, ins Leben drängend und noch ein bisschen den Boden suchend, wie viele der Jungen bei uns auch.

»The world is a small place.«

Und keine zwei Jahr später wird sie mit einem Erasmusstipendium in Deutschland sein, sie wird jetzt diese schöne, markante Frau geworden sein, und ich werde sie fragen, wie sie heute über unser Gespräch denkt, was die geflohenen Menschen in Antakya angeht: »Ich würde deine Fragen nicht mehr genauso beantworten, wie ich es damals tat, meine Einstellung hat sich verändert. Ich glaube, zu der Zeit war ich etwas rigider. Vielleicht bin ich erwachsen geworden, auch wenn es nur zwei Jahre sind, meine Ideen haben sich verändert. Ich glaube, ich bin menschlicher geworden als früher, schaue mehr auf das Schicksal der Menschen, die zu uns gekommen sind.«

Ich bin auf dem Heimweg. Wo mein Hotel ist, bin ich zu Hause. Ich gehe sehr langsam, nehme all die Wirren der Zeit, die Schmerzen und Fragen, all das Ungelöste und verirrte Menschsein leise nach innen; versenke sie in mein Herz, das singt. Und ein singendes Herz braucht den Marktplatz – zum Beispiel eine Saftbar.

Vor einer der vielen von ihnen stehen ganz kleine Hocker auf der Straße, wie Kinderstühle. An dieser Bar trank ich vor vier Jahren regelmäßig meinen ‚Atomcocktail', eine Spezialmischung, püriert und geschichtet aus Avocado, Banane und Erdbeeren. Ich hatte mich damals oft mit der Nichte des Inhabers ‚unterhalten', was eben so unsere englischen Wörter hergaben. Sie ist jetzt nicht mehr da, ich muss also meinen Saft mit Fingerzeigen beim Onkel bestellen. Er sieht müde und lustlos aus, während er meine Früchte in den Mixer steckt. Ich betrachte die vielen Fotos an den Seitenwänden der Bude, es scheinen alles Prominente zu sein, als mich ein junger Mann in perfektem Englisch anspricht. Er ist der neue Mitarbeiter des Onkels. Ich frage nach der Nichte und erzähle ihm meine kleine Geschichte: Als ich vor vier Jahren nach Hause kam und einmal im Fernsehen durch die Sender strich, sah ich sie plötzlich – in einem Chor aus Antakya, jenem berühmten *Chor der Zivilisationen,* in dem sich Stimmen und Lieder aus all den hiesigen Kulturen und Religionen mischen. »Da singt sie immer noch«, sagt der Onkel und ist plötzlich bester Stimmung.

Und während ich, auf einem der Höckerchen sitzend, meinen Saft trinke, erzählt mir der junge Mann, dass er nach Antakya gekommen sei, um frei seine Religion praktizieren zu können. Er sei vom Aleviten zum Protestanten konvertiert.

»Hier in Antakya ist das möglich.«

Ich drehe noch eine Runde durch die Altstadt. Immer noch – an jeder zweiten Ecke – Lokale mit Livemusik und wunderbare Restaurants in den kühlenden Innenhöfen, einer schöner als der andere. Orangenbäume und Rosen, die alten Mauersteine mit kleinen Nischen, in denen Kerzen brennen. Die Tische brechend voll mit jungen Leuten, locker, frei, ein Bier trinkend. Nur – hier endet keiner betrunken, man kennt sein Maß.

Und natürlich taucht die Frage in mir auf, wie weit die Anziehung, die besondere Atmosphäre dieser Stadt, mich wirklich offen sein lässt für die Veränderungen des Gleichgewichts. Ob die traditionelle Toleranz sich nur noch in den Köpfen abspielt und sie gar nicht mehr wirklich gelebt wird. Was spielt sich hinter den Mauern der Höfe und Geschäfte ab? Wieso kippt die Haltung einer sich global erlebenden jungen Frau aus jener Toleranz, wenn es um Flüchtlinge geht? In einer Kultur, in der Gastfreundschaft eines der höchsten Güter ist?

Am Morgen erwache ich vom Ruf des Muezzin und dem Läuten der Glocken. Ein zweistimmiger Gesang, der heilt.

Es ist heiß und schwül heute, die sogenannte Cotton Heat – die Zeit der Baumwollernte. Feuchte Hitze im Frühherbst. Für mich ein guter Tag, um etwas höher in die Berge zu fahren. Dorthin, wo ich das letzte Mal vor verschlossenen Türen stand.

Es weht ein leichter Wind auf dem weiten Vorplatz der Petruskirche oder besser Petrusgrotte, eine Höhlenkirche, die einzig verbliebene christliche Spur aus der Antike hundert Meter über Antakya oder an diesem Ort besser wieder Antiochia. Es soll sich hier die erste christliche Gemeinde gebildet haben, so erzählen es die Schriften, die sie uns hinterließen: *In Antiochia nannte man die Jünger zum ersten Mal Christen.*

Eine hohe Höhle im Berg, leicht bemoost, in der die Schüler ungefähr dreißig, vierzig Jahre nach dem Tod des großen Menschenfreundes sich zu sammeln und zu erzählen begannen. Ich stelle mir vor, ich wäre mitten unter ihnen. Was auch gefährlich war, den Römern passte das gar nicht, sie verfolgten diese aufmüpfige Gruppe. So gibt es in der Grotte hinter dem jetzigen Altar noch einen Durchschlupf, durch den sie fliehen oder sich versteckten konnten.

Ihre Gräber sind hier in der Umgebung.

Es ist sehr still heute, wenige Besucher streifen durch das Gelände. Beim Versuch, aus der Höhle eine Kirche zu machen, hat man vor ihr eine verzierte Fassade an den Berg geklebt.

Der unebene Boden im Rund der Höhle zieht mich fast hinein in die Erde und vertikal nach oben. Eine starke Kraft, Liebeskraft. Tastend setze ich meine Schritte, zähle die letzten verbliebenen Mosaiksteinchen, kann die bemoosten Felsen nicht berühren wegen einer großen Kette davor. Ein Hauch eines Freskos, Risse im Stein unsachgemäß mit Beton zugeschmiert. Hier *bin* ich mitten unter ihnen im alten Tempel, höre auf dem kalten Stein das brennende Wort im Schein eines wärmenden Feuers.

Wie mutig sie waren, so sehnsüchtig von dieser einen Begegnung zu erzählen. Ich stelle mir vor, wie das ist, diesem großen Menschen begegnet zu sein, seine Schülerin gewesen zu sein, all die Erfahrungen mit ihm gemacht zu haben.

Vor der Höhle ist dieser große, weite Platz, von dem aus ich das ganze offene Land und die sich bis in die Berge hochziehenden Häuser Antakyas überblicken kann.

Ich spüre den Geist des Neuanfangs, diesen Aufbruch, der hier stattgefunden hat. Es war hier, an diesem Ort. Ich bin sicher, dass etwas jenes offenen Geistes zu dem Besonderen dieser Stadt beigetragen hat und er trotz allem immer noch weht.

Ich habe noch etwas Zeit bis zu meiner nächsten Verabredung, und möchte gerne den Weg über den Başar nehmen. Es ist immer noch so schön auf diesem *Langen Markt* für einen Westler und noch dazu für eine Frau, dass nicht ständig jemand das Beste der Welt verkaufen will. Trotz des leicht veränderten Stadtbildes – mehr verschleierte Frauen, bebartete Männer und weniger Touristen. Ich kann einfach bummeln, durch die Straße der Kleider (Made in China), die der Metzger, Gewürzhändler, Haushaltswaren, Lebensmittel und getrockneter Paprikaschoten, die vor den Läden hängen – eine Pracht an Farben und Eindrücken. Ein junger Mann hinter einer Theke spricht mich auf Deutsch an: »Sind sie Deutsche?«

Und dann beginnt seine Tirade. Er habe lange in Deutschland gelebt, bei Siemens gearbeitet, sei zurückgekommen in sein wunderbares Antakya und wolle nur eines – wieder zurück. Diese Regierung! Er könne fast nicht mehr leben von seinem Laden, weil alles rasant teurer geworden sei. Er zeigt mir einen Packen schwarzer Plastiktüten zum Verpacken der Ware: »Vor zwei Wochen hat ein Kilo drei Lira gekostet, heute acht – wie soll das weitergehen?«

Und ich habe diese Frage schon in vielen Läden gehört. Die Stimmung ist gedrückt, eine weitere Angst ist hinzugekommen.

»Die Flagge der Toleranz weht noch, keine Frage. Und – natürlich ist das Zusammenleben nicht nur leicht. Aber die

Basis besteht, einfach durch die gelebte Realität.« Ich sitze mit Yakub, einem jungen Priester mit leuchtenden dunklen Augen, einer klaren, aufrechten Ausstrahlung, mit feinen Bewegungen, in einem kühlen Innenhof unter einem Orangenbaum.

»Und die Flagge wird nicht nur nach vorne gehalten, sie hält auch. Es gibt zum Beispiel immer noch dieses lebendige Viertel in dieser Gasse, genannt Straße des Friedens, in der eine Moschee, die Synagoge und die katholische Kirche nicht nur in enger räumlicher Nachbarschaft liegen. Die Menschen treffen sich auch im Alltag, trinken einen Kaffee im Schatten eines Innenhofs, sind im Dialog, feiern gemeinsam Weihnachten, das Pessachfest und das Fastenbrechen am Ende des Ramadan.«

Eine junge Frau bringt uns schwarzen Tee und ein paar Süßigkeiten.

»Vor Kurzem hatten wir Besuch aus Anatolien, sie waren einfach total erstaunt über das Leben hier, weil sie selbst keine Minoritäten haben.«

Und dann erzählt Yakub über Antakya hinaus, über gesperrtes Internet in bestimmten Bereichen oder dass Studenten einfach nicht alle Bücher zu Themen, an denen sie arbeiten, zur Verfügung stehen, dass Wikipedia- und Google-Seiten gesperrt sind, zum Beispiel, wenn es um die Armenier geht.

»Vor der letzten Wahl wurde hunderttausend Flüchtlingen die Staatsangehörigkeit gegeben, damit sie den Präsidenten wählen. Vom benachbarten, eher konservativen Bezirk wurden einfach die Grenzen verschoben, damit mehr Sunniten im so offenen Wahlkreis Antakyas leben.

Seine Stimme ist leiser geworden. »Ich hoffe«, und er deutet schmunzelnd auf die Äste über uns, »dass da keine Mikrofone hängen.«

Er gibt mir noch viele, sehr differenzierte Analysen der türkischen Politik. Und dann frage ich ihn nach dem, was Salima über die Chemiewaffen gesagt hat.

»Wer weiß es denn wirklich?«

Er hat recht – weiß ich es?

Wir trinken still unseren Tee aus.

Und dann, ganz unvermittelt, sagt er den Satz, der sich wie eine scheue Antwort auf meine offenen Fragen unter den Orangenbaum setzt und mein leicht bedrücktes Herz wieder öffnet: »In Antakya gibt es nicht nur Veranstaltungen, die die alte Toleranz beschwören, sondern sie auch leben, Musik, Theater, Feste. Letztes Weihnachten zum Beispiel wurde von der Stadtverwaltung zu einer gemeinsamen Feier in der orthodoxen Kirche eingeladen, und viele Bürger aus den unterschiedlichsten Volksgruppen und Religionen kamen zu diesem Fest. Antakya ist etwas besonderes, so etwas gibt es sonst in der Türkei nicht. Und das ist es immer noch. Auch wenn jene Toleranz im Moment etwas verunsichert vibriert.«

Er erzählt von Barbara, der franziskanischen Nonne, die sich so hingebungsvoll um Bedürftige, welcher Zugehörigkeit auch immer, gekümmert hat. Bei meinem letzten Besuch hatte ich mehrere Versuche unternommen, sie zu treffen.

»Sie ist seit drei Jahren nicht mehr da, keiner weiß, was passiert ist, vielleicht wurde sie von der Kirche zurückgerufen, wegen eventueller Gefährdung. Sie war mit ganzem Herzen da, seit ihrem achtzehnten Lebensjahr. Ich weiß nicht, ob geschickt oder gerufen. Eventuell arbeitet sie von Deutschland aus weiter, sammelt vielleicht Geld. Man macht mit ihr an einem Tag eine Verabredung, und dann ist sie doch nicht da.«

Was er alles so offen erzählt; er weiß, dass ich schreibe.

»Viele wissen nicht, dass Islam nicht nur eine Religion ist, sondern eine ganze Lebensweise. Jesus war Laie und ist als Laie gestorben, er wies immer auf den einzelnen Menschen hin, gab ihm Selbstverantwortung, öffnete einen individuellen Weg.«

Unser Gespräch ist sehr dicht geworden, essenziell. Es wohnt Atem zwischen uns. In einem kühlen Kirchhof unter einem Orangebaum ohne Mikrofone.

Was für ein wunderbarer, aufrechter, in dem Fall auch mutiger Mensch, voller Licht, ein Mönchspriester in innerer Zentrierung.

So viel heiße Stadt, Baumwollhitze durch den Tag und die Nacht. Das braucht einen Tag am Meer, durch Iskenderum hindurch, einem der drei großen antiken Alexandrias, dessen Hafen kurzzeitig die Welt streifte, weiter nach Arsuz, dem Badeplatz der Antakyer und aller anderen Ansiedlungen der Umgebung. Das Städtchen bremst alle Vorstellungen von einem hübschen Ort am Mittelmeer aus. Deswegen, wie immer, keine Vorstellungen ... Das Wasser ist ganz ruhig und stinkt. Dem Schwimmen fehlt das Erfrischende, der Zauber ist grau. Das Hotel, direkt am Meer, lässt mich verlassen zurück, irgendwie ist Gottes Anwesenheit hier etwas dünn ausgefallen. Der Ästhetik in türkischen Händen geht es ähnlich – sie findet nicht wirklich Halt. Der Morgen treibt mich ‚heim' nach Antakya, meiner Schönen, ins alte Hotel *Liwan.*

Und dann verbringe ich den heißen Nachmittag in meinem gekühlten Zimmer, schreibe und lausche ausdauernd der stillen Mitte im Herzen. Und verweile darin – wo ist sie nicht – in den engen Durchgängen der verwinkelten Altstadt und den kleinen Kebab-Restaurants in der abendlichen Flaniermeile. Diese Stadt ist innen schön. Und wie ich zwei Jahre später sehen werde – eine junge Lernende aus diesem Ort hier, wenn sie hinaus geht, dort auch junge Menschen aus der ganzen Welt trifft, bringt die Botschaft der Stadt verjüngt zurück.

Es ist gut, keine Antworten zu haben, offen zu sein für noch mehr Fragen, für die göttliche Weite, der größten Gabe für die Nichtwissenden.

An jenem Abend weiß ich noch nicht, dass der Krieg noch näher gekommen ist, Aleppo und Idlib ganz zerstört sein werden. Mitgefühl ins Grenzenlose.

In der Nacht fliege ich zurück nach München. Im Dunklen kreist die Maschine noch einmal über der Stadt. Ihre Lichter leuchten in der Nacht. Zitternd. Aber sie brennen.

paola

nicht für mich

ES GEHT NICHT UM UNS. VIELLEICHT ist es ein großer Atem, der das Lied singt, das der Nachtigall und das der zitternden Lichter der Stadt in den Nächten, nahe der Schöpfung, nahe dem Krieg, ist vielleicht die Flöte, durch die sich das große Lied atmet. Und ich kleines Ich kreise um mich selbst, meine Erfahrungen, bin beleidigt und will mich entwickeln und was weiß ich alles, gesund essen auch noch. Es gab mal so einen kleinen Videofilm, in dem ein Mensch mitten in einem Garten saß, dann schwenkte das Bild – mit dem Mensch in der Mitte – über den Garten hinaus, weitete sich aus – mit dem Garten in der Mitte – bis in die Stadt, in die Landschaft darum herum, immer weiter, immer mehr und mehr Menschen, bis man niemand einzelnen mehr erkennen konnte, die Erdkugel sah, dann der Planet blau wurde, vom Himmel aus betrachtet, dann in den Sternen verschwand, in den Galaxien, im ganzen Universum – da war ich kleines Menschlein wirklich nicht mehr zu sehen, verschwunden im EINEN Kosmos.

Was weiß ich, wer reist?

Jedenfalls hatte ich im letzten Frühling mal wieder eine Reise geplant – wir kennen den lachenden Gott inzwischen schon recht gründlich –, ich wollte zu einer Pilgerreise nach Spanien aufbrechen, auf den Spuren von Teresa von Avila. Dann lag mein Vater im Sterben. Und als es ihm dann doch wieder besser ging, war eine Freundin sterbend. Ich wollte bei ihr sein, bei ihrem Mann und war so tief dankbar, dass für dieses Da-Sein auch gerade Raum in meinem Leben war.

Als meine Freundin gestorben war, blieben Jakob und mir noch eine Woche Zeit, bevor wir wieder arbeiten mussten. So tat ich etwas, was ich noch nie gemacht hatte – ich ging in ein Reisebüro und buchte eine Last-Minute-Reise irgendwohin. So landeten wir in Kalabrien, und ich fühlte mich angezogen von dieser Landschaft, der Harmonie aus Rauheit und Sanftmut, dem klaren, weiten Thyrrenischen Meer und den alten Plätzen.

Aufgeweicht von den Sterbenden und den Toten, verließen wir schnell die gebuchte Tenuta, weil sie den Regenmassen, die uns einhüllten, nicht standhielt, und fanden ein trockenes Zimmer und Aufgefangen-Sein in einem etwas außerhalb liegenden Hotel, einem ehemaligen Kloster der Klarissinen, ein Platz voll Schönheit, gerade recht, wenn sich das Leben so kristallklar lebt, weil der Tod so nahe ist.

Wir durchstreiften von dort aus die unbekannte Region mit Neugier. Am Tag vor der Abreise landeten wir noch in Paola, einer Kleinstadt mit langer Geschichte, einer nicht unbedingt einladenden Strandpromenade und einer großen, über der Stadt liegenden Wallfahrtskirche, eingebettet zwischen Bergen, ihrem großen Konvent und einem weiten Vorplatz. Als gute Touristin betrat ich den Kirchenraum und wurde mit einer nicht geahnten Wucht in etwas hineingezogen, einen inneren Raum, ganz nah dem EINEN Atem. Als hätte ich mein Ich schon seit langer Zeit verschenkt ...

Am nächsten Morgen, sehr früh, flogen wir nach Hause.

Mein Hotel in Paola ist eine dunkle Wohnung, an der westlichen Küste Kalabriens, der Oleander blüht auch jetzt noch im September, es duftet nach Thymian und Oregano, das Tyrrhenische Meer mit seinen weiten Stränden glitzert zu Füßen des Orts, im Hintergrund auf den steilen Berghängen breiten sich große Kastanien- und Pinienwälder aus und verstecken sich die vielen Höhlen, in denen sich schon die byzantinischen Mönche zurückgezogen hatten. Die stillen Männer kannten diese geheimnisvolle Landschaft also schon, als ein sehnsüchtiger junger Mann von nicht einmal neunzehn Jahren aus dem 15. Jahrhundert sich dort niederließ, Francesco di Paola.

Etwas in mir war offen geblieben nach meiner Begegnung im letzten Jahr, wie ein nichtgeschlossener Lebenskreis, und so hatte ich den Impuls, mich hier zu einem kleinen Retreat zurückzuziehen. In der Natur sein, im Meer, zweimal am Tag eine stille Meditation in der Basilika, Jakob und ich jeweils im eigenen Rhythmus, ich auch mit meinem Notizbuch umherrennend. Wir folgten meinem Impuls und setzten uns ins Flugzeug.

Die Wohnung hatte ich danach ausgesucht, dass ich zu Fuß zum Heiligtum auf dem Berg gehen kann. Sie ist sehr geschmackvoll, geräumig, schöne Materialien, von einem Künstlerehepaar gestaltet. Und bestens ausgestattet. Nur, was ich nicht vorhersehen konnte, ist, dass sie stockdunkel ist, sich – wie es in heißen Ländern manchmal geschieht –, hinter den steinernen Mauern der anderen Häuser verbirgt. Von keinem Guckloch aus gibt es einen Blick aufs Meer. Der kleine Patio zum Frühstück umschließt mit seinen Mauern dreieinhalb Quadratmeter, und wenn ich die Türe des Wohnzimmers öffne, sitze ich auf der Straße. Wirklich, ich bin in einer Höhle gelandet. Perfekt. Ich schließe mich also schneller als erwartet dem großen Bruder Francesco an. Dass ich mit dem Fasten nicht so gut bin wie er, kann ich ihm gleich versprechen.

Aber ich wollte ja nicht vor der Haustür sitzen, sondern nur ein paar Minuten zu laufen haben, bis ich den weiten Platz des Heiligen auf dem Berg betreten und mich über seiner alten Klause still auf eine Bank setzen kann.

Und er empfängt mich mit einem Presslufthammer hinter seinen Wänden, so dass sie zittern ... Und ich bin gekommen, als wäre ich noch nie dagewesen, ganz neu, und beobachte im Klang der Bohrer das heute unruhige Treiben in der Kirche.

Erst einmal keine äußere Stille, offensichtlich wird gebaut und eine Hochzeit vorbereitet.

Es gibt um die Kirche herum einen kleinen Pilgerweg mit mehreren Stationen zu Francescos Wundern und seinen ersten Höhlen. Um es ein bisschen ruhiger zu haben, verlasse ich den Kirchenraum und biege um die Ecke. Das Herz von Franziskus' Weg war die Liebe, *Caritas.* Alles, was er tat oder nicht tat, tat er *um der Liebe willen.* Ich bin hier, um mit ihm zu sein und halte einen Moment inne – ich gehe den Weg, nicht weil ich mich gestört fühle, sondern *um der Liebe willen.* Puh – alles wird leicht und innen still ...

Der Weg verläuft zwischen der alten und der neuen Kirche. Der Seiteneingang der neuen Kirche ist offen, und ich verlasse meinen Pilgerweg zugunsten meiner Neugierde.

Diese neue Kirche wurde gebaut, nachdem die Besucher der Wallfahrten so zunahmen, dass sie nicht mehr in die alte Basilika passten. Diese moderne Kirche ist riesig, und es ist natürlich ein ordentliches Risiko, dem solch vollkommenen Ensemble aus Kirche, Kloster, Fluss, Berg, Vorplatz etwas Neues hinzuzufügen. Das kann schiefgehen oder mit viel Kühnheit gelingen. Durch die Gegebenheiten des Baus zwischen Berg und alter Kirche und der Notwendigkeit der Größe wurde es ein sehr langgestreckter Raum. Und irgendjemand war mutig und setzte den Altar nicht auf eine der Stirnseiten, sondern an eine der beiden langen Seitenwände, so dass sich die Bankreihen in einem sanften Halbrund darum herum schmiegen und die blau-leuchtende Mandorla an der Wand sich querlegen musste, so schimmert sie wie ein Auge.

Ich setze mich in eine der mindestens vierhundert Bänke und werde still. Kein Bohrer, manchmal das Schwingen der Tore, die leise Stimme eines der Mönche im Gespräch mit zwei jungen Frauen. Kinderfüße.

Ich hatte es nicht erwartet – auch hier im neuen Raum ist diese Präsenz, so eine milde Kraft aus Liebe.

Eine Stunde vielleicht sitze ich da in blanker Hingabe.

Vielleicht, Bruder Francesco, bin ich hier in deiner ortlosen Nähe, dass du mich die Liebe lehrst. Nirgendwo bin ich eine solche Anfängerin wie im Lieben.

Wieder draußen, in der Sonne, ist es ruhig geworden. Meine Schritte sind weich, die Steinplatten unter meinen Füßen sind wie Wasser, in dem mein Herz schwimmt.

Auf diesen wackligen Füßen schleiche ich den Pilgerweg hinter das alte Kirchengebäude weiter und hocke mich auf den Boden vor Francescos erster Höhle, vielleicht finde ich das Geheimnis in ihren Gittern.

Giacomo und Vienna waren lange kinderlos geblieben und wussten nur einen – weil sie ihn so liebten –, den sie um Hilfe bitten konnten: Franz von Assisi. Bald kam das ersehnte Büblein und musste natürlich Francesco heißen – und erkrankte ein Jahr später schwer. Wieder klopften die Eltern inständig um Hilfe bittend beim heiligen Franz an, diesmal mit einem eingeflochtenen Versprechen – wenn es wieder gesund werden würde, gäben sie es einmal für ein Jahr in einen franziskanischen Konvent.

So brachten sie ihren Sohn, als er dreizehn Jahre alt war, nach San Marco Argentano. Was dieses Kind wohl erfahren hat in dieser Zeit, was traf seine feine Seele? Jedenfalls unternahm die Familie danach eine Pilgerreise nach Assisi, wo der Junge den Einsiedlern begegnete, und nach Rom, wo er auf den überschwänglichen Lebensstil der Kirchenmänner traf. Das zurückgezogene Leben schien mit ihm, mit seiner inneren Sehnsucht wohl mehr in Resonanz zu gehen, jedenfalls zog er sich bald, noch nicht einmal neunzehnjährig, in diese Grotte zurück, hier neben dem Flüsschen Isca, in die damals noch unberührten Wälder über Paola. Ich lehne mich mit dem Rücken an das Gitter vor dieser ersten Höhle, darin zwei in den Stein gehauene schmale Vorsprünge, wahrscheinlich Sitz- und Schlafgelegenheit. Falls er überhaupt schlief. Der dunkle Raum hier ist klein, kalt und feucht, man kann kaum darin liegen oder sich bewegen, und im Winter wahrscheinlich eiskalt.

Und er begann schon hier mit seinem lebenslangen Fasten, seinen Ekstasen und Visionen. Wie radikal muss der Ruf, das innere Drängen sein, um so jung schon solch einen Schritt zu wagen. Erzähl mir, Bruder, erzähl mir von der Liebe, die aus diesem dunklen Loch erblühen kann ...

Ich stehe auf, lausche dem Fließen der Isca, dem fließenden Grün unter der Sonne, dem Duft von Feigen und Wärme und spaziere um die Außenmauern der Basilika herum, halte inne und trinke einen Schluck aus der Quelle Cucchiarella, die Francesco wie Moses in der Wüste mit einem Stockschlag aus dem Felsen geschlagen hatte und mir Stärkung auf allen Ebenen schenkt, gehe noch einmal in die Basilika hinein, grüße ihn kurz in seinem kleinen, üppigst ausgestatten Heiligtum neben dem Altarraum, die Seitenkapelle mit Francescos Reliquien. Zwei Holzsandalen, sein Mantel, Rosenkranz, ein Filzstrumpf, eine Kapuze, ein Zahn, den er seiner Schwester zum Abschied geschenkt hatte und drei Knöchelchen, netterweise von den Franzosen an Paola zurückgegeben. Ich frage mich, woher der Strumpf kommt, wenn er barfuß in seinen Sandalen gewesen sein soll.

Inzwischen ist der Bohrer still, und die Hochzeitsgäste warten. Der Organist spielt eine Orgelfassung des Largos aus einer Orchestersuite von Bach, dazwischen dann wieder *Caro mio ben.* Beste Mischung. Werde sie in den nächsten Tagen noch zu den unterschiedlichsten Anlässen hören.

Diese Kirche ist von solcher Schönheit, nicht nur wegen ihrer Liebeskraft, die bräuchte das Äußere nicht. Die Restaurierung ist so genau und lichtvoll geglückt. Man hat die hier weich geschwungenen gotischen Streben und ihre Trägersäulen im hellen Naturstein belassen und die glatten Wände Ocker geschlämmt. Zwei Bruchstücke von Fresken blieben, eines von Francesco, halb hinter einer Säule, als würde er von einem Versteck aus nach uns schauen, und eines in der Apsis über dem Altar, die *Madonna degli Angeli,* das ihn so manches Mal in Ekstase versetzte. Sonst kein Schmuck. Rechts die –

für mich etwas kraftleeren – Seitenaltäre, in einem davon der Tabernakel.

Die meisten Priester hier scheinen aus den Reihen der Mönche zu kommen, Man sieht unter ihren hochzeitlich-weißen Überwürfen die schwarzen Kutten herausflattern. Vier von ihnen sind schon da, einer davon geht in die Seitenkapelle des Mysteriums und nimmt achtsam, in rituellem Gewahrsein, die Monstranz heraus. Ich kenne die theologische Bedeutung der Monstranz nicht, und so trifft mich etwas völlig unvorbereitet. Im Essenziellsten überfällt mich eine Liebe wie ein schmelzendes Beben, und ich werde durchgeschüttelt von einem urtiefen, unmittelbaren Schluchzen. Ich könnte laut weinend-singend durch die Kirche tanzen und der Wein sein, der getrunken wird. Trunken sein in Liebe.

Ich halte diesen schniefenden Tanz in gesellschaftlich erträglichen Bahnen und verstecke mich hinter meinem Taschentuch, als neben mir ein Mann auftaucht, mich auf Italienisch anspricht, mir einen Rosenkranz hinhält und etwas von der *Madre Dio* sagt. Ich schaue nach oben in sein Gesicht und nehme das Geschenk etwas unsicher in beide Hände. Trost für die größtmögliche Freude: von Liebe überwältigt zu werden.

Ich werde mit der feinen Perlenkette in der Hand die Tage über meine zärtliche Verbindung zu diesem Liebenden halten, der fast das ganze 15. Jahrhundert hindurch unsere Erde bewohnte, 91 Jahre ist er alt geworden, was für die damaligen Zeit sehr ungewöhnlich war. Nachdem die Menschen seiner Umgebung diesen jungen Einsiedler wahrgenommen hatten, kamen sie mehr und mehr zu ihm, weil sie von seiner Wundertätigkeit und seiner spirituellen Kraft gehört hatten, andere kamen, um ihm zu folgen, von ihm zu lernen, in seiner Nähe zu sein. Über die Jahrzehnte sind mit diesen Männern und Frauen die Klöster entstanden, in deren Wappen *Caritas* geschrieben stand.

Ich gehe für einige Minuten nach draußen. Vor dem Hauptportal, genau jenes, durch das ich ja vor einem Jahr hindurch bin und getroffen wurde, führt entlang der Wand eine Steinbank. Ich kann es gerade ganz gut gebrauchen, mich an das perlmuttfarbene Licht der warmen Außenwand anzulehnen. Neben mir sitzt eine junge Kalabresin und stillt ihr Kindlein. Ihr Mann und einer der Mönche hüpfen scherzend und sich spielerisch boxend vor uns herum, so kann ich mir in Ruhe ein paar Notizen machen, ein bisschen sammeln, was ich gerade im Leben und diversen Heftchen gelesen habe.

Er fastete weiter. Askese war zur damaligen Zeit so etwas wie ein ‚Mittel' auf der Gottsuche. Mich trifft in der Begegnung mit diesem Francesco eher das, was hinter der seiner Zeit gemäßen spirituellen Praxis erwuchs.

Trotz seines vielen, vielen Fastens wirkte er wohl kräftig, groß und stattlich und scheint nicht, wie so viele Mystiker und Mystikerinnen in jenen Jahrhunderten, ständig krank gewesen zu sein – vermutlich vor lauter Askese. Seine Zeitgenossen bezeichnen ihn als eine klare, intelligente und reife Persönlichkeit. Ich lehne mich fest an die Farben in meinem Rücken, spüre dich, großer Bruder. Auch du verlangtest dringend nach Reformen der Kirche, zeitgleich mit Luther, nur verfolgtest du einen anderen Ansatz – die äußere Wandlung geschähe durch die innere eines jeden Einzelnen. Ein spiritueller Weg bedeute ständige Erneuerung seiner selbst, Selbsterkenntnis. Immer wieder horche ich auf, das ist ‚unserer' Zeit so gemäß.

Der junge Mann und sein lustiger Mönch, der sich nicht unbedingt als Größe im Fasten zeigt, setzen sich neben mich. Beide plaudern ganz entspannt mit der zur Hälfte barbusigen Mutter des schmatzenden Babys. Ich fühle mich wohl eingebettet und kichere in mich hinein und könnte einige ausgetrocknete Priester nach Paola einladen, um von den Mönchen zu lernen.

Ich habe etwas gefunden, das vielleicht das Innerste der Wucht ist, die mich traf bei unserer ersten ‚Begegnung' – eine seiner essenziellsten Lehren: *nicht für mich* – eingebettet in die Liebe – wir seien Suchende, uns ständig Entwickelnde – und das nicht für uns. *Nicht für mich* verstehe ich in diesem Moment, innen Hochzeit, außen neues Leben, ist etwas abgrundtief anderes als *für andere*. Das enthält Ziel und Ich. *Nicht für mich* ist nur offener Raum, Schöpfungsraum, in dem es mich nicht mehr gibt, Flöte bin, durch die das große Lied atmet.

Gleich fall ich von der Bank. Ach, mein sechshundert Jahre alter Heiliger, da ist es eine Nuance in deinem Wort, und ich kapiere etwas, was ich schon mindestens ebenso lange weiß. Loben wir das Nichtwissen.

Nicht für mich – das ist Freiheit im Raumlosen. Ich meditiere – *nicht für mich,* ich entwickle mich – *nicht für mich.* Meine jahrelange Suche – *nicht für mich.* Stille – *nicht für mich.* Liebe – *nicht für mich.* Mein Leben – *nicht für mich.*

Der Bräutigam schreitet etwas unsicher am Arm seiner Mutter durch den Mittelgang. Die Fotografen rennen rückwärts vor ihm her und geben ihm Anweisungen, wie er gehen, schauen, lächeln soll. Einer der Priester empfängt ihn liebevoll. So viele der Priester und Mönche hier sind so herzlich, küssen und umarmen die Menschen auf ganz natürliche Weise. Natürlich rührt sich da in unseren Tagen eine leise Fragestellung im Hintergrund. Aber das sind Gedanken; meine Wahrnehmung spricht eine andere Sprache: Die Mönche sind einfach herzlich und nah an den Menschen.

Eigentlich befolgen sie nur das, was ihnen Francesco hinterlassen hat. *Lebe dein Menschsein zusammen mit anderen. Ohne die Konfrontation mit einem Du kannst du nicht wahrhaft Mensch sein.*

‚We-Space' heißt das wahrscheinlich in unseren evolutionären Zeiten. Gut, zwischendurch rutscht mir einfach die Begeisterung über Franzens Modernität aus ...

Nehme deine eigene Zerbrechlichkeit wahr, habe keine Angst, deine Schwächen zu erkennen, dann kannst du anderen Menschen, der Natur und Gott positiv begegnen.

Unsere eigene innere Entwicklung als *eine* Antwort auf die Schrecken unserer Zeit. Frieden in mir ist der erste Schritt zum Frieden in der Welt.

Leise wiederholt der Organist seinen Bach, leise dahinter klingt das lautlose Lied ... Immer mehr Feingekleidete kommen in den Altarraum oder füllen die Bankreihen. Elegante Kleider über abenteuerlichen Absätzen. Manche können sogar darin laufen, andere hängen wackelnd in den Armen ihrer Männer.

Und endlich kommt die Braut mit langer Schleppe am Arm ihres Vaters auf dem roten Teppich durch den Mittelgang. Der Bräutigam weint, als er sie sieht. Wie sie vor ihm steht, hebt er den Schleier über ihr Gesicht, als sähe er sie das erste Mal.

Was für ein kühner, moderner Geist warst du, Franziskus. Ich liebe das goldene Windraunen deiner alles durchdringenden Spuren der Liebe und die Resonanz als Licht in meinen Zellen. *Nicht für mich* .... Vielleicht hast du ja auch ein Bodhisattwa-Gelübde abgelegt und hilfst aus einer anderen Ebene. Wer weiß.

Francesco die Paola war ein großer Mystiker und sah sich selbst als kleinen Bruder des großen Francesco von Assisi. Deshalb nannte er seinen Orden die *Mindesten Brüder*, im Anklang an die *Minderen Brüder* des anderen heiligen Franz.

Du sprichst von der ständigen Bereitschaft, im mystischen Sein zu leben. In Gott – Gott in mir. In Liebe. In Liebe auch zu sich selbst. Die viele Askese dient nicht der Abwertung des Menschseins hier auf der Erde, sondern immer wieder als ein Impuls zur Neuausrichtung des eigenen Lebens, damit Mitgefühl zu den Menschen wächst und die liebende Beziehung zur Natur. *Für den, der in der Liebe ist, ist alles möglich.* Du begegnest den Menschen auf Augenhöhe, mit tiefer Zuneigung, den Nonnen und Mönchen gegenüber, den Laiengruppen und allen, die zu dir kommen. In der Liebe sei es den Menschen leichter möglich, sich zu wandeln. Bin schon da. *Nicht für mich* ... Und alles hat Raum – durch die wunderbaren, duftenden Pinienwälder hinter dem Sanktuarium zu streifen, einem jungen

Hirschlein zu begegnen, das der Jäger gerade vor deinen Augen töten will und du es rettest. Es wird später zu dir kommen und dich überallhin begleiten, sogar in deine Kirche.

Der Priester, der Rosanna und Hugo durch dieses Ritual in großer Liebe und Präsenz begleitet, ist ein begnadeter Redner mit viel Humor, und die Ratschläge, die ich verstehen kann, klingen ganz gut. Kein ‚Advokat' zu sein in der Ehe. Der Buchstabe des Herrn sei die Liebe.

Ich tauche immer tiefer in das Ritual ein. Jakob ist inzwischen gekommen und hat sich neben mich gesetzt. Und es ist, als würden mein Liebster und ich, Schulter an Schulter, in stiller Zärtlichkeit, das Ritual noch einmal vollziehen, diesmal in Francescos Raum. Ich bekomme eine Ahnung davon, was ein Sakrament ist.

Die beiden mögen sich wirklich, Rosanna und Hugo. Irgendwo auf ihren Hochzeitfotos in der Kirche werden sie dann eines Tages ein unbekanntes Paar im Hintergrund entdecken, das mit ihnen gefeiert hat.

Zwei Momente gibt es, in denen es absolut still ist. Beim Emporheben der Hostie und bei dem des Weins.

Es ist so eine Freiheit und ein Gefühl strahlender Offenheit, in keiner und in allen Religionen zu Hause zu sein, nur in der Liebe, dem EINEN Licht in allem. Alles ist neu, das Ritual erlebe ich wie das erste Mal. Ich sitze vor dem Altar, dem Schrein, im Tempel, umkreise die Kaaba und das Feuer ... *Meine Religion ist die Liebe,* sagt Ibn Arabi.

Rosanna und Hugo treten getrennt links und rechts neben den Altar, um die Hostie und den Wein zu empfangen. Sie gehen den Weg zu Gott allein.

Viele der Mönche hier sind so vital und von innen heraus leuchtend. Sie haben so gar nichts sauertöpfisch Heiliges. Nach der Zeremonie gibt es ein mächtiges Geknuddel und die Bacci links und rechts auf die Wangen. Francescos Geist weht.

Wie damals, als seine Zeitgenossen in sein ‚Haus' strömten und mit seiner Botschaft in die ganze Welt gingen. Hunderte Klöster in ganz Europa wurden gegründet. Das In-der-Welt-Sein ist eines der Grundanliegen Franziskus'. So lieb ihm die Höhle ist, so wichtig ist ihm seine Verbindung zur Welt. Er gewinnt Einsicht in die politischen und sozialen Zusammenhänge seiner Zeit, er zeigt sich als Friedensstifter und Sorgender für die Armen. Und gibt das seinen Mitbrüdern mit auf ihren Weg: *Stelle dich nicht außerhalb des sozialen Beziehungsgefüges, sei nicht einfach Zuschauer des menschlichen Geschehens. Dein Verhältnis zur Welt soll nicht in Ablehnung oder Flucht bestehen, sondern im Zuhören, im Wandel und im Dialog. Stehe in der Welt, auch wenn du nicht von der Welt bist, damit du der Welt helfen kannst, den Sinn der Geschichte zu erkennen und mitzugestalten.*

In der Nacht, in meiner Höhle, bin ich in Stille. Stille nach so viel Ritualen und Gesängen. Der Feigenbaum, der sich in den Spalt zwischen dem Nachbarhaus und dem Patio gequetscht hat, duftet immer wieder in kleinen, sanften Wellen der Feigensüße. Mitten in der Nacht beginnt ein Hund zu bellen, und in dem Moment heulen alle anderen Hunde Paolas wie Wölfe. Und plötzlich sind alle wieder still.

Ich bin Pilgerin an einem Wallfahrtsort, und einige andere sind wohl auf dieselbe Idee gekommen, so ist heute kein Hochkommen zum Tempel. Massen von Menschen, suchend nach Liebe – auf welcher Ebene auch immer –, nach Lebenshilfe, nach Frieden, nach Segen wie zu Franziskus' Zeiten, füllen den weiten Platz. Wir kehren um, setzen uns ins Auto und werden touristisch – besuchen das schöne Cosenza, die Hauptstadt der Region.

Aber die Stadt erschöpft mich, mag sie noch so schön sein. Ich betrete den Dom, drehe mich um und verlasse ihn sofort wieder. Das ‚nette' Café am Domplatz – ich setze mich gar nicht erst hin. Es ist solch eine geschichtsträchtige Schwere in diesen alten Plätzen und Mauern, und ich kann nur flüchten. In der Neustadt ist es etwas besser. In der langen Fußgängerzone sind Skulpturen großer Künstler aufgestellt. Eine Plastik von Modigliani erinnert mich wieder daran, weshalb ich hier bin. Ich kann mich nicht in touristischer Neugierde verlieren, es geht nicht.

Also fahren wir zurück, setzen uns mit einem kalabrischen Tomatensalat zur Weite des Tyrrhenischen Meeres, und alles ist gut.

Am Nachmittag ist das Sanktuarium leerer. Ich komme zum Ende einer Messe, viele der Mönche sitzen noch in der Apsis. Einige kenne ich inzwischen vom Sehen, zum Beispiel einen kleinen, gebeugten, alten Mönch, bestimmt ist er schon Ende achtzig, der – auf seinen Stock gestützt – immer an der Wand des langen Seitengebäudes entlang geht. Ich habe ihn schon oft gesehen. Er wirkt angestrengt, das Alter ist mühsam. Sobald ihn aber jemand anspricht, er im Gespräch ist, leuchtet er und ist glitzernd jung.

Da die Messe doch noch etwas andauert und in der neuen Kirche wieder eine Hochzeit ist, setze ich meine Kirchen-Pilger-Umrundung fort. Vorbei an der heiligen Quelle, zur Teufelsbrücke, spucke einmal meine Sünden in den Fluss Isca, der unter mir braust und immer noch etwas von der Einsamkeit des Anfangs atmet, auch jetzt noch im endenden Sommer. Das Spucken ist sehr wirkungsvoll, hier hat nämlich Franz den Teufel ausgetrickst. Der Fluss muss zwischen Kirche und den Klostergebäuden überquert werden. Luzifer bot an, die Brücke zu bauen, wenn er die erste Seele dessen bekäme, die darüber geht. Francesco willigte ein und – schickte einen Hund. Es ist ein wunderschöner Platz, diese alte Steinbrücke in einem Wald aus Eschen und Feigenbäumen. Ich kehre wieder um zu Franzens späterer Klause im Berg, neben der es noch tiefer ins Gestein hineingeht – unter die heutige alte Kirche – ins Refektorium für ihn und seine ersten mindesten Gefährten und ihre erste Kapelle. Sie ist ganz einfach, ein steinerner

Altar und glatte Bänke, ein Raum ganz aus dem Berg geschlagen, weich im Gestein, es schimmert in der vorsichtigen Beleuchtung, ohne die leicht klamme Feuchtigkeit der weiter unten liegenden.

Da gerade niemand da ist, setze ich mich für einen Moment auf den kühlen, stillen Boden. Sehe dich, geliebter Bruder, hinter dem Altar stehend, fest auf der tiefen Erde und glimmend nicht von dieser Welt, und die Liebe-Liebe in deinen grundlosen Augen, mir alles Schwere von meiner scheuen, suchenden Seele nehmend. Das feine, nachtblaue Leuchten ihrer ursprünglichen Natur faltet sich in deinen Händen auf.

Bis mir dann doch kalt unterm Hintern wird, und ich mit etwas sperrigen Gliedern aufstehe, mich noch einmal verbeuge und mit weichen Knien langsam die Stufen, die in den Kreuzgang führen, nach oben taste. Die Rosen in den Beeten des Kreuzgangs mit seinen Arkaden führen ein etwas dürftiges Dasein, der begnadete Mönch für die Gärten fehlt noch. Francesco liebte die Natur.

Irgendwie gestaltet sich mein Retreat in seiner ganzen Dynamik selbst – um der Liebe willen. In der Kirche hat inzwischen der nächste Gottesdienst begonnen. Ich kann jetzt keinen mehr ertragen. Die ferne Beobachterin in mir nimmt alles wahr, schmunzelnd, meinen Besuch in der Stadt heute, mein Eintauchen und mein Auftauchen, in von Milde durchweichten Zellen. Alles ist recht so, gut so, wie es ist. Ich bin Weite und Freiheit in einem.

Morgen, Samstag, werde ich mittags vorbeikommen, wie in Assisi oder Meteora, wenn die Wallfahrer und Pilger essen.

Und es funktioniert. Nachdem die Braut – die vierte inzwischen und unglücklichste – die Kirche verlassen hat, die Lichter gelöscht, die Stühle nicht unbedingt feinsinnig gestapelt sind, bleibt nur noch die Stimme einer Francescos-Geschichten-Führerin in seiner Kapelle an der Seite. Und es ist still hinter ihrer Stimme.

Und dann ist die Führung zu Ende. Und es ist das erste Mal

wirklich still hier. Und die ganze innere und äußere Schönheit und Majestät dieses Raums legt sich in mein Herz.

In der Höhle *und* in der Welt zu sein – sein ganzes Leben lang wird er dieses Gleichgewicht halten. Sein Ruf, auch der als Heiler, geht inzwischen weit in die Welt hinaus. So schickt der kranke König von Frankreich nach ihm. Der Mönch war damals Ende sechzig, und das Reisen war noch sehr beschwerlich; es fällt ihm auch schwer, sein geliebtes Kalabrien zu verlassen. Körperliche Heilung gab es für den König nicht mehr, aber Franziskus hilft ihm noch, seine Seele zu befrieden – was wohl ein König so alles zu beichten hat – und begleitet ihn auf seinem letzten Weg.

Francescos Wunderverständnis entspricht im Grunde unserer modernen Placeboforschung und ist sehr eindrucksvoll, weil er sich selbst ganz aus dem Prozess herausnimmt. Als einmal ein Junge nach langer Ärzte-Odysee mit einer nicht heilenden Wunde am Arm zu ihm kommt, nimmt Franziskus ein Kraut, das gerade neben ihm wächst. Sagt, *bringe es zum Kochen und lege es dann auf deine Wunde*. Der Bub ist ganz verdutzt und meint, *aber von diesem Kraut gibt es Unmengen in Paola, und das soll tatsächlich Wunder bewirken?*

Es ist der Glaube, der Wunder bewirkt. Dem, der Gott dient, erweisen auch die Kräuter ihre guten Eigenschaften, soll er geantwortet haben und verweist damit auf den inneren Heilungsraum des kleinen Patienten.

Francesco wird seine letzten vierundzwanzig Lebensjahre am französischen Hof als Begleiter des nachfolgenden jungen Karl VII und auch dessen Nachfolger bleiben. *Wehe dem, der regiert, aber schlecht regiert.*

Verschiedene ausgleichende Situationen jener Zeit werden dieser Beratung und geistlichen Begleitung zugeschrieben – es wäre spannend, dieser Frage einmal forschend nachzugehen, gäbe vielleicht den einen oder anderen Tipp für Delphis weise Frauen ...

Mitten in diesem prunkvollen Leben am königlichen Hof lebt ein alter Mönch, durchwandert in seiner schwarzen Kutte den königlichen Schlosspark, in dem er sich seine Höhle gebaut und sein Gemüsebeet angelegt hat. Die eine braucht er für Gebet und Kontemplation, das andere für sein Fasten. Die Gemeinschaft ernährt sich nicht von Fleisch und tierischen Produkten, nur Fisch gibt es manchmal. Francesco ist am Hof einflussreich und ohne Versuchung von Macht und Reichtum. *Der Geringste von allen und der Diener aller.* Er war sicher einer der frühen großen Europäer. Fast das ganze 15. Jahrhundert hindurch wehte sein Geist in der damaligen Welt. Ich stelle mir die Welt von heute vor, in der die Mächtigen auch Mystikerinnen und Weise als Berater hätten ...

Francesco wäre gerne zum Sterben nach Hause zurück gekommen. Aber der Tod war schneller.

Ich bin wieder in meiner Höhle und sitze auf meinem kleinsten Patio unter dem südlichen Himmel, trinke eine Tasse kräftigen Kaffee und esse ein Stück köstlichen Pecorino dazu. Gute Erde. Und danach gutes Tyrrhenisches Meer.

Ach Francesco, geliebter Bruder, Höhle und Welt sind eins. Jetzt kann ich abreisen und meine dunkle Höhlenwohnung verlassen. Ich brauche sie nicht mehr, wir haben uns mit dem Schlag der Liebe getroffen. Ab morgen werde ich sie in ein wunderschönes Hotel direkt am Meer tragen. Mit weitem Blick und viel Licht. Gott im Hotel.

Alles rund. Alles gelehrt. Alles geliebt. Von aller Kraft durchdrungen. *Nicht für mich.*

Bevor ich abreise, auf dem Rückweg zum Flughafen, gehe ich noch einmal nach oben auf den heiligen Berg, nehme die lautlose Stille hinter den Schritten der Menschen wahr, wir alle als Bewohner der einen großen, nie sterbenden Sehnsucht. Wo immer ich hinblicke, küsse ich seine Liebe. Meine Fußsohlen auf den Jahrhunderte alten tönernen Fliesen, mein

Rücken an die geschlämmte Ockerwand gelehnt, mein Blick auf das Fresko der Apsis, vor dem du in Ekstase gerietest, meine Hand über die Lehne einer Bank streifend – alles EIN Kuss. *Um der Liebe willen ...*

Dann sehe ich, dass heute in der Franziskuskapelle ein Korb aufgestellt ist, in den man ihm alles darbringen kann, alles. Blumen, Geld, das Bild eines Kindes, ein Stück Stoff; alles entdecke ich darin.

Zu einer letzten Meditation in deinem Haus – schließe ich meine Augen, den geschenkten Rosenkranz, jenen Trost für die größtmögliche Freude, fest in meiner linken Hand. Herz zu Herz.

Und lege ihn dir zu Füßen.

Am liebsten hätte ich mich auf den Boden geworfen und wäre nie wieder aufgestanden.

bardolino

früchte im großen garten

IRGENDWANN BIN ICH DANN DOCH WIEDER aufgestanden, um vom Ölbaum zu erzählen, meiner heimlichen Liebe. Schon wieder eine. *Ihr Herz ist ein Hotel,* sagte der weise Meister einst streng zu meiner Lehrerin, als sie davon schwärmte, wie sehr sie die Blumen im Garten liebe. Ach, ich ewige Anfängerin, was ist noch alles in meinem Herz. Heute der Ölbaum. Es ist ein noch nicht so alter, unter dem ich sitze. Er siebt mit seinen verästelten Händen das flirrende Licht über mir. Bis zu zweitausend Jahre können sie alt werden, acht von ihnen sollen im Garten Gethsemane in Jerusalem stehen; vielleicht trägt mich das Leben da mal hin und ich kann den Schritten eines heiligen Mannes lauschen, zweitausend Jahre später ... In ihrer gewaltigen Wachstumskraft erneuern sie sich wieder und wieder aus sich selbst heraus.

Der, an den ich mich lehne, hat so viel Geschichte noch nicht. Es ist ein friedlicher Garten mitten im Trubel der Welt. Kleine Welt, kleines Städtchen am Gardasee, eine Region von dramatischer Schönheit und erstem Licht. Und am Rande dieser Auffaltungen der Fülle aus Erdgeschichte sitze ich, gelehnt an einen Olivenbaum, in einem fast tropischen Garten voll von Bananenbäumen und Palmen, Hibiskus, Kamelie und Oleander, Obstbäumen und einer Zypresse. Gott muss echt sehr gut gelaunt gewesen sein, als ihm dieses Hotel mit seinem üppigen Garten einfiel ...

Es war die Göttin, die uns einst diesen heiligen Baum als Geschenk übergab, Athene, und dessen silbrig-meergrünen Farbe seiner Blättchen meine dichtenden Vorfahren gleich in die Augen der Göttin legten. In der Zeit jener Göttin war das Öl der Oliven die Quelle des Lichts, Seelenlicht, Bild der Verbundenheit auf allen Ebenen – mit den Göttern, den Menschen, der Natur. Und mit mir, verbunden mit allem über die Zeit hinaus, dieses *fließende Licht der Gottheit,* schimmernd im Saft dieser Frucht. So setzten wir der Göttin auf der Akropolis eine goldene Lampe zu Füßen. Nur einmal im Jahr füllten wir sie mit der Essenz jenes göttlichen Geschenks, und das Licht brannte ein Jahr lang, Tag und Nacht.

Ich lege meinen Kopf an deine raue Rinde, duze dich schon lange. Seit Millionen von Jahren gibt er mir schon Nahrung und seit Tausenden prägt er das Heilige meines Urraums, begleitet meine ganze Entwicklung als Menschheit. So half ich einst mit der Kraft seines Öls den Menschen bei der Bewältigung des schweren, letzten Übergangs, salbte die Verstorbenen, flocht ihnen einen Kranz aus Olivenzweigen – so schlossen sich Lebenskreise.

Ich salbte Christus, die Essenz zwischen meiner Handinnenfläche und seiner Verwundung macht es mir möglich, den Schmerz zu berühren.

Ich füllte die Lampen der Tempel, trug die Ölzweige durch Jerusalem, weihte mit diesem flüssigen Gold die großen Häupter der Erde, war Jakob, Sohn der Rebekka, der nach seinem Traum den Stein, das Haus Gottes, mit der heiligen Essenz bestrich; ich gab es Moses in die Hand, wählte den Baum zum König der Bäume, ließ ihn als Freund die Helden Homers in bedrohlichen Situationen begleiten.

Und heute, mein Rücken fest an deinem Stamm, der meinen Atem trägt.

Gegen Mittag, die Septembersonne ist etwas verhangen, verlasse ich meinen Platz unter den versilberten Blättchen und schlendere an den heute türkis-grauen See, der im Dunst das gegenüberliegende Ufer nur verschwommen freigibt und lasse mich im Café Italia am Lungo Lago bei meiner *Selezione di formaggi italia* mit röschen Brot nieder. Auf dem Hinweg klang aus dem Juweliergeschäft die Stimme der sterbenden *La Bohème,* und auf dem Rückweg begegnet mir die Liebe wieder, *Deus Caritas est* ist in das große Portal der Hauptkirche gemeißelt – Gott ist Liebe. Am besten die einzige im Herz, sage ich kühn ...

Und nehme sie mit, überallhin, wie sie mich, bis in die Hotellobby, hier eine ganz im Stil edler italienischer Wohnkultur, mindestens acht Sofas, dreimal so viele Sessel, kleine Schreibtische, Antiquitäten – ein Gesamtkunstwerk. Und Lilien, mehrere große Vasen mit frischen, weißen Lilien, deren Duft den Raum füllen, weit bis ins Treppenhaus nach oben.

Auf welchem Feld sind sie gewachsen? Wie werden Oliven geerntet?

Ich wollte schon immer bei einer Olivenernte dabei sein, es stößt so etwas Archaisches in mir an, wohlwissend, dass es harte Arbeit ist. Vielleicht eine Erinnerung an das Heilige in meinen Zellen. Wer weiß. So hatte ich im letzten Jahr auf gut Glück tief im Spätherbst hier im Ort beim Ölmuseum angerufen, wann sie denn mit der Ernte begännen. »Morgen«, sagte die Mitarbeiterin.

Was sollte ich tun? Alles liegen und stehen lassen, um meinen Baum zu begleiten. Venetien ist nicht weit, wenn man im Süden Deutschlands wohnt. Die Lilien in ‚meinem' Hotel empfingen mich auch Ende Oktober

Jede Region hat ihre eigenen Erntemethoden. Hier am Lago di Garda liegen die Netze unter den Bäumen und es wird mit speziellen Leitern und Kämmen geerntet oder seit zwanzig Jahren in den größeren Hainen auch maschinell.

Isabella, die junge Frau aus dem Ölmuseum, führt mich durch die Baumreihen, und die Maschinen schnarren. Es sind lange Stangen, an deren Ende sich eine Art Rundbürste mit Borsten aus Gummi in hohem Tempo um sich selber dreht.

Mit den weichen Gummibändern werden weder die Bäume noch die Früchte verletzt, wenn sie heruntergeschlagen werden. Erschrecken werden sie sicher.

Nur die altehrwürdigen Bäume auf den Terrassen der umliegenden Hügel werden noch mit den Handkämmen geerntet. Oft sind es viel-hundertjährige Bäume, die trotz Beschneidens zu groß geworden sind, um sie maschinell zu ernten, die Terrassen sind zu schmal, um einem Traktor Durchfahrt zu gewähren. Und ihr Öl entspricht nicht mehr den Gütesiegeln. Manchmal, auf meinen Spaziergängen, höre ich ihre alte Seele.

Meine Begleiterin weist mich auf die unterschiedlichen Olivensorten hin. Mit meinem ungeübten Blick kann ich sie natürlich nicht unterscheiden, weder die Bäume in ihrem Wuchs noch die Blätter, noch die Früchte.

Auf der Linie von Norden nach Süden gibt es hier die ersten Olivenbäume, sie leiten gleichsam das südliche Leben ein. In diesem Mikroklima haben sie es hier verhältnismäßig kühl, so werden sie weniger von Krankheiten oder Parasiten befallen, sind also mehr oder weniger von alleine biologisch. Meine Freunde haben es also gut hier. Auch wenn ihre Qualität nicht mehr den Göttinnen dient. Nur im Verborgenen ...

Durch das laute Schnarren müssen wir uns schreiend verständigen – und wir haben beide Spaß daran. Hier dabei zu sein, auch wenn ich selber nicht mit anpacke, ist wie wenn ein lang ersehnter Wunsch in Erfüllung geht. Ich bin einfach glücklich mit den Olivenbäumen und ihrem großen, geheimnisvollen Kreislauf durch die Jahreszeiten und Menschheitsgeschichte. Trotz des Lärms bleiben die Haine still. Wahrscheinlich hat mir Athene einst persönlich mit einem zarten Tropfen des feinsten Öls die Stille auf die Stirn geschrieben.

Wo die Arbeiter herkämen, will ich wissen.

»Hier, in diesem großen Betrieb, kommen richtige Erntearbeiter. Sie wandern dann in den kurzen Erntetagen von Hof zu Hof. Aber es kommen auch Rentner dazu, die einfach

Freude an diesem Moment der Ernte haben, an dieser speziellen Zeit. In den kleinen Familienbetrieben helfen sich oft auch die Nachbarn gegenseitig.«

Die Arbeiter, denen ich zusehe, sind ganz aufeinander eingespielt. Immer mal wieder, ab einem gewissen Punkt der Fülle, werden die Früchte im Netz gehäufelt, Zweige und Blätter aussortiert. Schnelle, koordinierte Handgriffe.

Die Bäume waren gut beschnitten worden, der Sonne blieb genug Raum, die Früchte bis zur Reife zu nähren, die meisten Oliven sind dunkel, nur wenige grüne unter ihnen. Die kleinen Container füllen sich schnell. Auch wenn es jetzt die modernen, schnurrenden Gummikämme gibt, benutzen die Arbeiter noch die alten, einholmigen Leitern. Mit ihnen werden sowohl die Netze als auch die Bäume am wenigsten verletzt, und man kann den Baum bis in seine Mitte erreichen.

Das ganze Jahr wurde darauf hingearbeitet, die Bäume wurden im Februar oder März beschnitten, beobachtet, die Temperatur überprüft, ein steter Blick auf das Wetter geworfen, bewacht, wie der Wind sie befruchtet, der süße Duft der klebrigen Blüten eingeatmet, kontrolliert, der Boden gepflegt, die Netze rechtzeitig ausgebracht. Und dann dieser eine Moment, um den richtigen Reifegrad zu erwischen.

Wenn das kein Fest braucht – und das findet am Ende auch statt, es werden Esskastanien im Feuer geröstet, es wird getrunken und getanzt, die Tante kocht, alle sind in Freude dabei. Leise höre ich auch das Flüstern des inneren Fests.

Während wir beide uns mit Vergnügen anschreien, hat sich die Ladefläche eines Traktoranhängers mit Kästen voller Oliven gefüllt und ist bereit, sich auf den Weg zur Mühle zu machen. Langsam fährt das Gespann durch die Reihen der Bäume voll reifer Früchte. Das äußere und das durchscheinende Licht fallen zusammen. Es scheint ein üppiges Jahr zu sein. Innerhalb von 48 Stunden muss die Olive jetzt verarbeitet werden. Alles muss schnell gehen bei einer Olivenernte und doch ist nirgendwo Hektik. Mitten in dieser harten Arbeit liegt eine Würde, in der wohl ihre lange Geschichte schwingt. Wie ein Tanz mit den Bäumen, die ihr Wertvollstes geben. Heilige Metapher.

Isabella ruft bei der Mühle an, um uns anzukündigen. Im Auto erzählt sie, dass man an einem Tag hundert Bäume schafft, junge Bäume, für die alten braucht man länger. »Zehn Kilo Oliven werden zu eineinviertel Liter Öl«, erzählt sie im Auto. »Ein schöner Olivenhain macht den Bauern nicht reich«, zitiert sie die alte Weisheit. Ich stelle mir das vor, wie jedes kleine Olivchen seinen Beitrag leistet. Wie wertvoll, dieser heilige Saft.

Wir sind noch vor dem Traktor an der Mühle, und ich bekomme meine Privatführung. Der Meister begrüßt mich richtig herzlich. Wieder müssen wir schreien, hier sind es die Maschinen in der Halle, die so laut sind.

Er geht mit mir die Stationen der Produktion ab. In einer modernen Ölmühle sind die Holzgewinde und Bastmatten verschwunden. Alles ist aus Edelstahl. Die angelieferten Kästen werden gewogen, die Früchte in einen riesigen Trichter geschüttet, von den restlichen Blättern durch ein Gebläse befreit und gewaschen. Die Oliven werden hier noch mit den alten, steinernen Mahlrädern zu Brei gemahlen, weil es schonender ist, und dann Schicht für Schicht auf die Edelstahlscheiben gestrichen, die in der hydraulischen Presse übereinandergelegt werden. Und dann gepresst. »Die Früchte werden zum Ölen gebracht. So wird das Öl frei.«

In die Freiheit gepresst.

Mich schüttelt's richtig, ich kenne das, wie ich auf dem Weg in die Freiheit gequetscht und geschleudert wurde, weiß also ganz gut, wie sich das Früchtchen fühlt. Für einen Moment vergeht mir der Wissensdurst ...

Der Meister geht mit mir weiter die Stationen ab. Das Wasser-Öl-Gemisch kommt in den Dekanter und danach in die Zentrifuge, aus der der edle Saft mit einem Schaumkrönchen herausfließt. Er erzählt mir noch, dass die ausgepresste

Trestermasse getrocknet und als Brennstoff verwendet wird. Die Farbe des neuen Öls ist von leuchtendem Grün, leise Erinnerung an DAS Grün, mehr als das eingefangene Licht des großen Sommers. Das war wohl dieser Moment, in dem die Griechen das Öl als Quelle des Lichts erkannten.

Er gibt mir ein kleines Plastiklöffelchen und ein Stück Weißbrot, und ich darf probieren. Es ist so frisch noch sehr bitter und sehr intensiv in seinem vollen Aroma. Die Farbe mitten im Lärm der Maschinen strahlt weit über das Gefäß hinaus.

Da steht es nun, so frisch geboren, und hat noch einen Schritt vor sich, bevor es sich fertig macht für ein Leben unter den Menschen und Göttern.

Es muss eine Weile warten, braucht Geduld, bis sich jenes schlammartige Wassergemisch aus feinem, aber immer noch ölhaltigem Olivenfruchtfleisch am Boden abgesetzt hat, damit es nicht in Fäulnis übergeht und das Öl verdirbt. In dieser Zeit verliert das Öl auch seine Bitterkeit. Amorca heißt diese sich absetzende Masse, auch sie wird geehrt – dieser letzte Feststoff der Olive wird schon seit Jahrtausenden nicht weggeworfen, er wird schöpferisch eingesetzt – als Düngemittel für den Öl- und den Feigenbaum. Und man tränkt damit die neuen Samen vor dem Einpflanzen.

Amorca – schönes Wort, klingt nach Liebe ...

In diesem Jahr ist noch nicht Erntezeit, es ist Frühherbst. Ich sitze in dieser lilien-duftenden Lobby und blicke aus den Fenstern, die bis zum Boden über die ganze Straßenfront reichen und trinke meinen dritten Cappuccino, auf dass ich wirklich schlecht schlafen möge. Hier herinnen ist es still, draußen, in der Altstadtgasse, zieht das Leben vorbei. Gegenüber die Häuser mit ihren lombardischen Mustern in Gelb- und Rotocker, fein ziselierte Ornamente, ausgewaschen von den Jahrhunderten. Ich weiß nicht ganz, wer im Schaufenster sitzt, die Menschen draußen oder ich hier drinnen..

Der Weg der Olive, jeder Schritt der Frucht und ihres Baums wie eine Stufe, eine Phase unseres inneren Wachsens. Einen Olivenbaum, der einen Frostschaden erlitten hat, soll man nicht ausreißen, sondern ihm Zeit lassen. Der neue Spross kommt aus dem alten, auch wenn nur noch ein kleinster Baumrest geblieben ist. Und manchmal dauert er lange, so ein Weg, viele Jahreszeiten des Blühens, Erntens und Pressens braucht es. Ich bin da ziemlich spezialisiert darin ...

Ich nehme noch einmal tief den Duft der Lilien in mich auf, bringe mein Schreibbuch nach oben, danke für das Alphabet des Lebens, öffne die Balkontüre meines Zimmers, und der See weitet den Blick in ein jetzt glitzerndes, dunkles Saphirblau. Ich sehe nur noch.

Unter mir, im Garten, mein nicht ganz so alter Ölbaum.

Setze mich in mein Auto und mache mich auf den Weg ins Hinterland, nur ein paar Straßen vom Städtchen entfernt. Dort wird es schnell ruhig und eine Landschaft aus Weinfeldern und Gärten öffnet sich. Wilder Wald, Efeu bewachsener Boden, dünne Buchen, auch um diese Jahreszeit noch in frischem Grün. Zedernalleen. Und natürlich die Olivenbäume auf ihren weiten Terrassen, je höher gelegen, desto weniger Reihen. Auf der obersten nur noch ein Baum pro Terrasse.

Am Straßenrand stehen die hohen Zypressen des südlichen Lands immer auf der zum Hang abfallenden Seite; vielleicht – als Bäume der Langlebigkeit – damit man nicht herunterfällt, wenn die Pferde scheuen. Ein Falke zieht seine Kreise über dem Weinfeld vor mir. Ich parke mein Auto neben einer kleinen Kapelle des heiligen Georgs mit seinem Wedel des Martyriums in der Hand, segnend seinen Kopf leicht zur Seite geneigt. Von ihm aus gibt es eine schmale Straße, die nach wenigen Metern ein bergender Hohlweg wird und in sanftem Licht zu einem Kloster der Kamaldulenser nach oben auf die Rocca führt, diesem monumentalen Felsen über dem See.

Durch den Klosterladen hindurch komme ich direkt in den Klosterinnenhof und die Kirche. Die Stille eines Raums, in dem Menschen sich in Kontemplation öffnen, umfängt mich. Stille, die schon da ist.

Diese Dichte öffnet wie von alleine die Einkehr in mein Herz. Ein alter, kraftvoller Ort, an dem gewiss schon die Weisen im Feuer tanzten, bevor die Mönche kamen. Und ich tanze in das Sich-Öffnen hinein. Das Öl fließt ungeheuer grün im weißen Licht der Liebe.

Ein Mönch in Jeans und kariertem Hemd öffnet eine Seitentür und lässt den Blick frei auf eine Wand, an der Kleiderhaken angebracht sind. An jedem dieser Haken hängt ein langer weißer Kapuzenmantel. Ich zähle neun. Neun Mönche. Neun Menschen, die sich ganz dem EINEN hingegeben haben.

Plus eine, die durch den Klostergarten zurückgeht. *Du gleichst einem bewässerten Garten, seiner Quelle, deren Wasser niemals versiegt.* Dankbarkeit, jenes eine der größtmöglichen Gefühle. Ich erinnere mich meines Wohnorts im Kosmos, erinnere mich meines einzigen Zuhauses. Wie soll ich nicht größtmöglich dankbar sein und mit leiser, größtmöglicher Freude den Garten durchqueren?

Im Klosterladen unterhalte ich mich ein bisschen auf Englisch mit dem herz-offenen, intelligenten Mönch, der mir sehr ehrfurchtsvoll von ihrem Olivenanbau erzählt. So gönne ich mir einen Liter Klosteröl bester Qualität.

Die Tüte mit der Flasche verstecke ich in einem hohlen Baum, weil ich noch weiter den heiligen Berg hinaufgehen und sie nicht mitschleppen will. Die Hände frei. So gut wie keine Menschen sind unterwegs. Ich trinke die friedliche Hülle, die mir der Wald schenkt. Immer mal wieder blitzt das changierende Blau des Sees in der späten Nachmittagssonne durch die Bäume, bis sich das Hochplateau auftut und eine überblaue Weite über den See und die uralten Berge freigibt. Ich klettere für einen unverstellten Blick durch das Schutzgeländer und setze mich auf den Boden, direkt über dem Abgrund. Und erinnere mich an die ikarischen Erzählungen meiner Freundin – anders als Meere in ihrer fundamentalen, Grund-losen, oft aufgewühlten Kraft, rühren Seen diesen Hauch des offenen Friedens in mir an. Ultramarin ist er jetzt gerade von hier oben. Ob er sich an seine erste Farbe erinnert? Abends wird der See oft fast schwarz mit den Sonnenstreifen aus Silber. Ich atme tief. Tief bis zum Rand der Welt. Es ist, als lächelt er, so weit, weit unter mir, in seiner ersten Farbe, vielleicht war es DAS Grün, grandios in seinem Eingebettet-Sein in den Bergen.

Ich schlüpfe durch den Holzzaun zurück auf die Hoch-Wiese, klopfe mir die Eichenblätter und trockenen Gräser von den Kleidern, drehe mich noch einmal um, bevor ich nach unten gehe, achtsam, damit ich auf den glattgelaufenen Felssteinen nicht ausrutsche. Am Ende des Wegs hole ich mir aus dem hohlen Baum meine Tüte mit der edlen Flasche.

Das Öl trägt mich nach Hause.

jerusalem

das neue

UND SO KOMME ICH DOCH NOCH nach Gethsemane ...

Spät, die Gruppe hat schon gegessen, und die helfenden Hände hier haben etwas für mich aufgehoben. Ich darf mir meine Bohnen und Bratlinge in der Mikrowelle warmmachen (wie geht das?), mir meinen Salat umrühren, jede Menge Orangen schälen und allein und still im Vorraum des Speisesaals sitzen.

Wieder Israel, wieder Silvester, eingeladen von meiner alten Herzensfreundin – ich besuchte sie das vorige Mal, als ich hier war –, um mit Freunden zusammenzusitzen, zu meditieren, die Stille zu teilen und uns einzulassen auf die alten Schriften von Sufis.

Gott beherbergt mich diesmal in einem Konvent auf dem Hügel Kiryat Ye'arim über der weiten Landschaft vor Jerusalem. Ich beziehe ein Zimmer im zweiten Stock, das zu einem wunderschönen Garten hinausgeht, in dem auch um diese Zeit des Jahres Rosen blühen, obwohl es recht kalt ist. Es ist einfach und hat alles, was ich meine, zu brauchen. Ich gehe einmal nach unten ins Foyer und von dort aus in den Park ums Haus herum. Oliventerrassen führen den Hügel abwärts, hier oben jerusalemische Pinien und mir fremde Eichen, Steinbänke, überall lauschige Plätze, denen ich im Moment nicht so recht lauschen will, trotz meines warmen Mantels.

Es sind junge Philippininnen, die während unserer Zeit hier im Haus für uns sorgen werden. Sie erzählen, wie unendlich dankbar sie sind, dass sie hier leben und arbeiten dürfen. Und so dankbar wie sie sind, so freundlich sind sie. Nur bei der Andeutung einer Frage, zum Beispiel nach einer zweiten Wolldecke, liegt die Antwort schon in meinem Zimmer.

Sie kochen uns einfaches, liebevolles Essen, fein in der Mitte des Raums als Büfett aufgebaut. Der Speiseraum ist sehr hell und freundlich und jedes Mal sind die Tische liebevoll gedeckt, mit Servietten und Besteck, und bei der Suppe bestehen die jungen Frauen darauf, dass sie sie uns servieren und wir nicht eigenmächtig im Topf herumschöpfen.

Ich bin in einem ‚Hotel', in dem es das Anliegen der Menschen ist, Gott erlebbar sein zu lassen. Durch ihr Tun und ihre Haltung wollen sie Spiritualität nicht über die Identifikation mit einer äußeren Religion teilen.

Manchmal zeigt sie sich in einer Weise
manchmal in einer anderen –
Das Wesen der Religion ist nichts als Verwirrung

So kommen Christen, Muslime, Juden, Druiden oder mit welcher Heimat auch immer die Menschen verbunden sind, hierher. So auch ich Heimatlose.

Wie ist das Unsichtbare sichtbar im Sichtbaren?

Als ich bei meiner letzten Reise hierher mein edles Pilgerhotel vor den Toren der Altstadt verließ, winkte mir zum Abschied die weit über Jerusalem blickende Marienfigur, und hier begrüßt mich eine noch größere auf dem Dach der Basilika von Kiryat Ye'arim, von weitem auf der Autobahn schon sichtbar, wie eine Landmarke, an der man sich orientieren kann.

Es gab hier schon einmal eine große Basilika, die im siebten Jahrhundert von den Persern zerstört, ein paar Jahrhunderte später wieder aufgebaut und einige hundert Jahre später von den Ägyptern dem Erdboden gleichgemacht wurde.

Und eines Tages kratzte in diesem Boden ein Pater des 20. Jahrhunderts und fand wertvolle Reste. Er erzählte aufgeregt

Schwester Josephine davon, die seit einiger Zeit am Fuß des Hügels eine einfache, kleine Krankenstation eingerichtet hatte und viele kranke und vom Schicksal gezeichnete Menschen empfing.

So wurde sie von ihrer Generaloberin beauftragt, Land auf dem Hügel zu kaufen, um einen Konvent zu bauen. Und Josephine scheint ein mutiges, starkes Weib gewesen zu sein, denn sie ging sofort ans Werk, sammelte Geld und das Kloster entstand. Bei diesen Erdbewegungen stieß ein arabischer Bauarbeiter auf Teile der alten Mosaike und Säulen. So blieb keine Wahl, als zu Beginn des vorigen Jahrhunderts die Basilika wieder aufzubauen. Sie ist also neu. Und wurde *Unserer lieben Frau der Bundeslade* gewidmet, weil vor dreitausend Jahren König David auf den Hügel von Kiryat Ye'arim kam, um nach langem, langem Herumirren die Bundeslade, die hier für einige wenige Jahrzehnte ihren vorübergehenden Aufenthalt hatte, in einer feierlichen Prozession nach Jerusalem in den endlich errichteten Tempel zu führen.

Und jetzt empfangen die Schwestern, die mit Kindern oder in Krankenhäusern und Schulen arbeiten, Pilger aus der ganzen Welt, mit dem Wunsch im Herzen, vom Gipfel dieses wunderschönen Ortes, im Herz der judäischen Hügel, am Kreuzungspunkt der jüdischen, muslimischen und christlichen Welt, zum Frieden unter allen beizutragen.

Das wollen wir auch.

Unser Seminarraum zeigt sich, was Schönheit angeht, nicht von seiner höflichsten Seite. Grün gestrichene Wände und Neonleuchten. Aber im vorderen Teil des Raums gibt es ein paar Rattansofas mit hellblauen Glanzkissen. So schaffen wir leicht einen Kreis. Im Kreis von Liebenden zu sitzen, gemeinsam dem *Song of the Song* zu lauschen, ist wie ein kosmisches Zuhause ...

Wenn's nur nicht so kalt wäre. Es gibt eine kaputte Heizung und die Klimaanlage. Wir haben also die Wahl zwischen dem lauten, klappernden Brummen der Anlage oder zu frieren. Wir wechseln stetig ab, als hätten wir eine Wahl. Die innere Glut soll wohl auch im kalten Körper glimmen, nur leider fehlt mir dazu noch die geistige Reife.

In diesem Kreis sitze ich mit einem hochintelligenten Buddhisten mit sublimen Humor, mit einigen feinen Engländern und Engländerinnen, die einen christlichen Weg der Mystik gehen, mit dem jungen Rasta-Israeli, dessen Englisch für mich unverständlich ist, und einigen anderen mit einem sufischen Hintergrund. Namen für scheinbare Zugehörigkeiten. Eine Schale unseres Zusammenseins ist, dem Wasser des Lebens in uns zu lauschen. Lebe ich meinen *ewigen Moment?* Und da erzählen die weisen Bücher wieder und erinnern mich an meine Bilder in Antakya – *zwei Meere, süß und bitter, fließen zusammen, ohne sich zu vermengen.* Was ist dazwischen? Dieses Sein ihres Zusammentreffens, Urform des Geheimnisses – ist das dieser Moment? Ich bin atemlos bis in die Seele.

Kiryat Ye'arim selber wird als heiliger Berg bezeichnet, die Bundeslade war ja hier, seit Generationen ist er eine Kultstätte. So viel ist auf ihm geschehen – und wieder zerstört und wieder aufgebaut worden. Seltsamerweise finde ich es nicht, das Heilige. Es ist, als würde ich in Luft suchen. Irgendetwas kommt mir leer vor. Meine – es ist nur meine – Wahrnehmung von der Kraft von Orten versagt hier. Nur in der kleinen Kapelle, die sich die Nonnen abseits der großen Basilika im Klostergebäude eingerichtet haben, ist es für mich hell, innen und außen. Dort gibt es einen Sockel neben dem Altar mit einer kleinen Statuette der Bundeslade. Es ist ja der Orden *Unsere liebe Frau der Bundeslade,* jene Truhe, die David von hier aus nach Jerusalem gebracht haben soll.

Sie enthielt die beiden Tafeln mit den zehn Worten, die Moses auf dem Berg empfangen hatte. Zehn Worte, die ihm zum Dialog mit dem Göttlichen in die Hände gelegt wurden, um sie in die Welt hinein zu öffnen in ihrer tiefsten Herzensethik. Diese vergoldete Truhe aus Akazienholz war der Thronsitz der Präsenz Gottes. Auf ihr gab es zwei Engelgestalten, Cherubine, eine männliche und eine weibliche. Ich habe länger darüber nachgesonnen und mir diese Kräfte übersetzt als den irdischen Glanz männlicher und weiblicher Energie. Und Zauber und Zärtlichkeit hineingegeben.

Diese beiden Engel stehen sich auch hier gegenüber, sich anblickend, die Flügel über ihre Köpfe hinweg in einem hochgeschwungenen Bogen einander zugewandt. Sich an den Spitzen fast berührend. Nicht ganz, wie im Zen-Kreis bleibt dieser Hauch eines Atems offen. So kann das GEHEIMNIS einfließen, zwischen den Flügeln der Engel auf diesem Gefäß, das die Dualität hält.

Es ist, wie den Geschmack des Geheimnisses fühlbar zu gestalten, als könnte man es fast erfassen. Etwas lässt dieses Nichts zwischen den Flügeln erahnen. Wie zwischen den beiden Meeren ...

Morgens und nachmittags sitzen wir im Kreis zusammen, gehen in die Stille und reflektieren die Worte Weiser, die vor uns waren. Ich liebe die Texte der Alten. Sie haben mich lange Jahre getragen und tiefer in die Geheimnisse hineingeführt, mir die Poren des Ewigen eröffnet. Jetzt, heute, macht mich etwas unruhig, als zögen sie mich nach hinten. Fast körperlich spüre ich den Sog, zur gleichen Zeit das große nach Vornegeworfen-Sein, als hätte sich etwas in mir aus dem Alten herausgewunden, wie eine Schlange aus ihrer Haut, die Vision küssend in unveränderbarerer Wahrheit.

Welche Sprache lässt sich finden, die die alten Bilder der Weisheiten in die Moderne trägt? Das EINE Wissen ist unveränderbar gültig, nur – wie transformieren wir es in die Erscheinungsformen unserer Zeit? Wie die flehenden Seelen der Jungen erreichen? Was heißt heilig auf Jetzt? In welcher – kalten – Nische sitze ich hier und lausche den Weisheiten meiner Vorfahren. Die Weisheit ist zeitlos. Sagt die Stille. Weisheit bleibt nicht stehen, sie ist fortwährend dynamisch und ewig zeitlos, haben sie gesagt. Die alte hat sich aufgefaltet in die Weite, in der die neue wurzelt. Und jenseits von Weisheit und Sprache und Jetzt IST Stille, hinter der Weisheit, ortlos verortet, zeitlos verständlich ist. Wie geht eine Sprache der Mystik, herausgebrochen aus Heilig in ein diamantenes Leben, wild, radikal im Wasser des Lebens, zutiefst erfahrbar. Und in Zartheit und Liebe ertrinkt.

Ich bin unruhig. Vielleicht ist es auch diesmal wieder die innere Unruhe des Landes. *Nicht für mich* – nur für dieses seit Jahrtausenden geschundene und heilige Land.

Oh Gott, warum sitze ich hier und friere. *Nicht für mich.*

Da schleicht sich ein feines Schweben ein in die Gegend des Geheimnisses, der Kern des Herzens schmilzt in einem fernen Rhythmus.

Und die Unruhe gibt auf.

Heute haben die Reisenden den Tag für die ewige Stadt. Eine wissende und intelligente Israelin führt uns durch Jerusalem, eine junge Studentin, die gerade ihre Masterarbeit über Maria Magdalena schreibt. Sie hat eine Fülle an Informationen für uns, zeigt uns geschichtliche und politische Zusammenhänge auf, ist dabei sehr neutral und hat trotzdem einen unüberhörbaren Standpunkt. Das ist schon ein Kunststück.

Wir rennen durch Jerusalem und außer an die Westmauer kommen wir an keinen Ort, an dem ich das letzte Mal schon gewesen war.

Ich war nicht auf dem Ölberg – trotz all meiner Liebe zu diesem Baum – und nicht im Garten Gethsemane, den man passieren muss, wenn man auf dem Ölberg steht, mit diesem berauschenden, weiten Blick über die Stadt, die alte Stadtmauer und hinunter, zwischen Stadt und Berg, auf das Kidrontal mit seinem riesigen, jahrhundertealten Friedhof. So ein naher Friedhof ist praktisch – beim jüngsten Gericht, wenn es soweit ist, wollen die jüdischen Seelen schnell da sein, und auch die Muslime sehen das Kidrontal mit seinen Gräbern als Ort dieses Gerichts und wollen dann ein Seil vom Tempel- zum Ölberg spannen, über das die Gerechten hinübergehen werden.

Mir selber geht es oft sehr zwiespältig bei solchen Führungen – ich bin neugierig und sauge alles in mich auf und bin zur selben Zeit hungrig nach Verweilen, nach einem zweiten Mal Schauen, nach Alleinsein am jeweiligen Ort. Aber dazu ist in unserem Kontext diesmal keine Zeit.

Ich nehme sie mir trotzdem, lasse die interessanten Ölbergerklärungen und Besichtigungen der tausend Kirchen dort oben aus und gehe ein paar Schritte nach unten in den Garten Gethsemane. Schon allein der Name erweckt mein Herz. Ich muss den Garten nur betreten und weine schon zwischen diesen acht breiten, alten Ölbäumen mit ihren verknoteten, rauen, verdickten Stammdrehungen. Bis zu tausend Jahre sind sie hier bewiesenermaßen alt. Fehlen noch die Tausend davor. Aber ich weiß ja, dass ein kleines Zweiglein aus der alten Wurzel gesprossen ist und wieder begann, den Garten mit Früchten zu füllen und Schatten zu spenden.

Und so saß der große Freund in jener Nacht unter diesen Bäumen und weinte.

Und ich setze mich zu ihm in jener Nacht. Und weine mit ihm. Er wusste, dass er morgen sterben würde. Und er bat die Menschen, die ihm am nächsten standen, ihm zu helfen, mit ihm zu wachen. Aber sie schliefen ein. Ich versuche, ganz wach zu bleiben, so kann ich sein Gebet ertasten. Er fühlte sich bis in den Abgrund des Seins verlassen. Er, der in vollkommener Einheit lebte, fiel in der Nacht vor seinem grausamen Tod in die Wüste göttlicher Verlassenheit. Und nicht einmal seine engsten Freunde begleiteten ihn. Und er verstand nicht, warum, warum – verloren das Sein im GROSSEN Geliebten.

Er warf sich auf den Boden, diesen Boden hier, zweitausend Frühlinge sind schon über diese Erde gegangen, und weinte. Ich lege mich zu ihm ins harte Gras und höre den nächtlichen Klang des Kelches, der nicht an ihm vorübergehen wollte.

Auch er hörte den Klang und wusste, dass er ihn trinken musste. Und von da an, als es klar war, als es das Ja zum Unausweichlichen gab, lag er wieder in den Armen des EINEN.

Mach DU.

Und es begann zu dämmern.

Ich darf mich nicht auf die von der Wintersonne getrocknete Erde setzen, unter die silbrigen Blättchen eines der von Öladern durchflossenen Stämme. Und doch reicht mir dieser Boden ein essenzielles Geschenk, Bilder fallen, als könnten wir irgendwann auf unserem Weg fertig sein, als gäbe es nie mehr einen Moment der Trennung. Natürlich wusste ich das schon; nur auf dem Boden zu liegen, mit einem der größten Gottesfreunde zu sein, mit ihm zu weinen, es erkennend zu erleben, ist noch etwas anders.

Die Gruppe ist schon an mir vorbei ihren Weg gegangen. ‚Schnell' ist jetzt die Parole – also runter vom Berg, schnell vorbei am Jüngsten Gericht und seinen Grabsteinen, zur Altstadt wieder hoch – und dann der Tempelberg, der Gott sei Dank nicht viel Berg ist, aber bald schließt. Für mich: Tempelberg, Versuch zwei. Auch nicht so viel erfolgreicher, weil uns letztlich auf dem riesigen Gelände dieses Tafelbergs voll glitzernder, unbetretbarer Gotteshäuser und alten Steinen nur noch eine Viertelstunde bleibt.

Und doch erlebe ich in diesen wenigen, abgezählten Minuten wieder die Unruhe des Ortes. Über diesen Boden sind drei große – wenn nicht schon mehr vor ihnen – Verwirklichte gegangen und haben Worte aus Licht und Liebe zurückgelassen. Dieser Boden, den ihre Füße berührt haben, ist durchdrungen von diesen Botschaften, die, wenn man lauscht, noch gehört werden können. Wenn man lauscht. Es wuchsen viel Gras und Steine und Wüstensand und Blut und Schmerz über diese Fußabdrücke, so sind erst einmal die Spuren von Jahrhunderten von Kampf und Krieg beißend und unüberhörbar.

Um nach so einem Gethsemane-Durchdrungensein aus

innigster Umarmung über ein Terrain zu rennen, das brodelt vor innerer Unruhe, braucht es einen aufrechten Gang.

Auch auf dem Hügel von Kiryat Ye'arim tanzen wir an Silvester, nicht wild und laut und alle wie damals in Whahat al-Salam – Neve Shalom. Nur einer, ein Gast, tanzt sein Gebet. Er dreht sich still in der Mitte des Raums, begleitet von einem Nay-Spieler, der – so innig – einen direkten Kanal ins Geheimnis zu finden scheint.

Später, als wir mit einem Gläschen Wein und ein paar Keksen anstoßen, meint er, der Tänzer im weinroten Gewand, er hätte sich noch nie auf einem Teppichboden gedreht, und es wäre so anstrengend gewesen, weil die Drehung sich nicht selbst kreiert, er musste immer anschieben. So war es für ihn ein etwas schwieriges Gebet, und wir konnten leicht zusehen ...

Dann zieht er sich um, der Nay-Spieler, ein junger Mann mit dunklen Augen aus Licht und einem göttlichen Zusammentreffen von innerer und äußerer Schönheit, packt seine Flöten und Mikrophone zusammen und meint, ganz scheubescheiden, nein, er hätte noch keine CD aufgenommen. Hunderte hätte ich gekauft, dann müsste ich nicht mehr schreiben, sondern nur noch CDs verschenken.

Zwei Tage später ist unser letztes Zusammensein, und wie immer sind wir morgens still. Letztlich verliert man immer das Liebste. Wie die Haut einer Schlange, zart, aus kleinsten ungetrennten Teilchen, wie durchsichtige Mosaikplättchen, ohne Fäden gesponnen, filigran wie gehauchtes Pergament in Farben aus reiner Harmonie, nicht grell oder bunt, lichtvoll-dunkle harmonische Töne, Grundton Blau. Ich verliere die Haut, wie eine Schlange es tut, sie streift sich ab ohne mein Zutun, und darunter bleibt nichts – keine Schlange, keine neue Haut, kein Körper, nur nichts und nicht einmal das.

Nichts im Hotel.

Am letzten Tag in der Mittagspause, noch glänzend in innerster Freiheit nach meiner stillen Häutung, möchte ich wenigstens einmal einen richtig guten arabischen Kaffee trinken. Der Weg von meinem Hügel nach unten ins Zentrum von Abu Gosh ist nicht weit.

Das israelisch-arabische Dorf, zu dessen höchstem Punkt das Heiligtum aus Konvent und Basilika gehört, entstand während der Ottomanischen Zeit und wurde von der Abu-Gosh-Familie gegründet, deren Nachkommen die meisten der heutigen Bewohner immer noch sind. Das Dorf ist bekannt für seine Gastfreundschaft auch israelischen Juden gegenüber. In der Nachbarschaft gibt es ein jüdisches Dorf, und die beiden haben eine gemeinsame Fußballmannschaft – ein seltenes Phänomen – und planen sogar eine gemeinsame Wasserversorgung.

Gleich, einmal um die Ecke gebogen, hinter der ältesten Basilika der Kreuzfahrer (ich verstehe immer nicht, wieso auf dieses Barbarentum stolze Steine gebaut sind), gibt es ein Restaurantchen mit ein paar Tischen zur Straße hin. Noch ist es kalt und doch setze ich mich nach draußen und bestelle meinen Kaffee. Nur einen kleinen arabischen Kaffee. Und dann geht es los. Der Tisch wird gewischt, Zucker gebracht, Zahnstocher, Salz und Pfeffer auch gleich, Kissen für meinen Stuhl, eine Wärmelampe, und das alles unter einem liebevollen, herzlichen Lächeln, so dass ich den Strahler eigentlich gar nicht brauche.

Und dann kommt der Kaffee. Noch richtig im kleinen Henkeltöpfchen aufgekocht, genau das rechte Mischungsverhältnis – bestimmt der beste arabische Kaffee, den ich je getrunken habe. Zwei Tässchen gibt das heiße Messinggefäß her. Ich sitze entspannt auf der kleinen Terrasse und schaue dem Leben zu. In regelmäßigen Abständen kommt ein Mitglied der Familie, mit oder ohne Kopftuch, und lächelt mich von Grund auf – »Good Morning« – an. Lächeln zurück, dem Nachmittag seinen Lauf lassend.

Ich habe keinen Impuls aufzustehen, trotz des Missverhältnisses von Verweildauer und Tassengröße.

Dieser Ort hat eine Geschichte noch vor der Familie Gosh. Er hieß einmal *Emmaus* und zwei Männer, die sehr nah mit dem großen Meister verbunden gewesen waren, schlenderten einst ins Dorf und sprachen traurig über die Kreuzigung, über den unermesslichen Verlust, als sich ein weiterer Mann zu ihnen gesellte und sie fragte, worüber sie sprächen. *Bist du denn der einzige, der nicht weiß, was mit diesem wirklichen Propheten, von dem wir hofften, dass er uns befreien würde, so wie er sprach und alles liebte, dass er zum Tode verurteilt wurde und vor drei Tagen hingerichtet wurde. Wir alle hatten so viel Hoffnung in ihn, können gar nicht sprechen, so traurig sind wir. Und sein Grab soll jetzt auch noch leer sein, sagen die Frauen.*

Und während sie weitersprachen, waren sie im Dorf angekommen. Ich sitze da mit meinem Kaffeetässchen und sehe, wie sie zu dritt durch die Hauptstraße schlendern. Einen vor allem sehe ich.

Der wollte eigentlich weitergehen, aber die beiden überredeten ihn, zu ihnen zu kommen, es sei doch schon spät. So blieb der eine, vielleicht biegen sie gerade hier um die Ecke. Er setzte sich mit ihnen an den Tisch, nahm das Brot, dankte, brach's und gab es ihnen.

Da wurde ihnen das Herz und der Atem still, ihre inneren Augen öffneten sich im Erkennen.

Und er verschwand.

Mein Kaffee ist kalt geworden und in mir berührt etwas das Innerste – das Bild, dass im Brechen des Brotes das Erkennen liegt. Brot zu sein und gebrochen zu werden und im Aufgebrochenen ES zu erkennen. Das unendlich Brechende und Aufgebrochene, das unendlich Erkennende und Erkannte.

Ich will zahlen – und bin eingeladen. »Bye-bye.«

Am nächsten Tag, gegen Mittag, bringt mich Zacharia, der Taxifahrer, vom Heiligen Berg Kiryat Ye'arim in den

Dschungel des Tel Aviver Flughafens. Aber auch ein Dschungel hat Lichtungen, man muss sich nur immer weiter und weiter nach hinten durchschlagen.

Dort finde ich einen stillen Platz, kann die Füße hochlegen, lesen, mein Handy aufladen, einen Cappuccino trinken – zurück in der Welt.

So eine glitzernde Erregung, unmittelbar dem fließenden Wasser des Lebens ausgesetzt zu sein.

avila

teresas vision

SCHLIESSLICH LANDE ICH DOCH NOCH IN Avila und suche den Eingang. Einmal um die Ecke, bei Wind und Regen, mein Schirm kippt nach oben wie in einer Witzzeichnung, um noch eine Ecke, und ich betrete einen hellgepflasterten, weiten Innenhof in einem Geviert aus einstöckigen Gebäuden, in denen wohl die Zellen der Nonnen liegen. In der Mitte des Hofs ein einfaches Holzkreuz aus zwei grob gerundeten Balken, darum herum in leuchtenden Kieselsteinen sieben Kreise gelegt – vielleicht *die sieben inneren Wohnungen der Seele* auf dem Weg in das große Einssein – Wohnungen in einer Burg, mit Gärten, die aus der Quelle bewässert werden wollen. So lehrte sie.

Gestern, auf dem Weg von Madrid hierher, tauchten im Dunst die kastilischen Vorberge in zarten Wolkenfetzen auf, verschneite Berge im Hintergrund, kiefernbewaldete, nackte Felsen am Rande der Autobahn, wie auf chinesischen Holzschnitten, dann wieder eine weite Ebene voller Steineichen – es war eine Annäherung im Zauber.

Eine Annäherung an Avila.

Eine Annäherung an Teresa von Avila.

Natürlich weiß ich, dass man eine große Persönlichkeit der Vergangenheit nicht dadurch erfassen kann, indem man in ihre Wohnstätten aus dem 16. Jahrhundert fährt. In ein im Regen und kühlem Aprilwetter dunkles Avila.

Und doch bin ich gefahren, in ein Hotel, auch aus dem 16. Jahrhundert, in einem ehemaligen Palast der alten Fürstenfamilie Velada, direkt gegenüber der großen Kathedrale im Zentrum der alten Stadt.

Es schreibt sich gut in einem etwas wackligen Brokatsessel auf der Galerie über dem inneren Patio des alten Palacios. Unter mir, im Erdgeschoss, ist das Restaurant, stehen rundherum graue Loungegarnituren, es klappern die Teelöffelchen in den Cortado-Tässchen, Stimmen einer Gruppe von jungen Frauen auf Spanisch, lebendig, laut und alles unterlegt von etwas undefinierbarer Hintergrundmusik – ein Lebens-Platz fürs Schreiben in Stille.

Alles Licht fällt von oben ein ...

In Teresa hatte ich mich verliebt, als ich vor vielen Jahren verstanden hatte, dass die Mystikerinnen und Meister, welcher spirituellen Zugehörigkeit im Sichtbaren auch immer, dasselbe erzählen, ihrer Zeit gemäß natürlich in unterschiedlichen Bildern, Sprachen und subtiler Intensität. Erzählen von diesem EINEN unermesslichen Bewusstsein, das wir sind, oder in anderen Worten, dass das Göttlichste in uns das Göttlichste selbst ist, es keine Trennung gibt, warum dann ein Ich, das qualvoll um sich selber kreist. Dann lieber unendliche Befreiung ...

So fielen alle persönlichen Vorstellungen von Gott, und ein Geschmack des Geheimnisses hinter den Bildern berührte, ohne zu berühren, in unermesslicher Zärtlichkeit die Seele. Die äußere Form, Kirche, mein Widerstand dagegen, Gottesbilder, wichen dem Essenziellen, Ahnung einer grenzenlosen Weite blieb und Erscheinungs-Form war nicht mehr wichtig. Jede Form umfasste alles. So blieb die Liebe einzige Religion...

Ich fragte meinen Gefährten, ob er mich nach Spanien begleiten wolle, und so sind wir zusammen hier, hier in diesem alten Stadtpalast aus handgeschlagenen Steinmauern, Innenhöfen, Säulen und etwas wackeligen Sesseln.

Und landen am nächsten Morgen im süßem Nieselregen im Innenhof des Klosters der Menschwerdung, dem *monastero de la encarnacion.* Aus einer halboffenen Türe aus schwerem, dunklem Holz, abgegriffen von Händen aus vielen Jahrhunderten, höre ich eine laute Männerstimme lachen. Ich betrete einen schmalen Vorraum, in dem der Mann steht, an einer Seite in der Wand eine kleine, hölzerne Drehklappe, hinter der wohl eine scherzende Nonne sitzt, unsichtbar für uns, und mit ihm Vereinbarungen trifft. Da sie nur hören kann und keinen Blickkontakt hat, sieht sie mich auch nicht. Als der Mann den kleinen Raum verlässt, drehen sich die vier Bretter der Klappe im Kreis und der Audio-Kontakt ist wieder verschlossen.

Aber es gibt noch eine weitere Türe von diesem Innenhof aus – *museo* steht darüber. Ein paar Treppen führen nach oben in eine Art Flur mit Devotionalien, Avilaführern und zwei freundlichen Frauen, die fragend zwei Finger heben und »4 €« auf ein Zettelchen schreiben.

»Drei Räume«, sagt die eine, soviel Spanisch verstehe ich. Sie begleitet uns in den ersten, zeigt wo's weitergeht, deutet auf eine Schnur mit einer Glocke daran – die sollen wir ziehen, wenn wir wieder rauswollen.

Teresas Räume – ein Museum. Drei Räume, genauso, wie sie waren. Fast dreißig Jahre war es ihr Stammkloster, nicht immer freiwillig, hier durchlebte sie viele ihrer Krankheiten – drei Jahre war sie vollkommen gelähmt – und Krisen, Erleuchtung und tiefste Gotteserfahrung, hier begann sie, die ersten ihrer vielen Bücher und die ersten ihrer 25.000 erhaltenen Briefe zu schreiben, wurde Priorin, war spirituelle Lehrerin und von hier aus als Reisende in Sachen Klostergründungen unterwegs.

Ich betrete den Boden, den sie betreten hat, sehe sie auf dem geschnitzten Stuhl sitzen und lesen. Ganz unerwartet kommt ihr Leben in diese Räume, ihr Charisma, ihre Unermüdlichkeit.

Es sind großzügige, dämmrige Räume, dunkle Terrakottafliesen, Lehnstühle aus spanischem Nussholz, lederbespannt, das Bild des leidenden Christus, vor dem sie – wie wir heute sagen würden – ihr Erwachenserlebnis hatte, zutiefst erschüttert war, und das ab da ihren Weg bestimmte: ihre radikale Hingabe, ihr ganzes Schreiben, Handeln, ihre Kräfte, ihr inneres Ausgerichtet-Sein, ihre Lehre. Dieses grenzenlose Feuer trägt sie durch alle teils massiven Widerstände, die ihre Zeit einer intelligenten, eigenständigen, tief-spirituellen Frau gegenüber aufbrachte. Und den enormen Strapazen, die für sie daraus entstanden waren.

Ein paar Holzstufen führen in einen Raum mit einer Feuerstelle, zum Wärmen und zum Kochen. Das einzige Feuer, das ich hier finde. Kalt ist es, kalt.

Im dritten Raum, noch ein Stockwerk höher, ist ein Schaukasten. Einer mit dem Holzstück, das ihr als Kopfkissen diente. Ein bisschen härter als das, was ich heute Nacht hatte, ein wahrer Grenzpfahl zwischen Schlaf und mir. Und ein Stuhl, auf dem Johannes vom Kreuz saß, während seiner fünf Jahre, die er hier – patriarchaler Struktur gemäß – Beichtvater war und sie gleichzeitig auch seine Lehrerin. Sie wird mit ihm zusammen auch Männerklöster gründen und ihn nach all ihren Erfahrungen genauestens anleiten, was die Mönche brauchen, wie gelebt werden soll, was für das äußere und innere Leben notwendig ist.

Fünf Jahre sitzt er immer wieder auf diesem Stühlchen. Ich setze mich auch mal darauf und lausche der Priorin. Seit ihrer Kindheit war sie eine Suchende. In früher Jugend, unterbrochen vom Verschlingen von Ritterromanen, wächst unaufhaltsam etwas in ihr, pocht und sehnt sich nach Verwirklichung. So flieht sie mit zwanzig aus dem Elternhaus und tritt in dieses Konvent ein. Aber bald genügt ihr diese Art von Klosterleben nicht mehr, mit Dienerinnen für die adligen Damen, die ihr gesellschaftliches Leben vom Kloster aus weiterführen. Sie braucht einen Ort mit mehr Zurückgezogenheit und Stille, etwas hat sich in ihr eröffnet, das *Innere Beten* oder auch das *Gebet der Ruhe,* etwas, das Frauen damals verboten war, sie durften nur zwei vorgegebene Gebete laut sprechen. Wir würden es heute stille Meditation nennen, innen auf einen Fokus ausgerichtet, auf DEN Freund. Inneres Beten *ist nichts anderes als das Verweilen bei einem Freund, mit dem wir oft allein zusammenkommen.* Das Geheimnis im tiefsten Inneren der Seele zu betrachten, bis wir eins mit ihm, dem göttlichen Geliebten, sind. Es wird zum Zentrum ihrer Lehre. In einer beginnenden Neu-Zeit öffnet sie neue Seelenräume, so etwas wie einen individueller Weg zu Gott, der – wie in anderen mystischen Pfaden – im Innersten des Menschen wohnt, taucht auf. Selbsterkenntnis ist Gotteserkenntnis ist eins, und das Erkannte bleibt unfassbar.

O Seele, suche Mich in dir …

Das ist eine Lehre, die revolutionär war, und das auch noch von einer Frau. Sie bricht das ganze Gottesbild jener Zeit auf. Denn Gott war damals ein Handelsobjekt, auf das man versuchte, Einfluss zu nehmen mit barbarischen Bußübungen, Geißelungen, strengstem Fasten. Also, Gott, wenn ich das so mache, musst du mir das und das auch geben oder tun. Ein echter Kuhhandel. Sie erkannte den Hochmut in dieser Art der Bußpraxis, ein Versuch, Gott mit einer Leistung gefügig machen.

Diese Suche nach Raum für innere Sammlung treibt sie an, selbst ein Kloster zu gründen, um für sich und einige Mitschwestern einen Ort zu finden, an dem sie die Stille leben kann.

Mit meiner eigenen Sehnsucht nach Stille gehe ich langsam zurück in mein ‚Kloster', mein Hotel im alten Palast, den sie vor fünfhundert Jahren schon streifte, mit eiligem Schritt vermutlich, und setze mich in mein Zimmer für mein inneres Beten, innen verbunden mit allem, im leisen Hauch einer großen Seele.

So genährt wandere ich nach einer Weile wieder zu meinem Schreibsessel, wackelnd auf der Galerie. Gerade ziehen sich ganz langsam die Abdeckungsrollos unter der Glaskuppel zurück, die vor den heutigen fünf Minuten Sonnenahnung schützen sollten. Jetzt kann der Regen vor unseren Augen auf die Glaskuppel hüpfen.

Unter mir, im großen Patio, legen die Ober weiße Tischdecken und Servietten auf. Das heißt aber nicht, dass es jetzt schon etwas zu essen gäbe. Die Spanier speisen sehr spät, mittags so gegen zwei und abends erst ab neun, da gehe ich fast schon ins Bett ... Und es gibt Fleisch, Fleisch, Fleisch. Oder nur Kaltes. Ich versuche mein Bestes – sofern ich etwas auf der Speisekarte verstehe –, um nicht zu verhungern; kein Fasten, um Gott gnädig zu stimmen.

Später laufen wir durch diese verwinkelte Steinstadt, für mich im kalten Regen nicht gerade ein Lieblingsort. In fast jeder Bäckerei steht ‚Teresa' über einem Gebäckstück, weil sie es wohl gerne aß, frittiertes Ei. Teresa sagte einmal über eine Frau, eine Nonne, die etwas mit ihr konkurrierte, sie hätte *den Geruch von Reliquien.* Ein bisschen eines Geruchs von Reliquien treibt sich hier auch herum: Teresas schöne Handschrift auf Küchenschürzen, Einkaufstaschen, Postkarten, von bunten Souvenirs aller Genres, Speisen und Plätzen.

Ihre erste Gründung hatte sie dem Heiligen Josef gewidmet, dem Zimmermann und Ziehvater von Jesus. Mit ihm verband sie eine innere Vertrautheit, ihm sprach sie die Hilfe in der Zeit ihrer schwersten Krankheit zu. Das kleine Kloster wird noch belebt, ein paar Nonnen haben sich hierhin zurückgezogen. Auch hier gibt es in einem Raum neben dem Konvent eine Art Museum mit einigen Gegenständen, die sie benutzt oder getragen und den Sarg, in dem sie ein paar Jahre – bevor sie umgebettet wurde – gelegen haben soll.

Neben diesem Sarg steht ihr Sattel. Da wird es lebendig in mir, auf diesem Sattel sitzend hatte sie auf einem Esel oder

Pferd Hunderte von Kilometern zurückgelegt, bis nach Andalusien, durch ganz Spanien hindurch. In diesem Museumsraum ist auch eine Zelle nachgestellt, wie sie zu Zeiten Teresas aussah. Ein Bett mit Überdecke, ein Kreuz darüber, ein Krüglein und Becherlein und ein breites Fensterbrett, auf dem sie schrieb und schrieb. Wenn ich solche Räume sehe, kann ich mir vorstellen, wie sie am Boden kniete und betete, wie sie auf dem Bett lag mit ihrem starren Holzklotz als Kopfkissen – nur Waschraum und Heizmöglichkeit fehlen mir. Sie lebte ja auch auf der Erde ...

Für die beiden Kirchen am Platz vor dem Konvent gibt uns die häkelnde Wärterin einen mittelalterlichen Schlüssel für das Gittertor vor den beiden Josefs-Kirchen. Eine große, barocke und eine kleine, klare, einfache aus gotischer Zeit. Dort setzen wir uns eine Weile in die Stille. Eine leise, sanfte Stille. Friedvoll. Ich sitze in einer Bank, über mir die quadratischen maurischen Deckenplatten und freunde mich mit dem von ihr so geliebten San José an. Bis die Wärterin aufgeregt hereinkommt und schnell hinter uns die Gitter wieder schließen will. Sie hat ja eine doppelte Aufgabe – den Empfangstresen im Museum und die Behütung der beiden Kirchen. Ich kann ihre Aufregung verstehen.

Am Abend finden wir doch noch ein kleines, quirliges Lokal mit vegetarischen Gerichten, auch einen großen Becher warmen Tee bekomme ich und der spanischen Anforderung an ein dreigängiges Menü können wir dort auch entkommen. Beim Essen erinnere ich mich plötzlich an etwas, das ich in meinen ganzen Reisevorbereitungen vergessen hatte: Bei meiner Beschäftigung mit Thomas Merton war ich auf der Homepage der Merton-Gesellschaft auf einen Hinweis gestoßen – sie würden mit der *universidad de la mistica* zusammenarbeiten.

Ich konnte mir das nicht vorstellen – wie kann man Mystik studieren? Wie geht das Lernen von äußerem, akademischen

Wissens mit der Erfahrung des Innersten, zu der man ja nicht über den Intellekt kommt, zusammen?

So mache ich mich heute schon recht früh mit dieser Frage auf den Weg, über die Stadtmauer hinaus, am Kloster und Museum der Menschwerdung vorbei. Ich gehe erst einmal hin, ganz munter, ohne Erwartungen, bin offen für das, was kommt.

Es ist ein modernes Gebäude, und das erste, was mich im Foyer auf einem großen Bildschirm mit den Ankündigungen von Vorträgen empfängt, ist Ibn Arabi, einer meiner sufischen Vorväter, es geht um seine Poesie ...

Das hätte ich mir gewünscht als junge Frau: Mystik studieren. Es ist ein riesiges Gebäude, fast spiralförmig, so sind die Gänge und Räume immer wieder rund oder halbrund.

So auch der blau gestrichene Flur, auf dessen Wand kleine Pfeile Hinweise geben – Raum der Stille, Meditationsraum, Kapelle, Buchladen, Hörsäle, Zimmer von - bis, Cafeteria, Sekretariat ... Niemand fragt, wer ich bin.

So gehe ich einfach einmal los, lande als erstes im Schweigeraum und setze mich in einen bequemen Sessel. Es gibt Sofas, kleine Couchtische und einen Blick in einen der begrünten Innenhöfe. Vielleicht um Teresas willen – sie gesellte jenen sieben inneren Seelenwohnungen Gärten hinzu. Der innerste war das Paradiesgärtlein, *nirgendwo sonst fühlt sich die Seele wohler*, und das innere Gebet sind die Röhren, die das Wasser leiten, und das *unmittelbar vom Quellort* strömende *quillt friedvoll und mit größter Ruhe und Sanftheit aus dem tiefsten Inneren unseres eigenen Wesens empor.*

Es ist große Kraft in diesem Raum. Einmal still sitzen, und ich habe im Grunde die Antwort auf meine Frage schon – hier wird nicht nur intellektuell gelehrt. Hier finde ich dich, Teresa, und deine Schwestern und Brüder der Zeiten vor und nach dir. Der Raum zeigt klar seine Offenheit für andere Wege, andere Pfade zum Licht, chinesische Wandbilder, ein Paravent mit buddhistischen Mandalas, das Gemälde eines muslimischen Weisen, japanische Schiebewände aus Reispapier vor zwei Fenstern.

Ich folge der Rotunde weiter, immer geht eine in die andere über, große Fenster in einen der inneren Gärten, Türen zu den Hörsälen, jeder mit dem Namen eines göttlichen Weisen oder einer Mystikerin. Hinweise zu den Studenten- und Gästezimmern, bis ich am Meditationsraum angelangt bin. Der Eingang führt über einen kleinen Bogen der Spirale, so dass der Innenraum nicht direkt von der Türe aus betreten wird. Wie schön, so ein ganz runder Raum, eine innere Wohnung; im Zentrum eine geschmiedete, quadratische, durchbrochene Säule auf einem orientalischen Teppich, obendrauf eine kleine schmiedeeiserne Figur Jesu als Hirte, als Wanderer. Im ganzen Raum kein Kreuz. Nur eine Kerze brennt.

An der Wand führt rundherum eine durchgehende Bank mit weichen Sitzkissen, keine Plätze der Marterung. Darüber chinesische Kalligrafie auf schmalen Streifen Reispapier, ein zarter Wind aus Zen und Daoismus.

Und ein großes Acrylbild: kosmischer Christus – ohne Körper, nur ganz feine Lichtzentren, leise, kraftvoll strahlend, übereinander eingebettet in eine materielose Weite. Transzendierendes Abbild des unermesslichen Lichts, das nicht abzubilden ist.

Hinter der Wand hört man das herzhafte Lachen der Studentinnen in einer Vorlesung ...

Die Kraft im Raum ist göttlich. Teresa, du lebst. Das hier ist kein Museum. Ich sitze eine Weile in Stille und mein Herz löst sich auf im offenen Raum.

Vor dem lachenden Hörsaal nebenan ist eine Liste der teilnehmenden Studenten, jung, alt, aus aller Welt, aus Kolumbien und China, bis in den Libanon ...

Ich ziehe meine Kreise weiter an der blauen Wand entlang und lande in der großen Kapelle, diesmal wie eine Kirche mit Altar und Tabernakel. Auch wieder alles in großer Einfachheit, klaren Linien und essenzieller Symbolik der mystischen

Einheit – alles weist nach innen. Die Ikone über dem kleinen Tabernakel: rund, ein Abbild Teresas, mit ebenso ganz feinem Heiligenschein, keine Teresa mit leidensvollen, verdrehten Augen, sondern klar, nach vorne gerichtet, über der Mitte ihrer Brust noch ein Kreisbild mit drei Engeln um einen Kelch im Zentrum des Herzens, das den Wein der Liebe getrunken hat.

Im Grunde erlebe ich eine Antwort auf meine Frage, ob man Mystik studieren kann, einfach durch mein Dasein an diesem Ort, nur weiß ich nicht ganz, wie es geschieht. Ich winde mich nach unten in die Cafeteria und treffe dort den Professor und Teilnehmende des lachenden Kurses. Sie nehmen in großer Herzensfreundlichkeit meine Frage an und versuchen Antwort zu geben.

Teresa hat nach ihrer ersten Klostergründung in Avila noch viele andere in ganz Spanien ins Leben gerufen und dem Leben und der spirituellen Suche in diesen Klöstern Regeln und Ausrichtung gegeben. Und eines ihrer Anliegen war der schwesterliche – später auch der brüderliche – Umgang miteinander, das Zusammenleben als Spiegel des gemeinsamen Wegs der Liebe.

Und das ist die erste Antwort, die mir eine der Studentinnen gibt: Sie leben neun Monate zusammen, tauchen ein in die Texte und Erfahrungen von Teresa, Johannes vom Kreuz und vielen anderen, und versuchen das dann auch zu leben. Und im Zusammensein käme natürlich bei jeder alles hoch – und das gelange in das tragende Gefäß dieser zeitlichen Gemeinschaft.

Die Freundlichkeit kommt aus tiefem Herzen, ein offenes Empfangenwerden, und die Gesten ihrer Hände weisen immer zum Herzen hin; in ihrem etwas stotternden Englisch machen sie mir verständlich, dass es immer nur um das Innere geht, das Göttliche innen. Wo sonst. So ganz selbstverständlich. Als wüssten sie, dass ich sie verstehen kann. Jenseits aller Sprachen.

Und dann machen sie ihren Master in Mystik. Mystik als moderne Wissenschaft – das hätte dir gefallen. Und die Frauen sind hier, große Schwester, du hast gute Vorarbeit geleistet. Versöhnt und froh tanze ich den Berg zur Stadt hinauf.

So kann ich dich, doch liebgewordenes Avila, morgen erst einmal für ein paar Tage verlassen.

Das Wohnen hier im nicht gerade touristenreichen Kastilien ist – im Gegensatz zum Essen – verhältnismäßig günstig, so war ich bei meiner Buchung für Salamanca nicht sehr genau und lande mitten in den Sternen. Gott lässt sich's gutgehen.

Und es ist schön, ein wundervolles Haus. Die alten, dicken Mauern erleichtert von den schweren klösterlichen Erinnerungen, feine Holzböden und heller, lehmfarbener Putz mit weiß abgesetzten Streifen unter der dunklen Decke. So viele Details an Ästhetik, dass Gott es hier sicher nicht nur bei den alten Brüdern zum heiligen Sebastian, der ja genug gelitten hat, sondern auch jetzt, mit mir fröhlichem Menschlein, gefällt. Und sonnig ist es auch, die Strahlen fallen gemildert durch den Spalt der dunklen, südlichen Läden vor den Fenstern.

Auf ihren vielen Reisen landete Teresa oft nur in einem Raum mit Stroh am Boden oder in heruntergekommenen Herbergen, ritt auf dem Esel oder saß in einem unerträglich rumpelnden Ochsenkarren. Und da hatte sie nichts dagegen, manchmal auch in einer fürstlichen Kutsche von einem ihrer adligen Unterstützer zu reisen. So mochte sie es dann auch, wenn sie ein Bett mit einer frischbezogenen Decke und Baldachin bei Freunden, einem ihrer Förderer oder Adligen fand, *denn das Reisen war beschwerlich genug, bei Kälte, unter der glühenden Sonne, mit Schnee, der manchmal ununterbrochen den ganzen Tag fiel, andere Male verirrten wir uns, wieder andere Male litt ich an vielen Plagen und Fieberanfällen* ... Und zu alldem kam ihr großes Gefühl von Schwachheit, oft auch Unwillen und immer wieder ihr *Kampf und diese Zerreißprobe, gleichzeitig Gott und der Welt zu dienen,* auch wenn sie ihre Schwestern lehrte, *allein mit Gebet und Beschauung könnt ihr euer Fundament nicht erreichen.*

Ich reiste bequem, nur eine Stunde mit dem Auto auf den Straßen Kastiliens. Heute Morgen hatten wir Avila verlassen, diese Stadt mit so vielen Gesichtern, je nach Blickwinkel. In der Enge so einer Altstadt hinter der hohen Mauer ein stiller Platz nahe Teresas erstem Rückzugsort und auf der anderen Seite der Mauern, in der Universität der Mystik, der Weg in die Zeit. Die Begegnungen dort schwingen heute noch in mir nach, dort traf ich sie, auch in ihrer Modernität, die sie selber lebte. In einer Weise leben sie einen Teil Teresas Botschaft, auch gewiss in die Welt von heute herübergeholt. Teresa waren Wissen und Bildung immer wichtig, nicht nur der gelebte Pfad. So war es zum Beispiel ein bei einem Onkel zufällig gefundenes Buch, das sie in den ersten Jahren ihrer ganzen Verzweiflung mit ihrem inneren spirituellen Erleben, ihren Visionen, ihren inneren klaren Erkenntnissen rettete. Sie fand dort Resonanz und vor allem Struktur und Hilfe für das innere Gebet. Denn nicht nur sie, sondern auch ihre Beichtväter waren ratlos, weil sie nichts von mystischer Erfahrung wussten.

In Salamanca gründete Teresa ihr siebtes von insgesamt achtzehn Frauen- und fünfzehn Männer-Klöstern. Zu diesem Zeitpunkt ruhte ihre Seele voll Frieden in der EINEN Wirklichkeit – was nicht hieß, dass ihr inneres Ringen beendet war.

Aus dem ursprünglichen Bedürfnis nach einer stillen Gebetskammer für sich, war jetzt diese *in Flammen stehende Welt* die Triebfeder für ihre Gründungen. Einen Raum zu schaffen für Menschen, deren Seelen sich nach Frieden sehnten – innerer Friede, äußerer Friede ... *Schlaf nicht, schlaf nicht, denn es gibt keinen Frieden auf Erden.*

Teresa war eine geniale Netzwerkerin, zum einen, weil sie es immer leicht mit Kontakt hatte, intelligent und schlagfertig war. Und zum anderen sicherlich auch durch ihre adlige Herkunft. Wobei dieser Adel noch etwas locker und frisch erstanden auf der Familie saß. Der Vater war Jude gewesen und gerade zum Katholizismus konvertiert, sonst hätte er das Land verlassen müssen; im Hintergrund flossen also in Teresas Erziehung das Judentum und das Christentum mit ein – und der letzte maurische Einfluss lag auch noch in der Luft. Eine reiche Basis für einen offenen Geist.

Sie hatte Freundschaften und Verbindungen mit Angehörigen aller Gesellschaftsschichten, auch dem Hochadel, königlichen Beamten, Bankiers, Geschäftsleuten, Ärzten und einem großen Kreis von Freundinnen und Gönnern und doch auch einigen wenigen sie – trotz allem – sehr wertschätzenden Kirchenmännern.

Als sie in Salamanca angekommen war – dort hatte eine Frau Ovalle für sie ein Haus für die Neugründung gemietet –, war das Gebäude noch von Studenten belegt, weil das Semester schon begonnen hatte. Sie hatte in der Stadt bei ihren ganzen Bemühungen um dieses Haus verschwiegen, wozu sie es eigentlich wollte, denn sie meinte, da wäre sie jetzt nach all ihren vorherigen Erfahrungen schon ‚gewitzt' genug.

Sie ließ nicht locker, so dass sie noch in der Nacht ihres Ankunftstags mit der sie begleitenden Schwester (Frauen durften nicht alleine reisen) einziehen konnte, wobei die Hinterlassenschaften der Studenten, vor allem, was das Thema Sauberkeit anbelangte, die beiden die Nacht über noch beschäftigten. Am Morgen feierten sie dann gleich – da war sie immer ein bisschen schnell – eine Andacht, damit die neuen Schwestern kommen konnten. Dazwischen lag allerdings nicht nur das Putzen, sondern die schreckliche Angst der Mitschwester vor Geistern – es war die Nacht vor Allerheiligen. Teresa musste schmunzeln und gab auf alle Ängste und Fragen ihre praktischen Antworten, vor allem holte sie die Arme wieder ins Jetzt zurück, wo ja gar nichts passierte.

Fast vier Jahre bestand das Kloster in diesem Haus in Salamanca, das Teresa auch noch selbst einrichtete, sie wusste inzwischen alles, was die Schwestern brauchten, wenn sie ihr ganzes Leben in diesem Haus verbringen sollten. Es tat ihr sehr leid, als sie später feststellte, dass die Schwestern litten, weil das Haus feucht und sehr kalt war, was natürlich bei der Abgeschlossenheit, in der sie lebten, große Trostlosigkeit bedeutete.

Ein vornehmer Herr aus Teresas Umfeld war schließlich voller Mitleid und organisierte ein neues Haus, das umgebaut wurde. Sie trieb ihn dann fast ungeduldig zur Eile an, damit die Schwestern bald in ihren neuen kleinen Konvent einziehen konnten. Sie schrieb später, dass in keinem ihrer Klöster die Schwestern je so viele Prüfungen erlitten hätten wie hier in Salamanca. Aber es waren so in sich gefestigte Frauen, dass sie niemals eine vergrämt gesehen hätte.

Salamanca nimmt mich sofort in die Arme – die Stadt atmet jung, ich atme frei in diesem hellen Sandstein, freue mich am Leben auf den Straßen und Plätzen, hier bin ich mir willkommen.

Ich hatte die halbe Nacht gelesen und wollte gar nicht mehr aufhören. Im Morgengrauen öffnete ich die Fensterläden und beobachtete die Graustörche beim Nestbau auf dem Hausdach gegenüber, ihr Eingespielt-Sein in einer Sprache, die ich nicht kannte, ihren harmonischen Rhythmus im Kommen und Weiterfliegen, das feine Schimmern ihrer ausgespannten Flügel im Licht der aufgehenden Sonne.

Das Frühstück ist in einem Gewölbe aus schmalen Backsteinen, mit großen, lichtspendenden Fenstern zur Terrassenseite. Vielleicht war dieser Raum einmal das Refektorium gewesen, in dem die Mönche ihr kaltes Fastensüppchen schlürften und nicht so üppig und schön die Speisen drapiert bekamen,

Ich bin etwas still und wortkarg heute Morgen und ziehe mich nach dem Frühstück in eine Nische des großen Foyers zurück. Dieses helle Ocker an den Wänden, immer mal wieder unterbrochen durch ein Nische, eine breite Linie in Weiß, ein aufgeschlagenes Kunstbuch, hält mich gerade am goldenen Faden. Denn ich bin dabei, mich mit meinem vielen Lesen im überwältigenden Material zu verlieren. Auch in Geschichten über die große Heilige, die im einen Buch so und im anderen so erzählt werden. Dafür hätte ich auch zu Hause bleiben können. Ich bin nicht dabei, eine Doktorarbeit über Teresa von Avila zu schreiben, da gibt es wahrscheinlich schon Tausende. Vielleicht bin ich eher hier, um mich an die Schönheit ihrer Seele in mir zu erinnern. Um etwas in mir ins Licht anzustoßen, inspiriert durch die große Vorangehende. Vielleicht um Kastilien zu atmen, das Pflaster zu berühren, das sie betrat, als sie ihr empfangenes Wissen auf den Boden des Lebens brachte, an Orte aus Etappen ihres Weges zu gehen, einfach da zu sein, wo sie war, und mich in mir in die Kristallisation ihrer Klarheit zu öffnen, um sie in ein Heute hinein zu verstehen, zu übertragen.

Ein zurückhaltender spanischer Ober bringt mir einen Café Cortado und lässt mich weiterhin respektvoll in Ruhe. Es ist so friedvoll hier, lehne dankbar in meinem kühlen Ledersofa.

Innerer Friede. Äußerer Friede.

Was ich weiß, ist, dass sie wie die Mystikerinnen des Mittelalters auf ihrem einzigartigen Weg ausschließlich aus ihrer Anbindung an ihre tiefste wurzellose Wurzel, sie nannte sie Gott, gegangen ist. Es waren die Mystikerinnen des Mittelalters, die als erste Frauen in der Geschichte ihre ganz eigenen Wege gingen, die Bücher schrieben – wenn sie schreiben konnten –, die lehrten, die Formen des Zusammenlebens entwickelten, die innen frei und eigenständig waren – und so oft dafür mit dem Tod bedroht wurden oder auch tatsächlich dafür sterben mussten. Und dann versiegte dieser helle Strom der leuchtenden Lebenskraft immer wieder. Und du, Schwester, geboren an der Schnittstelle von Mittelalter und Neuzeit, bist in so vielen Bereichen über deine Zeit hinausgegangen, furchtlos im Ungetrennten.

Das ist der Kern meiner Reisen, diese Vision zu berühren, zu teilen, dass Wandlung erwachsen kann aus diesem

Verwurzelt-Sein in der einen unnennbaren Quelle, in der unermesslichen Schönheit unseres wahren Wesens. Da ist keine Furcht, da ist nur drängender Boden. Du hast dich mit den Oberen der Kirche, der größten Macht zu jener Zeit, angelegt, du hast als erste Frau eine Autobiografie geschrieben, die deinen Weg mit uns teilt, mit all seinen Hindernissen, du hast es gewagt, zu lehren und Grenzen zu überschreiten – und der einzige Bezugspunkt war deine innerste Wahrheit. Diese Wesentlichkeit auf allen Ebenen ist dein Geschenk an uns.

Und deshalb, Schwester, bin ich hier, wieder fünfhundert Jahre später. Mich von dir erinnern zu lassen, dass wir Mystikerinnen unserer Zeit – wohl mit neuen Namen – jetzt daran sind, hineinzutauchen in die grausamen Ausbrüche einer getrennten, zerbrechlichen Welt, um eine Sprache zu finden, ein Neues, nie von uns Gehörtes. Wie, Schwester, ist meine brennende Frage. Ich weiß, dass du mir die Antwort nicht geben kannst, aber das Sein mit dir hier, so sichtbar oder verborgen – stößt mich an, ist Lichtkern jeder Zelle, ist Beet meines Liebestanzes in eine neue Erde.

Teresa lebte in einer Zeit der Inquisition, in einem extrem patriarchalen kirchlichen und gesellschaftlichen Umfeld. Das heißt, sie sprang aus den Regeln oder spielte höchst kreativ und intelligent, auch mit Charme und umwerfender Aufrichtigkeit, Hingabe und Demut mit ihnen. Sie war ohne Furcht, weil sie ihrem innerste Göttlichen vollkommen hingegeben war.

Aus diesem Raum heraus konnte sie den Sprung aus ihrer Zeit, diesem angsterfüllten Basar, auf dem mit Gott geschachert wurde, wagen und in eine Begegnung mit der Liebe öffnen, dem Zentrum ihrer Lehre. Sie führte ihre Schülerinnen, später auch ihre Schüler und viele der Männer der Kirche, einschließlich einiger ihrer Beichtväter, aus dem *rigor,* der Strenge, Askese, der Selbstmarterung, der Geißelung, absoluter Armut, dem extremen Fasten in die *suavidad,* die Milde. Sie wendete das Herzlose in die Liebe des verborgenen Herzens, und war in der Lage, auf diesem neuen Weg auch zu führen. Sie holte die Menschen da ab, wo sie waren, und bezog sich auf deren Fähigkeiten. Es ging ihr nicht um äußere Strenge, sondern um innere Freiheit und tiefe Humanität, um einen schwesterlichen Umgang miteinander, das Zusammenleben im Geist des FREUNDES zu üben, sich auch Räume der Erholung zu geben, alles in Maßen zu gestalten. Sie meinte, um wirklich Fehler an sich sehen zu können, brauche es Erleichterung und Liebe, es brauche ein genaues Verstehen, was das Ich-Sterben wirklich bedeute. Und das in *entschlossener Entschlossenheit.* Liebe ist nicht lasch.

Sie hat diesen Wandel in eine alles beherrschende, patriarchale Theologie und Religiosität eingebracht, aus der Frauen nicht nur ausgeschlossen, sondern als zutiefst minderwertig betrachtet wurden. Wohin geht der Sprung der Mystikerinnen von heute? Wenn wir die Evolution der reifen Seele in die Welt hineintrügen und unser Herz und höhere Intelligenz in milder Wucht aus den Nischen schlüpfte? Was hieße es, dieses verdorrte Gottesbild unserer Zeit in einen neuen Raum unserer Zeit zu transformieren? Erst das Herz über die Hürde werfen, dann springt das Pferd von alleine, sagt die Reiterin. Unser Sich-Zeigen wäre nicht mehr lebensbedrohlich. Uns könnten vielleicht erst mal etwas Unverständnis und Lächerlichkeit drohen. So what, beides nicht tödlich.

Es gibt auch hier in Salamanca eine Art Museum von diesem Haus der ersten vier Jahre. Ich suche im Moment eher den offenen Raum für offene Fragen, keine Reliquien, und marschiere jetzt lieber in die alte Universität – eine der ersten überhaupt in Europa.

Für Teresa war Salamanca mit seinem damals fast globalen Universitätsbetrieb eine fremde Welt. Das alte, vor siebenhundert Jahren errichtete Gebäude steht noch, hier haben viele ihrer Beichtväter, Kritiker, Freunde und spirituellen Begleiter – zum Beispiel Johannes vom Kreuz – studiert. Es gab natürlich als wichtigstes Fach Theologie, aber auch Naturrechtslehre, Medizin und Nationalökonomie. Die Räume sind über zwei Stockwerke um einen Innenhof angelegt, wie bei einem Kreuzgang, und man sieht an vielen Stellen noch die Spuren maurischer Gestaltungselemente.

Es gibt einen Hörsaal, mit rotem Samt auf ehrwürdigen, gotischen Sesseln und an den Wänden Gobelins. Der Raum wird auch heute noch genutzt – wenn jemandem die Ehrendoktorwürde verliehen wird. Ich setze mich gleich auf einen der schmalen Stühle und lasse alle Würden über mich ergehen. Bei Teresa waren sie mit der Ehrendoktorwürde vierhundert Jahre zu spät dran. Nochmal fünfzig Jahre später, Ende des vorigen Jahrhunderts, wurde sie dann in Rom in den Rang der ersten Kirchenlehrerin überhaupt gehoben. Eilig hatten sie es nicht und so richtig kann ich die Folgen davon auch nicht erkennen.

Da sitze ich, in der ockerfarbenen Sandsteinstadt in meiner Würde, es sind Räume, in denen das wunderbare Wissen unseres Menschseins gesucht, gefunden, gelehrt wurde, ich bin glücklich über all den reichen Geist, der durch die Gänge weht. Und spüre eine große, traurige Leere in mir – siebenhundert Jahre ohne uns.

Fürwahr eine fremde Welt. Jahrhundertealte Tradition, die so viel hervorgebracht hat, in der unser ganzes heutiges Wissen wurzelt – nur die andere Hälfte der Menschheit fehlte dabei. Dr. Teresa von Avila zum Beispiel; ach, hätte sie doch *suavidad* gelehrt ...

Wie sähe unserer Welt heute aus?

Und – es ist so geschehen. Wir können über diese Lücke der Epochen springen und aus dem NICHTS die Welt füllen. Welch eine Chance haben wir jetzt – dabei die Männer immer tief liebend –, weibliche Intelligenz und Weisheit mit neuen Visionen aus Liebe und Weite der Menschheit und dem Planeten zu bringen. So wie du, Schwester, zu deiner Zeit. Nur allein damals. Wir sind schon viele heute.

Vor ein paar Jahren las ich Yoganandas Autobiografie noch einmal – mit neuen Augen –, und er berichtete von seiner Europareise, auf der er auch in Alba de Tormes vorbeikam, an dem Teresas Sarkophag steht. Yogananda meinte, es sei einer der stärksten Kraftplätze Europas.

Also fahren wir am Nachmittag nach Alba de Torme, ein kleines Städtchen zwanzig Kilometer von Salamanca entfernt. Dort hatte Teresa ihr nächstes Kloster gegründet, auch heute noch gibt es den Karmeliterorden dort.

Wir durchstreifen eine flache, landwirtschaftlich genutzte Gegend. Zwischendurch einige Steingevierte mit alten Olivenhainen. Momente, in denen plötzlich am Horizont wieder die Schneeberge im fernen Dunst auftauchen, selbst wie zarte Wolken.

Alba ist einfach, klein und arm, auf einem Hügel gelegen, der gekrönt wird von einem breiten Steinturm, der Burg der alten Albas. Weiter unten die Kirche. Ich suche mal wieder einen Eingang, nicht auf der Flussseite, nicht vorne zum großen Platz hin, erst hinter einer langen Mauer, hinter der der Konvent ist, finde ich ihn.

Wie ungewöhnlich – ein Holzfußboden in einer Kirche. Ich setze mich in eine der Bankreihen und werde erst einmal still. Es ist weich hier. Leise nicht. Ein Mönch schleift das Rednerpult für seine Predigt vom Seitenaltar bis in die Mitte vor den Hauptaltar, redet gestenreich mit der Mesnerin ...

Gut so. Stille ist innen. Teresa, in ihrer Umtriebigkeit, musste es notgedrungen ja auch lernen, dass das Einsein mit der göttlichen Wirklichkeit nicht nur in der Abgeschiedenheit der Zelle im inneren Gebet erfahrbar ist, sondern überall, in allem, was sie tat.

Weit über dem Altar ist ein ziseliertes Gitter, hinter dem der verzierte Marmorsarg fast fliegt, so weit oben ist er. Da oben soll es noch eine kleine Kapelle geben, also hinter dem Sarg. Ich muss durch ein ganzes Museum – schon wieder eines –, dann eine Wendeltreppe hoch, also hinter und über der

Apsis, um in diesen kleinen Kapellenraum zu gelangen. Jetzt ist das Gitter vor dem Sarkophag auf dieser Seite. Ein paar kleine Hocker gegenüber. Ich lehne mich an die kalte Wand und erfasse den Ort, außen, innen. In meiner eigenen Wahrnehmung, meiner Offenheit für Orte.

Vielleicht hatte Yogananda hier Kontakt zur großen Lehrerin bekommen, sich mit ihrem Geist verbunden. Ich für mich finde keinen Ort hier, aus dem ich Kraft schöpfe, ich erlebe ihn eher in unruhiger Leere. Seltsam.

Auf dem Sarkophag steht links ein reichst-verziertes Glasherz, in dem das körperliche Herz der Heiligen hängt wie ein vertrockneter Lederlappen. Auf der anderen Seite ein gebogenes Glasrohr, in dem ihr linker Arm aufliegt. Trocken, aber als Körperteil erkennbar.

Ich sehe gleichsam ihre Drehgeschwindigkeit im Sarg, dass die Fetzen nur so fliegen, dass aus ihrem Körper Reliquien entstanden sind. Sie, die das *innere Gebet* lehrte, große, große Schwester, ich flüchte aus diesem Raum, betrachte nichts sonst in diesem Museum mehr, sicher alles wunderbare Kunst, aber ich kann keine Leidenden, Heiligen oder Vergoldeten, Verzierten in Süße, Aufgehängten, Durchbohrten mehr sehen. Jetzt ist Schluss. Nichts mehr wird besichtigt. Ich bin der Kirchen übervoll und muss richtig alles, was man dir angetan hat, von mir abschütteln. Lass uns die Freiheit ohne den Schleier der Bilder der Welt leben, geliebte Schwester, so wie du sie gelebt hast.

Einen Café con Leche am Ufer des modrigen Flusses Terme trinken.

Dich herausfischen aus der Gefangenschaft deiner Vermarktung und Versüßlichung und kirchlich-patriarchaler Uminterpretationen. Und – lass mich ungerecht sein – jetzt gerade, große Schwester, ist mir schlecht von der Betrachtung deiner vertrockneten Körperteile, und ich kann nur innen in dein wissendes Lichtherz fallen.

Ich betrete heute keine Kirche mehr, keinen Tempel, keine Moschee (komm ich sowieso nicht rein), keine Höhle, nur mein Herz, das alle Tempel enthält.

Und sehe natürlich auch, mit welch wertenden Augen ich schaue. Lieben wir meine Ungerechtigkeit. Und all die Putten, Leidenden und Grausamkeiten dazu. Am besten einfach alles. Die Herausforderung ans Geheimnis.

Die Seele liebt keine Bilder der Gottheit.

Um die Herzogin von Alba zu trösten, wurde Teresa hierher geschickt – obwohl sie das überhaupt nicht wollte. Es mutet mich jedesmal seltsam an, dass einer der Kirchenmänner – wo auch immer er innerlich oder äußerlich stand – einer solchen Frau Befehle geben konnte. Teresa löste es oft so, dass sie den äußeren Befehl in sich in einen inneren transformierte. Diesmal war es auch noch Pater Graciàn, mit dem sie ein tiefes Band verband, das für das ganze Leben geschlossen worden war, als sie mit über sechzig Jahren den um dreißig Jahre jüngeren Pater traf. Sie hatte damals, kurz nach ihrer Begegnung mit ihm, eine Vision, in der Christus ihrer beiden rechten Hände ineinanderlegt und sie diesen – Graciàn – an seiner Statt annähme und sie deshalb in allem miteinander übereinstimmen sollten. *Die heilige Verbundenheit beider im göttlichen Feuer machte aus ihnen zwei liebende Seraphim, deren Flug von Gott kommt und zu Gott geht,* hieß es bei Pater Graciàns Trauerfeier. Ein Visionsbild für einen Weg spirituellen Einklangs, der inneren Erfahrung und der tatkräftigen Umsetzung, was die beiden dann auch voll Liebe im steten, einzigen Bestreben, den Karmelorden in Teresas modernem Geist zu halten, taten.

Und – es ist ganz klar auch eine hochzeitliche Metapher.

In dieser Liebe war alles – das Ineinandersein in der *unio,* ihre Mütterlichkeit und ihr Tochtersein, da er ihr Beichtvater wurde, und die Frau, die ihr ganzes Ich schenkt und etwas wie einen letzten Befreiungsschritt erlebt. *Ich war so zufrieden und glücklich, weil mir schien, ich sei von mir selbst frei geworden.*

Und etwas ganz Zartes, getragen vom Wind des Eros, durchweht diese Liebe. Und dieser Pater Graciàn, in dem sie dem göttlichen Geliebten begegnete, schickt sie zur trostbedürftigen Herzogin von Alba, in die Burg hier oben über der Stadt.

Teresa war inzwischen im für damals hohem Alter von siebenundsechzig – ihr Leben lang von brüchiger Gesundheit, zermürbt von ihren vielen Reisen und Sorgen um das, was sie geschaffen hatte, und krebskrank.

Und diese Erschöpfung eines großen Lebens bricht sie gleichsam in eine zutiefst menschliche Ebene – sie fühlt sich unendlich verlassen und vermisst ihren Graciàn. Sie, die zum Trostspenden hierher gekommen ist, fühlt sich einsam wie nie. *Niemand vermag diese Leere auszufüllen, die Sie hinterließen,* schreibt sie in einem ihrer letzten Briefe an ihn. Nichts könne ihr wieder Ruhe geben, *es sei denn Gott und jemand, der mich so versteht wie Sie.* Alles Übrige sei ihr schwerstes Kreuz. So meinte sie zu Jesus, es sei jetzt an der Zeit, dass sie sich sähen ...

Eine Farbe dieser Liebe erinnert mich an diese letzte Liebe Thomas Mertons, zu der er meinte, dass die menschliche Liebe die GROSSE Liebe noch ganz gemacht hätte. Und kurz danach starb er.

Teresa auch. Hier, fern von allen.

Still fahren wir zurück in unser Hotel. Wie verbunden dort das Alte mit dem Neuen ist, alte Mauern mit neuen, klaren Formen, neues Licht. Einfachheit. Danke, du namenloser Geliebter, danke, dass ich gerade hier sein kann. Befreit vom Zierrat der Welt.

Über dem Hotel kreisen die Graustörche.

Und unter ihren Schwingen streifen wir am späten Nachmittag, nach einem Spaziergang am Fluss Tormes, durch die Altstadt dieses Weltkulturerbes der Menschheit. Salamanca – schon der Name singt – trägt in seiner Mitte, so wird erzählt, den schönsten Platz Spaniens – ich war noch nicht auf allen spanischen Plätzen –, die *Plaza Mayor.* So ein vollkommener Ort, das Herz der Stadt, fast quadratisch, Rundbogen-Arkaden auf allen vier Seiten, zurückhaltende Reliefs an den Sandstein-Fassaden, feine Eisengitter vor den Balkonen.

Wir setzen uns in eines der vielen Cafés, die Stühle reichen gar nicht ganz in den Platz hinein, so dass die Mitte weit und offen bleibt. Die Sonne hat schon ihren Heimweg begonnen und entzündet den weichen, salamancinischen Sandstein in ein leuchtendes Gold, die feinen Reliefs spielen an den Wänden mit Licht und Schatten. Ganz zart.

Irgendwo in dieser Pracht, unter Königen und Honoratioren der Stadt auf den kleinen Medaillons in den Rundbögen der Arkaden, ist auch Teresa mit uns im flüchtigen Licht der Dämmerung.

So sitze ich da unter ihrem Portrait in der Unwirklichkeit der Wirklichkeit der Welt, sehe alles ohne Raum, als gäbe es es nicht, dieses Spiel Leben – Welt – Leben und lese Jakob mit leiser Stimme, auf dass es jedes Herz am schönsten Platz in uraltester *suavidad* hören mag, aus Teresas Gedicht vor –

In Meines Herzens Tiefe trage
ich dein Porträt, so echt gemalt;
sähst du, wie es vor Leben strahlt,
verstummte jede bange Frage.
Und wenn dein Sehnen mich nicht findet,
dann such nicht dort und such nicht hier:
Gedenk, was dich im Tiefsten bindet,
und, Seele, suche Mich in dir.

Auf dem Heimweg kommen wir am Haus der Muscheln, einer Station auf dem Jakobsweg vorbei; in einem Fenster spiegelt sich schon der Mond der Nacht. Wir gehen über Rosenblätter, die noch auf dem Pflaster liegen, vom ersten Umzug – heute ist Palmsonntag – der *semana santa.*

Mein Hotel hat mich heute Morgen entlassen unter dem weiten Gleiten der grauen Störche. Es hat mich gut begleitet auf meinen Wegen in der hellen Sandsteinstadt. Ich gehe ohne Wehmut, nur Dankbarkeit und nicht die Frage, ob ich je wieder an diesen glücklichen Ort zurückkehre. Keine Zukunft. Keine Vergangenheit. Alles ist offen. Gott kennt keine Zeit.

Es ist nur eine Stunde von Salamanca nach Avila zurück. So sitze ich schon wieder am späten Vormittag auf der Galerie über dem Patio meines Hotel-Palastes der Edlen von Valeda und will vor meiner Abreise morgen noch einer Fährte nachgehen. Auf dem Rückweg vom Kloster der Menschwerdung, außerhalb der Stadtmauer, aber noch innerhalb der Altstadt, ging ich an meinem ersten Tag an einer weißen Flagge vor einem Gebäude vorbei, auf der stand: *centro de interpretaciòn mistica.* Ein Zentrum, das Mystik interpretiert, auslegt. Noch ein Museum?

Und ich begegne etwas Einmaligem – zumindest in Europa. Es ist der Versuch, die – natürlich nicht linearen – Schritte auf einem mystischen Weg, wie das Innere der meisten Religionen und Pfade sie erzählen, als ein universales Wissen erlebbar zu machen. *Eine einzigartige Metapher mystischer Manifestation aller Kulturen durch alle Zeiten, und daher unteilbar. Architektur, Malerei, Skulptur, Objektkunst, Design, Musik, Licht und Schatten, Klang, Materialien, Worte und Poesie arbeiten zusammen in diesem kühnen Projekt: um Mystik zu den Männern und Frauen unserer modernen Welt zu bringen als eine wertvolle, ganz aktuelle Möglichkeit.*

Wie soll das denn gehen?

Und es geht.

Jedes Detail ist jetzt Bedeutung – mein erster Schritt vom Garten aus in ein Labyrinth aus Kalkstein und Lehm, dann in die Eingangshalle – immer wieder die Metapher, einen neuen Raum zu betreten. Hier im Geist Johannes' vom Kreuz: *Und ich bin hineingekommen und weiß nicht wo* ... Dann geht es mit dem Lift nach unten. Klar, in die Tiefe, in den ersten Raum, dunkel, umrandet mit Vulkangestein, das uns daran erinnert, dass Manifestationen der Mystik sich seit Urzeiten durch die Geschichte der Menschheit ziehen. Bis heute.

Wege aus dem Innersten der Traditionen, Daoismus zum Beispiel, Buddhismus, Kabbala, den eleusischen Mysterien, Sufismus, Christentum und anderer (es wäre auch noch Platz für die ganz modernen) Wege der Menschheit. Die Worte ihrer Weisen hängen an einem Baum des Lebens und der Unsterblichkeit, dessen Wurzeln im unendlichen Himmel (eine offene Etage höher) erwachsen und ihr Licht in die allnährende Erde tragen – die Vertikale, die Horizontale.

Dann die mystischen Erfahrungen, Schweigen und das Wort, die großen Stille, Erkenntnis des Selbst, die Zeit des ‚einsamen Vogels', die innere Suche im Bild der geheimen Leiter, und der Schleier aus geflochtenem Hanf – das universale mystische Thema: Die Welt der Erscheinungen verbirgt und zeigt zugleich das Geheimnis.

Ich halte es fast nicht aus, wie jeder Schritt die innerste Welt künstlerisch ins Erleben trägt. Ganz langsam gehe ich, außer Zeit im Raum.

Am Schluss, nachdem ich die Treppe ins Licht fast geschwebt bin, lande ich auf dem Marktplatz der Welt, erlebt und gelebt im weiten Bewusstsein.

Ein wirklich breiter, leicht unregelmäßig gerundeter Felsstein hängt an einem Seil von der Decke. Direkt unter ihm ist eine dünne Schicht Sand auf der Erde, als wäre er aus dieser minimalsten Bewegung – der schwere Stein hängt frei – körnchenweise herausgeweht. Um diesen niederen Sandhaufen herum, in der Höhe fast über dem ganzen Stein, sind vier Glaswände. Nur Glas, keine sichtbaren Randverbindungen. Innen in diesem Glasquadrat steht rundherum am oberen Rand Geschriebenes, Buchstaben so zart wie Milchglas. Also wenn ich außen stehe, sehe ich zwei Schriften, Texte der Weisen, von Buddha bis Rumi und denen vor und nach ihnen. Die einen, bei mir nahen Worte, sehe ich in Spiegelschrift, weil sie ja im Inneren des Glasraums geschrieben ist, auf der anderen, mir gegenüber liegenden Scheibe, sind die Worte für mich lesbar, an den seitlichen Wänden verschwimmen die

Ebenen. Das hebt mich in einen Raum über mein kognitives Denken hinaus, gibt dem Vordergründigen der Welt das Nicht-Wirkliche und lässt das dahinterliegende Geheimnis als das Wahre schimmern.

Die frühe Sonne über den kastilischen Vorbergen begleitet uns am nächsten Morgen bis in die Vorstädte Madrids. Die Stadt glüht im Widerhall ihres Lichts.

Und ich bin nur dankbar aus mildem Herzen in geheimnisvollem Frieden.

Weit über mich hinaus.

planet erde, blau

her-berge

... die Harmonie des Anfangs ...
Das Wunder, von dem wir alle ein Teil sind.

SEBASTIAO SALGADO

DAS SCHÖNSTE HOTEL, DAS ICH AUF MEINER Reise fand, ist ein blauer Planet.

Als ich ihn betrat – an einem strahlenden Wintertag, der Schnee in blendender Schönheit, war ich schutzlos. Ich sah diese Schönheit schon, als meine Augen noch verschlossen waren.

Diese Erde liebte mich einfach vom ersten Moment an und schon ewige Zeiten davor, sie liebte mich alles umfassend, wohin auch immer ich mich wandte.

So bin ich geblieben, und sie wurde mir ein fester, flüchtiger Wohnsitz, eine für alles Sorgende, aus Freude, aus Liebe, aus Licht.

Und jetzt bin ich schon eine Weile hier und habe begonnen, meinen Koffer wieder zu packen, indem ich ihn leere. So übe ich den Heimweg. Reisend und still.

Diese Erde in ihrer Schönheit und Majestät ist das einzig wirkliche Grandhotel, das ich auf meiner Reise fand. Ein lebendes, atmendes Wesen birgt seine Gäste. In jenem unendlichen

Raum schwebend, innen Kosmos, außen Universum. Aus vibrierendem Leben, das uns trägt und liebt.

Durch ein unsichtbares Netz von Geschichten DER EINEN GROSSEN ERZÄHLUNG sind wir Gäste miteinander verbunden. Manchmal, nachts, wenn alles still ist, höre ich sie laut. Mein Ohr lauscht tief verborgen im Herzen. Alle, jede kleinste Herbstzeitlose, jeder seltene Schneetiger, jeder Despot und große Liebende erzählen. Wie in einem dynamischen Gespräch sitzen wir zusammen. Nichts mehr ist getrennt, nur die Quelle in ihrer grenzenlosen Erscheinung bleibt. Unsere Worte und Gedanken und unser Tun in dieser Erzählung verschwinden nicht, sondern tanzen weiter und schweben und wirken und irgendwie, irgendwann kehren sie geheimnisvoll zu uns zurück, lächelnd oder bitter.

Beheimatet im Blau, leuchtend durch die Himmel schwebend, bewirtet sie uns als Gäste. Manchmal höre ich diese feine Stimme des GROSSEN Geheimnisses hinter allem, diesen unendlichen Ruf aus Leben, dies einzige, ganze Schwingen aus jenem fließenden Licht.

Ich wollte, ich könnte sie so lieben wie sie mich. Wie oft trete ich auf sie und höre die Liebe nicht. Und ich bin nicht die Einzige. Sie beginnt, zu antworten, beginnt, ihr Schwert der Liebe zu gebrauchen. Und wenn ich meine Hand in dieses atmende Wesen lege, taucht schwelende Unruhe auf.

Manchmal frage ich mich, ohne dass es jemand sieht, ob sie vielleicht ganz froh wäre, wenn sie uns Gäste wieder los wäre, so unfreundlich und taub, wie wir mit ihr umgehen. Sie verletzen bis auf den Grund.

Die Milde der Gastfreundschaft hört da auf, wo der Gast den Gastgeber beleidigt, sagen die Araber, die großen Gastfreunde.

Nur – sie wäre so unendlich allein ohne uns in diesem Universum. Sie würde uns so abgrundtief vermissen. Was ist eine einsame Erde?

So hat sie begonnen, uns zu lehren; sie möchte nicht ohne uns sein, sie möchte ihre strahlende Fülle mit uns teilen, ihr Geschenk an uns, großzügig, in machtvoller Geduld.

Und noch etwas zögernd beginnen wir mit dem Aufwachen, dem Hören ihres brennenden Rufs im Innersten des Blauen.

Im Urgrund des Friedens in uns. Frieden, der schon immer da war.

Und wenn wir nicht gestorben sind, dann leben wir noch heute.

So Gott will.

ausgang

infoteil

literatur, quellen, notizen

Alle Zitate mit freundlicher Genehmigung der Rechteinhaber.

| im foyer |

Das Gedicht ‚Das Gasthaus' von Jellaludin Rumi gibt es in vielen Variationen und den unterschiedlichsten Übersetzungen.

Im World Wide Web zum Beispiel:

www.scottishpoetrylibrary.org.uk/poem/guest-house

Diese Fassungen der Rumigedichte von Barks sind wunderschön.

| sri lanka – mein heiliger anarchist |

Verwendete Literatur

Homepage der Mertongesellschaft, auf Englisch: www.merton.org

Thomas Merton hat über 70 Bücher geschrieben, täglich zwei Ebenen von Tagebüchern, ein persönliches, auch mit seinen spirituellen Erfahrungen und seinem Ringen, und ein theologische-spirituelles und mindestens siebzigtausend Briefe.

Viele der Bücher auf Deutsch sind vergriffen, aber seit einigen Jahren werden wieder mehr herausgegeben. Leider ist das mit dem ‚Asiatischen Tagebuch' nicht so. Man muss das Internet durchstreifen, um ein – bezahlbares – Exemplar zu finden: Thomas Merton, Asiatisches Tagebuch, bei Benziger.

Ich habe noch eine alte Fassung mit dem Titel ‚Wie der Mond stirbt – Das letzte Tagebuch des Thomas Merton', bei Hammer erschienen, Wuppertal 1976 (trotz gründlicher Recherche waren die Rechteinhaber nicht mehr zu ermitteln. Für Informationen dazu wenden Sie sich bitte schriftlich an den Verlag: info@sheema.de). Das Meiste, das ich zitiere, ist aus diesem Exemplar. Das Gedicht in Kandy, das ich anspreche und daraus zitiere, ist auch im Tagebuch.

Aus einem Artikel im Internet von David Steindl Rast, ‚Erinnerungen an die letzten Tage von Thomas Merton im Westen' und aus ‚Merton and Sufism, the Untold Story', herausgegeben von Rob Baker und Gray Henry, Fons Vitae, Louisville, 2005

Zusätzliche Literatur

Die Autobiographie von Merton, von der gesprochen wird, ‚Der Berg der sieben Stufen' ist bei Patmos erschienen, Ostfildern, 2010

Schön ist auch ein kleines Buch mit Zitaten und kurzen Texten: ‚Sich für die Welt entscheiden', bei Arbor erschienen, Freiamt, 2009

Einen Auszug aus den Tagebüchern von Patrik Hart und Jonathan Montaldo, ‚Thomas Merton – Der Mönch der sieben Stufen' ist bei Patmos erschienen, Düsseldorf, 2000

Eine sehr schöne Biografie *über* Merton ist von Monica Furlong ‚Alles, was ein Mensch sucht', bei Herder erschienen. Ich habe eine sehr alte Ausgabe von 1982. Es gibt gebraucht noch neuere Ausgaben.

Und natürlich gibt es sehr viele theologische Schriften von Merton.

Eine Menge Material, viel auf Englisch, findet man im Internet.

‚Die Revolution der Stille', erschienen im Vier-Türme-Verlag, Münsterschwarzach 2011

Die Hotels

in Tangalle: Palm Paradise Cabañas & Villas Beach Resort

in Ella: Ellas Gap Panorama

in Kandy: Kandy Riverside Villa

in Sigiryia: Inn On The Tree Eco Resort Sigiriya

| jerusalem – dorf des friedens |

Verwendete Literatur

Paul Celan: ‚Todesfuge'

Das Hotel in Jerusalem: Pontifical Institut Notre Dame of Jerusalem Center

Das Friedensdorf: Whahat al-Salam – Neve Shalom/ WASNS

www.wasns.org

Alle Informationen, Geschichte der Gründung, Projekte, Möglichkeiten eines Besuchs des Dorfes auch auf Deutsch.

Junge Menschen können als Volontäre dort mitarbeiten, auch diese Informationen stehen auf der Website.

| bremen – fließendes licht |

Verwendete Literatur

Es gibt natürlich im Internet viel Material und Literaturhinweise auf Mechthild von Magdeburg. Das Buch, in dem ich Mechthild das erste Mal ‚traf', und aus dem ich die Zitate entnommen habe:

Wolf Brixner ‚Die Mystiker – Leben und Werk', Pattloch/Weltbild, Augsburg 1987

Die anderen zwei großen Mystikerinnen ihrer Zeit im Kloster Helfta waren Mechtthild von Hackeborn und Gertrud die Große.

Das Hotel: Parkhotel Bremen

Das Hochzeitshaus: www.luer-kropp-hof.de/hochtiedshuus.html

| antakya – welcome |

Der Film: ‚Zwei halbe Leben sind kein ganzes'
Dokumentarfilm von Servet Ahmet Golbol, IMPALA Filmproduktion. Es geht darin um ein seltsames Phänomen in Antakya – dass jung gestorbene Menschen wiedergeboren werden.

Musik: Quadro Nuevo, Antakya, GLM Musik GmbH

Das Hotel: The Liwan Hotel

Ibn Arabi im ‚futuhat project':

Begegnungen mit Khidr: www.thefutuhat.co

| kreta – ein tanz |

Der Ort Kandanos liegt im Südwesten Kretas, eine gute Stunde von Chania entfernt.

Die Ausgrabungsstätte der antiken Stadt Aptera liegt im Westen Kretas, eine Viertelstunde von Chania.

Das archäologische Museum in Chania: www.chaniamuseum.culture.gr

Das erste Hotel: Monastry Boutique Hotel in Chania, das ehemalige Kloster, hat wohl einen neuen Besitzer und scheint eine Art Luxusresort geworden zu sein.

Das zweite Hotel: liegt direkt am Venezianischen Hafen von Chania.

| ikaria – wegbegleiter*innen |

Ikaria ist von Athen aus mit dem Flugzeug zu erreichen, es hat also trotz seiner Kleinheit eine Landemöglichkeit.

Mit der Fähre kommt man direkt von Athen oder der nahe gelegenen Insel Samos aus auf die Insel.

Über die örtliche Webseite www.island-ikaria.com kann man sich über vieles informieren, da es keinen Reiseführer über die Insel gibt.

Wir wohnten gerne im Ort Gialiskari (es gibt unterschiedliche Schreibweisen). Im Ort und näherer Umgebung gibt es viele unterschiedliche Quartiere, die man über die kleinen Webseiten und Portale finden kann. Die schönen, einfachen Rooms to Let, Rooms to Rent findet man meistens erst vor Ort.

In Raches hat eine engagierte Schweizerin einen Laden und führt eine Homepage mit vielen Informationen und dem Neuesten per Newsletter. Ursula ist kein Reisebüro, bitte respektieren:

www.ursula.ikaria.ch

Karten, Infomaterial und die Beschreibung der Monopates (die von ihr wiederbelebten alten Wege) gibt es bei ihr im Laden in Raches.

https://de.wikipedia.org/wiki/Blaue_Zone_(Demographie)

| epidaurus – poetisch leben |

Die alte Ausgrabungsstätte des antiken Epidaurus' liegt auf dem Peloponnes und ist mit dem Auto in circa zwei Stunden leicht von Athen aus zu erreichen.

Das Hotel: Apollo, liegt in Alt-Epidaurus.

Verwendete Literatur

Die Beschäftigung mit den ‚Prüfungen' waren bei

Irina Tweedie, ‚Der Weg durchs Feuer', zuletzt bei Heyne 2005 erschienen, im Moment nur antiquarisch.

Alle Zitate von Henry Miller sind aus dem Buch:

‚Der Koloss von Maroussi', als rororo Taschenbuch, inzwischen in der 38. Auflage.

| delphi – urschönheit |

Verwendete Literatur

Rilke: ‚Über die Geduld'

Das Hotel: Arion

| meteora – schwebend zwischen himmel und erde |

Literatur

Über Meteora: ‚Theocharis Provatakis Meteora – Geschichte der

Klöster und des Mönchtums', Verlag Michalis Toubis, Athen

Den Satz über die Ehe habe ich im Museum des Klosters Meteora gefunden.

Über das Jesusgebet: ,Aufrichtige Erzählungen eines russischen Pilgers', Herder spektrum, Freiburg im Breisgau 2002

Das Hotel: Meteora-Hotel

| antakya – meine schöne |

Diese Geschichte ist Gizem † gewidmet,
die die Erde nicht mehr retten wird.

Das Zitat über die erste Erwähnung der Christen ist aus der Apostelgeschichte 11, 9.

Bei dieser Reise besuchte ich auch das großartige, in manchen Ausstellungsräumen einmalige Mosaikmuseum, das Hatay Archeology Museum. www.muze.gov.tr (auch auf Deutsch).

| paola – nicht für mich |

Verwendete Literatur

Alle wörtlichen Zitate habe ich dem Büchlein von Thomas Raiser entnommen:

,Ein Europäer aus Kalabrien – Franziskus von Paola', editoriel progetto 2000

Hier in Deutschland ist es zu bestellen bei: th.raiser@web.de

Das Hotel beim ersten Besuch (nach der ,Flucht'): Palazzo delle Clarisse – die Preise dort schwanken sehr nach Saison, ebenso im Hotel

Die kleine Wohnung am Fuß des Klosterberges gibt es nicht mehr, aber viele andere schöne Quartiere in Paola.

| bardolio – früchte im großen garten |

Das Olivenöl Museum: www.museum.it

Es gibt ein sehr umfassendes Buch über Oliven, das leider vergriffen ist, man aber noch leicht gebraucht bekommen kann: Horst Schäfer-Schuchardt, ‚Die Olive – Kulturgeschichte einer Frucht', DA Verlag Das Andere, Nürnberg 1997

Das Kloster: www.eremosangiorgio.it/lang/de

Das Hotel: Hotel 4 Stagioni

| jerusalem – das neue |

Das Kloster und Guesthouse: Monastery of Our Lady of the Covenant, 1 Rehov Notre Dame, 9084500 Abu Gosh

Verwendete Literatur

Das Zitat auf Seite 198 ist von Ibn Arabi.

Das Bild der beiden Wasser ist aus dem Koran, Sure 25, 53.

Die Szene im Ort Emmaus, dem heutigen Abu Gosh, ist in Lukas 24, 13 – 35.

Es gibt eine Dokumentation, in der von Archäologen auf dem Hügel von Kiriyat Ye'arim nach Spuren der Bundeslade gesucht wird:

‚Von Engeln bewacht: die Bundeslade', 2020

Sie lief auf arte. Eventuell kann man sie im Netz finden.

| avila – teresas vision |

Verwendete Literatur

Seit ungefähr zwanzig Jahren gibt es eine wunderbare Neuübersetzung der Werke Teresas von Avila von Elisabeth Peeters und Ulrich Dobhan, beide unbeschuhte Karmeliten. Sie ist getragen von einem tiefen mystischen Verständnis, großem Wissen und einer Sprache, die die Texte Teresas in unsere Zeit herüberholt. Dazu gibt es eine

Menge gut lesbarer im Text integrierter Fußnoten, die viel zum Verständnis beitragen.

Aus zweien dieser Bände habe ich zitiert:

‚Teresa von Avila, Das Buch meines Lebens‘, Vollständige Neuübertragung, Herder spektrum, Freiburg im Breisgau 2001

‚Teresa von Avila, Das Buch der Gründungen‘, Vollständige Neuübertragung, Herder spektrum, Freiburg im Breisgau 2001

Einige Zitate sind auch aus Elisabeth Münzebrock ‚Teresa von Avila – Mystikerin, Ordensgründerin, Vagabundin Gottes‘, Echter Verlag 2015. Dieses Buch gibt erst mal einen schnellen, einfachen Überblick über Teresas Leben und Wirken.

Das ganze Gedicht ‚Oh Seele, suche dich in mir‘ findet man in den unterschiedlichsten Fassungen im Internet.

Zusätzliche Literatur

In dieser Reihe der Neuübertragungen gibt es auch Teresas Buch, in dem sie die Stufen ihrer Schulung beschreibt:

‚Teresa von Avila Wohnungen der inneren Burg‘, Herder spektrum, Freiburg im Breisgau 2005

Grundsätzlich ist zu sagen – die Rezeption Teresas Schriften und ihres Handelns ist schier unendlich vielfältig, oft wird ein einziger Satz mehrfach völlig unterschiedlich interpretiert, sogar die Anzahl der gegründeten Klöster schwankt manchmal.

Deshalb finde ich diese Neuübersetzungen so gut.

Das Buch, das sie in den Jahren ihrer Verzweiflung, als sie keinerlei Unterstützung in ihrem mystischen Erleben hatte, war von Franziskus von Osuma, ‚Das geistliche ABC‘

Das Hotel in Avila: Palacio de los Velada Hotel

Das Hotel in Salamanca: Hospes Palacio de San Esteban

Webseite der Universität: www.mistica.es

Webseite des Museums: www.avilamistica.es

Dort kann man sich auch den ganzen Text (auf Englisch) über die Inhalte der einzelnen Stufen und Räume herunterladen. Daraus ist auch das Zitat.

www.avilamistica.es/pdf/guia_cim_en.pdf

| planet erde, blau – her-berge |

Das Zitat zu Beginn ist aus: Sebastiao Salgado ‚Mein Land, unserer Erde'

Das Zitat über die Gastfreundschaft stammt aus: Rafik Schami, ‚Die geheime Mission des Kardinals', dtv, München 2021

vita

Anna Platsch ist Schriftstellerin und leitet Schreibretreats.

Sie liebt die Natur, lebt im Chiemgau, ist verheiratet und hat einen erwachsenen Sohn.

Starke Spuren in ihrem Leben hinterließen die Begegnungen mit der Sufi-Lehrerin Irina Tweedie und vielen anderen Lehrerinnen und Lehrern, lebenden und solchen, die uns vorausgegangen sind. Aus all dem gestaltet sich ein Engagement für eine weite, verantwortungsvolle, Herz-gebundene Spiritualität als *eine* Antwort auf unsere globalen Fragen.

www.annaplatsch.de

Besuchen Sie unsere Homepage,
dort finden Sie weitere Bücher, Hörbücher und CDs.
Wir freuen uns auf Sie!

www.sheema-verlag.de

KONTAKT

Sheema Medien Verlag
Bücher. Aus Liebe.

Hirnsbergerstr. 52
D - 83093 Antwort

Tel.: 0049 - (0)8053 - 7992952

E-Mail: info@sheema.de

https://www.sheema-verlag.de

SHEEMA

MÖGEN ALLE WESEN GLÜCKLICH SEIN